彼女のためにぼくができること

Staying Fat for Sarah Byrnes

クリス・クラッチャー

あかね
書房

主な登場人物

エリック・カルフーン：母と二人暮らしの高校生。白鯨をもじって「モービー」とも呼ばれる、太っちょ。高校で水泳部に入り体重が減り始めるが……。

エリックの母：エリックの父とはエリックが生まれる前に離婚。

カーヴァー・ミドルトン：エリックの母の恋人。

サラ・バーンズ：顔などにやけどのあとがある少女。頭の回転がはやく、エリックの親友。しかし、心を閉ざしてしまい、入院するが……。

ヴァージル・バーンズ：サラ・バーンズの父。残忍な性格。

ジュリー：サラ・バーンズの母。サラが幼いころに家を出ていった。

スティーヴ・エラビー：エリックの友人。高校の水泳部で知り合った。

エラビー神父（ジョン・エラビー）：スティーヴの父。

モーツ：エリックの中学時代の校長。現在は高校の副校長。

マーク・ブリテン：高校の水泳部に所属。エリックのライバルで、厳格なキリスト教徒の家庭に育つ。

レムリー先生（シンシア・レムリー）：高校教師。現代アメリカ思想（CAT）を担当。水泳部のコーチでもあり、エリックの良き理解者。

デイル・ソーントン：エリックとサラ・バーンズの中学時代からの知り合い。自動車整備が得意。

ジョディ・ミュラー：マークのガールフレンド。

1

　ぼくが子宮という名の暗い部屋から出てくる一か月前に、父さんが家を出ていった。いま思えば、ぼくはあのころから問題児扱いされてきたんだろう。ぼくを悪くいいたがる人たちの話は、まず「なぜこんなことに?」から始まって、たいてい同じところに行きつく。「母親が甘やかすからだ。父親がいない子どもを不憫に思って、欲しいものをなんでも与えるからだ」けど母さんは、あんな変わり者の父親はいないほうが息子のためだし、離婚の決着がつくまで生まれてこなかったぼくは、じつに賢明だったといって譲らない。父さんも母さんもまだ若かった。ぼくが生まれたとき、父さんも母さんも、いまのぼくと同い年だった。

　父さんのことはあんまり知らない。向こうも向こうで、息子が生まれて十八年たっても連絡ひとつよこさない。父さんを知る手がかりといっても、写真が一枚あるだけだ。いまは中西部のどこかの大学で教授の椅子におさまってるらしい。中西部という以外にくわしい住所はわからないけど、専門は地学で間違いないと母さんはいう。石に夢中だったからだ。ぼくは石好きの遺伝子は受け継いでないけど、外見の遺伝子はしっかり受け継いでる。写真をみれば一目瞭然だ。写真のなかの父さんはまさに脂肪のかたまり、まだ十八歳の若さでメタボ全開だ。デザートや間食をひかえたくらいじゃ焼け石に水、本気でやせようと思ったら、毎朝寝室を出る前に口を瞬間接着剤でふさぐしかない。あごの贅肉を売って、超マイクロビキニパンツでも買えばよかったのに。

母さんは、とにかくセクシーとしかいいようがない。嘘じゃない。十万ドルの本物の銀ギツネの毛皮みたいにゴージャスだ。こげ茶色の髪に緑色の瞳、そしてすらっとしなやかなパーフェクトボディをもつ大人の女。なにしろうちに遊びにくる友だちの半分が、ショートパンツにタンクトップ姿の母さん目当てなんだから間違いない。しょうがないか。まだ三十六歳だし。

「母さん」二年前のある朝、ぼくは父さんの写真を、太い指にしっかりはさんで差し出した。「どうしてもわからないんだ。母さんみたいな人がどうして、こんな男を好きになったわけ?」写真をコーヒーテーブルにぽんと置いて、母さんにみせる。

「外見がすべてじゃないでしょ、エリック」母さんはいった。

「だからって、このルックスはありえない」ぼくはいい返す。「しかもそれを息子への置き土産にするなんて」

母さんは顔をあげてほほ笑み、「あなたのほうがずっとすてきよ」といった。「この人はとりつかれたように食べ続けるだけだったけど、あなたは体格がよくてがっしりしてる。ぜんぜん違うじゃない」

「がっしりじゃなくてぱんぱんだよ。まるで五キロ分のマッシュドポテトを、三キロ用の袋に詰めこんだみたいだ」ぼくはつっこむ。「ぼくにオレンジと赤のセーターを着せてみなよ、『八十日間世界一周』に出演できる。気球の役でね」

「あら、ユーモアのセンスも父親よりずっと上ね」母さんはそういって話を切りあげる。父さんに石の話ばかりされた苦い過去を思い出したんだろう。それに、どうしてぼくをこんなふうに生んだの、とかいう思春期の息子にありがちな愚痴に、根気よくつきあう人でもない。

ぼくの名前はエリック・カルフーン。二年前のあの会話をきっかけに筋トレに目覚めて、ウェイト・ルームでさんざん汗を流してきたけど、あだ名はいまだに白鯨《モービー》だ。学校で国語を担当してるレムリー先生には、本の虫エリックと呼ばれることもある。とても頭がいいからだ。レムリー先生はもうひとつあだ名をくれた。謎《エニグマ》の男エリックの頭文字をとって、ダブルE。「あなたの頭のなかって、いったいどうなってるの?」先生はいう。「得意種目で決して一位をねらわないアスリート、勉強では素質以上の努力をしない優等生。とぼけたおじさんみたいに無表情で、何を考えているかわからない」
「そっとしといてください」ぼくはつま先を中心にくるっと向きを変え、教室を出る。これでダブルEのイメージは守れそうだ。

ぼくの体がビア樽なら、へそはさしずめ節《ふし》だ。これじゃ学校まで歩いて行くより転がったほうが早いと気づいてから、父さんの遺伝子コードをけずりとろうと頑張ってきたけど、どんなにやせてもアーノルド・シュワルツェネッガーにはなれそうにない。どっちかっていうと往年の人気ドラマ『弁護士ペリー・メイスン』で、貫禄たっぷりの主人公を演じたレイモンド・バーだ。たいした問題じゃなさそうだけど、このへそを一日四時間近く人目にさらすとなると、そうもいっていられない。ぼくは水泳選手だ。スピード社が太っちょ俳優のウィリアム・コンラッドをデザイナーにでも雇わないかぎり、ぼくが『スポーツ・イラストレイテッド』誌の広告モデルみたいな姿でプールサイドに登場なんて、夢のまた夢だろう。

たかが外見といっても、ぼくみたいに特殊な体型のもち主のほとんどは、まず水泳をやろうなんて思わない。『オズの魔法使い』の西の悪い魔女と水、どっちを避けたいかが究極の選択になるはずだ。けど水泳は知能派の男子にうってつけのスポーツだし、レムリー先生は知能派の男子にうってつけのコーチだ。だいいち水泳をやらないと、ぼくはストーン・コーチの魔の手から逃げきれなかった。ストーン・コーチはぼくが高一のころから、レスリングをやれとしつこく誘ってきた。ぼくなら無敵のヘビー級選手になれること間違いなしだそうだ。けど鼻筋《はなすじ》の裂傷がふさがる暇もないとか、ひざ小僧やひじがしょっちゅうマットにこすれてやけどするとかきかされたら、トロフィーがいくつもらえてもやる気にならない。ぼくは花形スイマーじゃないけど、実力は、ある。その体で？　と思われるかもしれないけど、ある。タイムに挑戦するのは楽しいし、チームメイトもいやなやつばかりじゃない。大波を起こして隣のレーンの選手を追い抜いてやるのも、なかなかいい気分だ。

練習では、全部で八千メートル泳ぐ。レムリー・コーチが笛を鳴らす。「注目！　二十五メートル全力で、ブレス五回」二十五メートルにつき息つぎ五回？　マジかよ。

「次は二十五メートル全力」二十五メートルを二回泳ぎ終わり、反対側のプールサイドにあがったぼくらに向かって、コーチが声をあげる。「ブレス三回」さあ、酸欠タイムの始まりだ。

「二十五メートル全力、ブレス二回」酸欠はもう深刻どころじゃない。

「二十五メートル全力っていわなかった？　ブレス一回！」笛が鳴る。

「二十五メートル……それで全力のつもり？　次はノー・ブレス！　どうしたの、みんな、ゴールはすぐそこよ」笛が鳴る。酸欠のままぼくらは、生と死の境界をさまよう。

「二十五メートル、今度はノー・ブレスのままターンして、全速力でもどる。これで最後よ。目の前が真っ暗になりかけたり、神の声がきこえたりしたら、水からあがるように」

過呼吸で、コーチの指示はほとんどきこえない。けど部員二十人全員が空で暗誦できるはずだ。

ぼくは、ほぼ全力で泳ぎだす。前を泳いでるやつにけられないように距離をおいて、十五メートル泳いだあたりで肺が苦しくなる。テンポを少し落とし、呼吸したつもりでのどをごくりとさせ、自分の体をだまそうとする。壁に手がふれると、反動を最大にするために両ひざをぐっと引き寄せて、塩素くさい鉄砲水を鼻から噴き出すのに必要な分だけ息を吐けば、あとは全力で泳ぐだけ。このトレーニングでぼくに勝ったやつは、チームのなかにひとりもいない。白鯨《モービー》だけに背中の穴で呼吸してるんだろう、とかマーク・ブリテンはいうけど、あいつの嫌味っぷりはいつものことだから気にしない。自分をいじめることには自信がある。でなきゃ自由形の長距離選手はつとまらない。

ゴールまであと三ストローク、というところでぼくの頭はブイみたいに水面から飛び出す。衛生兵がパラシュートで降りてきそうな悲鳴が口からあふれ出し、響き渡る。視界の周囲が暗くなりながらも、ぼくはコースロープをつかみ、強力な業務用掃除機にも負けない勢いで息を吸う。いつか必ず、五十メートルを無呼吸で泳ぎきってやる。疲れてさえいなければ楽勝だけど、三時間の練習の最後となればそうもいかない。

「上出来よ、白鯨《モービー》」コーチはプールの向こうから大声でいう。「その調子なら、絶滅の心配はなさそうね」


聖心会病院の入り口の、大きな両開きの扉の前にぼくは立ち、深呼吸をする。ぬれた髪はヘルメットみたいに頭にはりついて、いまにも凍りそうだ。白い息をトラックの排気ガスみたいに口から吐き出す。練習が終わったばかりだから、薄い上着一枚でも、ぼくの体内暖房システムはあと数時間フル稼働してくれる。学校から帰ろうとするぼくに、コーチはもっと着たらといったけど、これ以上着たら、サウナに入ったセイウチになるのは目にみえてる。だからぼくはいつも、洗濯物が倍になっても知りませんよ、とコーチにいい返す。

サラ・バーンズはこの病院の八階の、未成年者専用精神科病棟に入院してる。ここに来るのを、ぼくはずっと先のばしにしてきた。二、三日で退院できると思ったからだ。けどもう入院から丸一週間が過ぎてしまった。サラ・バーンズ。あんなにタフな子はいなかったはずなのに、なぜこんなことになってしまったんだろう。

この病院には入りたくない。ここには四年前、母さんのまたいとこの子どもが酒に酔って自殺を図ったとき、一度だけ来たことがある。自殺未遂といってもたいした話じゃない。子ども用のビタミン剤を大量に飲んだだけだ。けど本人が取り乱してどうしようもないから、病院で三日間監視することになった。監視中にみられた異常といえば、小便がありえないほど黄色かったことくらい。ぼくは、ここに見舞いに来るのがいやでしょうがなかった。施設そのものは悪くない。厚手のじゅうたんにすわり心地のいい椅子、本もゲームも山ほどそろってるし、不思議と安心できる場所だ。ぼくは苦手でも、ここに入院してる子たちにとっては快適なんだろう。けどみんな、何か大切なものをはぎとられてしまったような目をしてる。そんな目をみてると、ぼくもいつかここに入れられそうな気がしてくる。

そういうところにいま、サラ・バーンズはいる。ぼくの親友。水泳でやせられるはずなのに、この一年間デブの体型を維持してきたのは、その親友のためだったんだ。

ぼくは入り口の扉を押し開けて、左手の受付を通り過ぎ、じゅうたんを敷き詰めた廊下を通ってエレベーターホールに行く。エレベーターが一機、ドアが開いたまま一階で停まってる。なかにはだれもいない。ぼくは八階のボタンを押して向きを変え、奥の壁に寄りかかる。「待ってくれ!」と声がする。声の主には見覚えがある。名前は知らないけど、同じ学校に通ってる生徒だ。ぼくは急いで操作盤に手をのばし、あたりまえのように「閉じる」のボタンを押す。もちろん「開く」を押すつもりだったと思わせるために、「おっと!」というのも忘れない。ドアが閉じていく。いまはひとりになりたい。だれの見舞いに来たのか、なんで入院してるのか、だれにも説明したくない。

面会手続きをすませると、すぐにサラ・バーンズの姿がみえた。わたがぎっしり詰まったソファにすわって、鼻から十センチくらい先の、宙の一点をみつめてる。

ハイ、とあいさつしても返事はない。腕にそっとふれてみても、瞳の奥に心の光は宿らない。サラ・バーンズほど醜い人間には、見世物小屋でもなきゃめったにお目にかかれない。本人がいうには、三歳のとき、スパゲッティをゆでてる鍋をうっかりひっくり返して、顔と手に大やけどを負ってしまったらしい。父親は、残酷さと思いやりのなさにかけてはこの世で一番といっていい男で、ぼくもかなりいやな思いをさせられたことがある。そんな父親だから、医者には娘が死なずにすむ程度の処置しかさせなかったし、形成外科での治療はほとんど受けさせなかった。娘が強く育つようにあえて心を鬼にしたんだそうだ。

女の人が近づいてきて、「あなたがエリックね」と声をかけてきた。ぼくはうなずいて、「よくなりそうですか？」とききき返した。

「わたしはローレル」と自己紹介して、女の人は握手を求める。「サラのカウンセラーよ」

ローレルは大柄だけど太ってはいない。むしろたくましくてがっしりした感じで、年は三十代前半といったところ。こういう飾りっけのない人はすっぴんでもぜんぜんおかしくないし、きれいでもかわいくもないけど、温かみが感じられる。「正直いって、よくなるかどうかはわからない」ローレルはぼくの質問に答える。「何をきいても答えないけど、体の反応は正常だって主治医はいうし」

ぼくが目をじっとのぞきこんでも、サラ・バーンズは相変わらず宙の一点をみつめてる。

「ぼく、なんて話しかければいいんですか？　ていうか、こっちの話がわかるのかな？」

「どうかしら。わかると思って話しかけるしかないわね。そして、サラの返事をきいたつもりでまた語りかけるの」ローレルはいう。「とにかく、できるだけいつもどおりに振る舞って」

ローレルはサラ・バーンズの手をとっていう。「サラ、きこえる？　お客様よ」

「いつもどおりに振る舞うなら」ぼくはいう。「名前だけじゃなくて、フルネームで呼ばないと」

「え？」

「フルネームで、サラ・バーンズって呼んでください。そう呼ばないと、無視されるから」

ローレルは、ぽかんとした顔でぼくをみてる。

「中学生になったときサラ・バーンズは、悪口の天才を気どった新しいクラスメートが、自分の苗字にやけどのあとを引っかけて、どんな悪口をいうか予想したんです。たとえば

『サラ炎上《バーンズ》』とか、連中が思いつく前に先手を打って、みんなにサラ・バーンズって呼ばせることにしたんです。だからサラって、名前だけで呼んでも返事はしません」

ローレルはうなずく。「それ、さっそくほかのスタッフにも伝えなきゃ。大事なことだから。ほかに何か？」

「ないと思います」

「じゃあ、彼女とふたりきりにするから、何か興味を示しそうな話をしてあげて」

「『クリスピー・ポーク・リンズ』、覚えてる？」ローレルがいなくなるのを待って、ぼくはサラ・バーンズにそっと問いかける。興味を示しそうな話題といえば、まずこれだろう。けどサラ・バーンズはじっと前をみたままだ。ぼくの心は、いつのまにか過去にもどっていく。

あれは四年前、いま高等部の副校長におさまってるモーツは、あのころ中等部の校長だった。そんな中学時代のある日、ぼくは校長室の外の、硬い木の椅子にどっかと腰をおろした。これからモーツとどんな話をするのかあれこれ考えてると、ぼくの非常識な体重を支える椅子がきしみをあげた。尻が乗ってる部分は、太すぎるももに隠れてほとんどみえない。ぼくの使命は、校長室のドアが開いたら最後、いっさい嘘をつかないことだ。正確にいえば、真実を洗いざらい白状したりしないし、かといって嘘もつかない。このふたつは、似てるようでぜんぜん違う。ぼくはサラ・バーンズのレポートを読んで、基本的人権ってやつをしっかり頭に叩きこんだ。いざとなったらそれを使おう。

秘書のバーカーさんが、デスク越しにほほ笑みかける。哀れみのこもった笑顔。ここまで太った生徒は初めてでも、この椅子にすわらされてる生徒ならとっくに見慣れたはずだ。わらにもすがる思いで哀れみを欲しがる生徒の気持ちくらい、ちゃんと心得てる。まあ、校長室のドアが開いたら、哀れみなんてほとんど役に立たないんだけど。

電話が鳴った。バーカーさんは受話器に向かって小声で話すと、目をあげていう。「なかに入って、エリック」

ぼくは顔をしかめて、死体みたいに重たい腰をのっそりとあげる。バーカーさんがまたほほ笑みかける。「忘れないで、自分がされていやなことを人にする、が校長のやり方だってこと」

「エリック、すわりなさい」モーツはいって、硬い木の椅子を指す。外にあったのと同じ椅子だ。

ぼくは腰をおろし、思わず目を閉じる。デスクの上に、いかにも素人くさい出来の新聞がたたんで置いてあったからだ。胃袋の入り口からのどまで、熱い溶岩みたいにゆっくりせりあがってくる恐怖を、ぼくはごくりと飲みこむ。『クリスピー・ポーク・リンズ』その新聞をみただけで、カルフーン一族の印ともいえる滝の汗が、豊満な胸の谷間からベルトに向かって流れ落ちる。もうすぐシャツがびしょぬれになって、ぼくは心理攻撃のプロフェッショナル、モーツ校長の餌食になってしまう。せめて頭だけは冷やしておこう。

校長は新聞を、ガラス板をかぶせたデスクの上いっぱいに広げてみせる。普通の隔週の学校新聞と、見た目は変わらない。けど、中味はそれ以上かも。

モーツはぼくをにらみつけて、薄くてもろい心の壁を見透かす。綿菓子を貫くレーザービーム並みに鋭い。やっぱり、前から思ってたとおりだ。きっとどこかの大学院に「冷徹な眼力講座五〇一番」とかいうクラスがあって、全国の校長はそれを受講してから学校に派遣されるんだ。

「少しやせたんじゃないか、エリック?」モーツがたずねる。意外と打ち解けた口調で、明るい感じさえする。

その手には乗らない。「いいえ」

モーツは怪訝そうに首をかしげる。「もしかして、体が大きくなったのかな?」

「どうでしょうね、まあ、ぼくはこれからもずっとデブのままですよ」

「自分を卑下するのはよくないぞ、エリック」モーツはいう。「自分を低く評価する者に成長の見込みはない」

自分を卑下するな？　モーツがぼくにそんなことを？　この言葉に本気ってやつがちょっとでも含まれてるなら、サラ・バーンズがきょうミス・アメリカに選ばれたって不思議じゃない。「自分を卑下してなんかいません。本当のことをいっただけです」ぼくは答える。けどモーツの言葉をきっかけに、頭のなかにバカげた妄想が広がっていく。プレッシャーで萎縮しまくりだった中学時代には、そんな現実逃避ばかりしてた。母さんが通ってるフィットネスクラブのスチームバス室の隣に、もうひとつ似たようなバスルームがある。けどそっちのスチームには、コンプレックスを解消する作用がある。激しい運動のあとでそこに入ると、排出管から噴き出る自信回復スチームの霧に包まれて、信じられないほどいい気分になる。つっかえつっかえ話す癖がなおらない人は、しっとりした霧のなかから一歩踏み出したとたんに、リンカーン大統領の歴史的なゲティスバーグの演説を一度も引っかからずに、堂々と暗誦できる。サラ・バーンズみたいに顔にやけどを負った人は、中国人形みたいなすべすべ肌に生まれ変わる。そしてデブは……。

モーツの声で、ぼくは現実に引きもどされる。「まあ、それはさておき、きょうここに来てもらったのは、なにもきみの体重について話すためじゃない。わかるだろう？」

「ええまあ、たぶん」ぼくは答える。

「たぶん?」モーツは目を丸くする。ぐっとあがった眉毛が、短く刈りこんだ髪の生えぎわにくっつきそうで、怖い。

「いや、その……」ぼくはあせる。汗腺にたまった汗の水位がどんどんあがって、いまにもダムが決壊しそうだ。「正直、なんでここに呼び出されたのか、よくわからないんです」

「そうか?」モーツは新聞を手にとると、表題を読みあげる。「『クリスピー・ポーク・リンズ』いったいどういう意味だ、カルフーン?『クリスピー・ポーク・リンズ』」

モーツ校長がぼくを苗字で呼んだ。これは不吉なサインだ。「さあ、なんだろう。カリカリに焼いた《クリスピー》、ブタの《ポーク》、皮《リンズ》? スナック菓子の名前ですか? チーズ味のコーンなんとかみたいな……」ダム決壊。汗の川が、地球儀みたいな体の南半球に向かって流れ落ちる。パンツのゴム、防水だっけ?

「たしかに、スナック菓子の名前のようにも思える」モーツはいう。「しかし、この、新聞もどきの名前でもあるらしい」

ぼくは黙ってうなずく。「はあ」

「はあ」モーツはぼくのまねをする。「ほかにいうことは?」

気をつけろ。ぼくは自分に警告する。嘘さえつかなきゃいいんだ。ぼくはうなずく。

「これがきみの手によるものだということが、どうしてわかったと思う?」

沈黙に勝る答えなし。

「こんなものを書くのは、この中等部のどこを探してもきみしか考えられないからだ。きみに言葉を操る才能があることは認めよう、カルフーン。だが、せっかくの才能で損をしては元も子もない」

「高等部の生徒が書いたんじゃないですか?」ぼくは切り返す。「中等部の校舎の前にわざと落としていって、生徒を困らせようとしたのかも」

モーツは笑みを浮かべる。「たしかに、中等部のある生徒が困っている。この紙くずに書かれている記事のすべてが、その生徒に関するものだからだ」そこで身を乗り出す。背もたれの高いビロード張りの椅子を、皮肉をこめて玉座と呼んだのはサラ・バーンズだ。モーツは、いかにもバカにしたような目でぼくをみる。「いいかね、一度しかきかないぞ?」

きた! サラ・バーンズ、きみに教わったあれを使うときがきた。

「この新聞をつくったのは、きみか?」

ぼくは深く息を吸いこむ。けど、のどがしめつけられてうまく吸えない。「憲法修正第五条によって」声がうわずってる。「自分に不利益な証言は、拒否する権利が保証されてます」

モーツは一瞬、あっけにとられたような顔をする。

ぼくは息を飲んで、目を大きく開く。

「なんだと？」校長は小声でき返し、怪訝そうに目を細くする。

「憲法修正……」

「それはもうきいた！」

ぼくは思わず上体を引く。モーツはとっさに機転をきかせて切り返す。「つまり、嘘をつこうというわけだ」

「そうじゃありません。ぼくはただ、憲法修正第五条にのっとって……」

「修正第五条とは何か、わたしが知らないとでも思っているのか？　カルフーン、それは法廷で行使する権利であって、校長室で使うものではない」

「サラ・バーンズが基本的人権について書いたレポートには、それはだれにでも平等に保証された権利だって……」

「ほお、サラ・バーンズもこの新聞に関わっているのか？」

「そうはいってません」

「だが否定もしていない。いいだろう、修正第五条にのっとって話をしようじゃないか」

すでにぼくは汗だくだった。ケツが椅子の上からすべり落ちそうだ。「わかりました、そうしましょう」

「自分に不利になりそうな証言は、しなくてもいいということだ」

ぼくはうなずく。「はい」

モーツ校長が立ちあがる。身長百九十五センチ、体重は百六キロ、なのに贅肉は一グラムもついてない。黒とグレーのストライプのネクタイが、厚い胸板からジェットコースターのレールみたいにたれさがってる。黒い髪とあごひげ、冷酷そうな青い目、まさにねらった獲物は決して逃がさないハンターそのもの、執念深いどころじゃない。「はっきりさせておこう、にわか弁護士くん」モーツはいう。「きみが自分に不利な証言を拒否する権利は認めよう。ただし一度だけだ。この『クリスピー・ポーク・リンズ』の件も水に流そう。それも一度だけだ。今後、学校の正式な許可なしに新聞を発行することはいっさい禁止する。今度こんなものをみつけたら、きみに地獄の苦しみを味わってもらうことになるぞ。わかったな？」

もう、うなずくしかない。

「大変よろしい。行きなさい」

ぼくは立ちあがり、いわれたとおりにしようと向きを変える。ズボンが、まるでぬれたセロファンみたいにももの裏にはりついてる。眉毛から、汗が雨だれみたいにしたたり落ちる。

「エリック」モーツが、部屋を出ようとするぼくを呼び止める。

「はい？」

「汗だくじゃないか。どうやら、自分がとんでもないへまをやらかしたことは理解したようだな」

部屋を出ると、バーカーさんが顔をあげてほほ笑み、戦いの結果を探ろうとする。ぼくの真っ青な顔と、汗でびっしょりぬれたシャツをみてすべてを理解する。「まあエリック」バーカーさんは鼻にしわを寄せる。「やられたのね？」

「やられました」

バーカーさんはデスクのまんなかの引き出しに手を入れて、『クリスピー・ポーク・リンズ』を出すと、小声で「仕上がりはちょっと荒っぽいけど」といってにっこりする。「学校新聞にしてはよくできてるわ。でも、どうしてこんな名前なの？」

校長室のドアが閉まったことを確認して、ぼくは答える。「わかりませんか？『カリカリに焼いた《クリスピー》』はサラ・バーンズの顔で、『ブタ《ポーク》』はぼく、そして『皮《リンズ》』は残り物、だからだれも注目しない。つまりぼくらは、普通の新聞がとりあげないニュースを記事にするんです」

「なるほどね」バーカーさんは感心したようにいう。「でも、第二号は出そうにないわね」

ぼくは閉じたドアに目をやって、眉をあげて肩をすくめる。

「ねえ、どうだった？」数学の教室の外の廊下で、サラ・バーンズがたずねた。「第五条、使ってやった？」

ぼくは胸をぴしゃりと叩き、まだバクバクしてる心臓をどうにかしずめると、深呼吸した。「うん、使ったよ」

「それで？」

「法廷なら役に立つだろうけど、学校じゃどうかな」ぼくはいう。「それに、きみがあの新聞に関わってることをモーツに知られた。頭が真っ白になって、つい第五条のことはきみの入れ知恵だって口をすべらせちゃった。ごめん、サラ・バーンズ。ばらすつもりはなかったんだ」

「そんなの知られたってかまわない」サラ・バーンズはいう。「むしろ知られてよかったかも。うちの新聞にも箔《はく》がついたんじゃない？　いま読んでる本にも、一九六〇年代のもっとも優れたジャーナリズムは全部、無許可で発行される地下新聞から生まれたって書いてあったし」

「けど、モーツがいってたぜ。今回だけは見逃すけど、またあの新聞を出したら地獄の苦しみを味わわせてやるって」

「じゃあ、こんな毎日が天国だっていうわけ?」サラ・バーンズがいい返す。

「まあね」ぼくは目を落として、自分の体をみる。世界の始まりから、それこそイヴがアダムの背後から忍び寄って脇腹の脂肪をつまんでたころから、デブはからかいの標的だった。サラ・バーンズのいうとおり、もともと最悪な人生が、いまさらモーツおじさんに何かされたくらいで変わるわけもない。「次は上半身裸で学校に来いっていわれるかも」ぼくは頭に浮かんだことを声に出す。「ブラをしろっていわれるかな。小六のとき、悪ガキどもにいわれたみたいに」

　サラ・バーンズは笑う。「そんなことしたら、モーツはクビだよ。あんたのお母さんが学校を訴えるもん。費用がいくらかかろうと気にしないだろうけど、たいしてかからないうちに勝訴でしょ。さあ、これから忙しくなるよ。『クリスピー・ポーク・リンズ』第二号にとりかかるから」

2

「なるほどね、モービー」レムリー先生がいう。「あなたは議論をとんでもない方向に引っぱっていこうとしている。この世はいいところか、それともひどいところか」

　きょうは二学期の初日。現代アメリカ思想という選択クラスに十三人の生徒が申しこみ、導師レムリーの弟子になった。登録の条件は高等部の三年生であること、そして何より、自分の考えを穴の開くほどみつめなおす覚悟があること。なにしろレムリー先生のクラスだから、生半可な覚悟じゃ続かない。

「ふたつのうち、どちらかを選ぶなら」ぼくは先生の問いかけに答える。「この世はいいところだと思います」クスクス笑う声がする。

「要するにあなたがいいたいのは」先生がすかさず切りこむ。「どんな現実でも知らないよりは知っているほうがいい、でしょう？　この世はいいところだという意見の中心にはたいていそういう考え方があって、一見だれも反論できないようにみえる。でも、まだ完璧じゃない」先生は教室を見渡す。みんな、少し興味をもち始めてる。「このクラスの名前は現代アメリカ思想（Contemporary American Thoughts）、略してＣＡＴ。成績証明書に書くには、見栄えのいい名前でしょ？　ただし、またの名は、説明責任。自分の意見は、すべて説明できなきゃならない。この世はどちらかといえばいいところだ、とエリック・カルフーンがいうなら、〝いい〟の意味をもっと具体的に説明して、本当にいいところだと、わたしたちを説得できなきゃならない。つまり、もっと慎重に考えてからものをいいなさいってこと。あたりまえとされている価値観をちゃんと自分の言葉に置き換えて、意見を述べてほしいの」

先生はもう一度、教室じゅうに視線を走らせる。生徒の関心はどんどん高まってる。これからこの教室で自分の意見をいえるんだという予感に、生徒のほとんどがわくわくしてる。しかも最高に魅力的な先生がリードしてくれるとなれば、なおさらだ。好みは人それぞれだけど、まず、レムリー先生はかなり美人だと思う。小柄で、映画スターやベリーダンサーになっても不思議じゃないほどセクシーだ。ブロンドの髪は肩までのび、こげ茶色の瞳で相手の目をまっすぐにみつめ、両耳にぶらさがった大きなイヤリングが、きれいな顔をぐっと引き立てる。けど不純な考えが頭に浮かんでも、決して態度や言葉に出しちゃいけない。なめた態度をとるやつは、ばっさり切り捨てられて再起不能になりかねない。女性の権利を訴えるキャンペーンのポスターガールにうってつけの人だから。おっと、「ガール」は女性差別っぽいから「モデル」になおそう。

「じゃあ、まずは試運転」先生はいう。「テーマはちょっと広すぎるけど、このままいくわよ、モービー。この世はいいところ？　それともひどいところ？」

入院中のサラ・バーンズのことが頭に浮かぶ。信じられないほど醜い姿で、虚空をみつめてた。それに頼るあてもない。「ひどいところだと思います」ぼくはいう。

「どうして？」

「〝いいところ〟で押し切ろうとしても」ぼくは答える。「味方が現れそうにないし……」

「他人をあてにしないで、モービー」

ぼくは教室を見回す。みんな期待した目でこっちをみてる。先走ったやつが先生の餌食になるのを見物したい、さっさとブタを畜殺場へ送れってわけだ。正直、ちょっと怖い。このクラスには親友もいるけど宿敵もいる。敵に自分の思ってることや、感じてることを知られるのはできれば避けたい。

「きのうの夜、サラ・バーンズの面会に行ったんです」ぼくはいう。

「それで？」

「ひどい状態でした」

「どういうこと？　具体的にいって」先生は穏やかな口調でいう。「この世はひどいところだと思う理由を説明してるんだから」

「いや、それで、考えたんです。サラ・バーンズは病院で、ただ宙の一点をみつめて、何もいわないし、こっちが何をいってても反応しない。顔を近づけてみても、かみそりみたいに鋭い言葉も怒りも、いままで人を容赦なく切り刻んできた激しさが全部、抜け落ちたみたいだった。それで思ったんです。きみを責めたりしない。ぼくもお手上げだって。だってこの世に、サラ・バーンズが安心して暮らせる場所はどこにもないんだから。毎朝起きて、焼けただれた顔をさらして学校に通う。その顔をみた人がどう思ってるか、口に出さなくても全部わかる。身を隠す場所はないし、そんな日々が終わることもない。そんな世界は、やっぱりひどいところだとしか思えません」ぼくは親友のエラビーのいるほうへ目をやる。何かいってくれると期待したけど、やつは自分の机をじっと見おろしたままだ。

先生が少し黙りこむ。「この場にいない人について話すのは、あまり気が進まないけど」ようやく口を開く。「これは、ぐっと踏みこんで議論する価値がありそうね。ほかに意見のある人は？」

キャシー・グールドが身を乗り出して発言する。「いまのは、結局サラ・バーンズにしか当てはまらない意見だと思います」

「かもしれないけど」ぼくはいう。「同じような境遇の人は何千人もいるわけだし……」

「それも結局、その何千人にかぎったことで、すべてのひとに当てはまる話じゃないでしょう。問題は、この世がいいところかひどいところか、それだけです。もしひどいっていうなら、それはすべての人にとって、少なくとも大多数の人にとってひどい場所でなきゃならない」赤毛のキャシーは背が高くて、恐ろしく頭が切れるけど、ユーモアを受け入れる心のスペースは芽キャベツ並みの小ささだ。だいたいこういう議論で、この世の肩をもつなんて信じられない。小学校時代から、何が楽しくて生きてるんだかわからないほど暗い性格だったのに。

キャシーの言葉をきいた瞬間、ぼくはむかついた。その怒りの正体は自分でもわからないけど、キャシーを傷つけたくてたまらなくなった。けど先生はそんなぼくの心を読んで、「ちょっと待って」と口をはさんだ。「このテーマは、たしかに漠然としすぎてはいるけど、議論のきっかけとしては悪くない。ただし、いま話題になっている本人がいないところで議論が白熱しすぎるのは、決してフェアーとはいえない。だって本人にしてみれば、このまま議論を進めることに同意も反対もできないんだから。だからしばらくは、自分の身の回りより少し遠いところから例をあげてほしいの、いい?」

ぼくは議論から身を引く。ほかの生徒たちは、日常生活や新聞、小説や映画、いろんなものを引き合いに出して、喜びと苦しみの対決に熱中してる。ぼくは、哲学的な議論になんか興味はない。サラ・バーンズの話がしたいだけだ。ぼくの親友で、死んだように心を閉ざしたサラ・バーンズ。ぼくがデブだったように、サラ・バーンズも醜くて、だからぼくらは友だちになれた。ぼくは約束したんだ。決してきみを裏切らない、と。ぼくの気持ちは一方的なものじゃない。それに、ぼくがサラ・バーンズを気に入ってるのは、あの子がいう「救いようのない醜さ」を共有してるからだけじゃない。

そもそも『クリスピー・ポーク・リンズ』をつくることになったのは、デイル・ソーントンがいたからだ。デイルは中二の時点で、すでに陸軍入隊二年目でも通用する年齢だった。つまり二回も落第したわけだ。しかも運転免許も取得ずみ。教師たちも、デイルの扱いにはほとほと困り果ててた。毎年、体だけはほかの生徒より飛び抜けてでかくなるのに、頭のほうはちっとも成長しない。春がくるたびに、学校側はデイルをどうにかして高等部に進級させようとしたけど、そのたびに父親が事務局に怒鳴りこんできて、ちゃんとした成績がとれるまで息子は中二のままでいい、教わったことが身につくまで何度も繰り返しやらせればいいといい張った。父親はこうもいった。学校を訴えるなんてまねはできればしたくないが、息子が必要最低限の能力を身につける前に進級させたら、真剣に考えざるを得ない。学校が教える〝必要最低限の能力〟のなかに、デイルの人生に役立つものなんてあるんだろうか。かといって先生の車にはもれなくナンバープレートがついてるし、駐車場もとっくに舗装されてるから、家業で身につけた修理工の技術や、肉体労働の経験を生かすチャンスもない。

大げさな話をしてるわけじゃない。前に、デイルが宿題をやってる現場をみたことがある。あいつが課題に繰り返し取り組んでるとか親父さんが思ったとしても、壁にぶつかったときの本人の目をみればすぐにわかる。宿題なんかやるだけ無駄だって。中二のころのデイルの体格はすでに相当なものだったから、対等なけんか相手なんて学校にいるはずもなかった。あいつが向こうから歩いてくると、ぼくらはドーベルマンの散歩コースに入りこんだプードルみたいに蹴散らされる。デイル・ソーントンは、ほかの生徒からわずかな昼飯代を巻きあげたり、身の安全と引き換えにこづかいを脅しとったりしながら、かなりリッチな学校生活を送ってた。

けどそんなとき、やつはサラ・バーンズに出会った。ホラー映画『ハロウィン』のプロデューサーに、怖すぎるという理由で役を降ろされたみたいな父親がいて、もとの顔がわからないほどの大やけどを負って、毎日のようにからかい半分の視線を浴びて、ひどい悪口ばかりいわれてたら、落ちこぼれ候補のチンピラ中学生にこぶしで脅されて金をせびられても、びびったりするわけがない。サラ・バーンズの口の悪さは筋金入りだ。だからデイルとの初対決で、本人がいったことをそのまま引用しろなんて無理な相談だ。ざっとふれておくと、サラ・バーンズは悪口をふたついった。ひとつはデイルの悪口、もうひとつはデイルの母親の悪口だ。

町の住人の半分は知ってると思うけど、デイルの母親は息子と夫を残して、デイルのおじさんと駆け落ちした。夫には大物コメディアンのビル・コスビーみたいなユーモアのセンスはなく、息子も息子で母親を口汚くののしった。その口汚さにくらべたら、サラ・バーンズがいった悪口なんて五倍はおとなしいものだったのに、デイルは腹を立てて、鼻にもろにパンチを食らわせた。いや、鼻に命中したかどうかあやしいものだ。サラ・バーンズの鼻は、かさぶたとほとんど見分けがつかない。

パンチが当たった瞬間、サラ・バーンズの短いブロンドのポニーテールがまっすぐ上に跳ねあがる。そのままドスンと仰向けに倒れると、肺にたまった空気が口から一気に噴き出す。まるでポップコーンの袋が破裂したみたいだ。けどサラ・バーンズは映画『ロッキー』のスタローンがプリントされた、ビニール製のパンチングバッグみたいにぴょんと立ちあがると、頭を大きく反らせて反動をつける。

「さっさと金をよこせ、火ぶくれ女」デイルがいう。「金さえもらえば、手出しはしねえ」

サラ・バーンズは、あごをデイルの顔面に食いこませると、吐き捨てた。「これでも食らえ！」お返しにデイルが二発目のパンチをお見舞いする。

サラ・バーンズがデイルに食らわせたあごの一撃が、そんなに効いたとは思えない。体だけとってもデイルのほうが二倍はでかいし、けんかにかけてはまさに無敵だ。けど、サラ・バーンズは何度殴り倒されても立ちあがる。やけどを負った顔がたちまちあざだらけになって腫れあがり、もうグロテスクどころの騒ぎじゃない。さすがのデイルもひるんで、もう一度金を要求した。「さっさと金を渡せよ。そうすりゃ許してやるから」「あたしから金をとるなら、殺す覚悟でやれ！」サラ・バーンズは歯を、ぼろぼろ崩れだすんじゃないかと思うほど食いしばる。そして、ぼくのほうを向いていった。「エリック・カルフーン、こいつがあたしを殺して何か奪っていこうとしたら、あんたが体を張って止めるんだ、いいね」わかった、とぼくは返事をしたけど、もし本当にサラ・バーンズが殺されたら、こっちは逃げるだけで精いっぱいだろう。

デイルはサラ・バーンズをにらみつけて、こぶしをおろす。「おまえなんか殺したってしょうがねえ。どうせ一セントも持ってねえんだろ？　ダチのデブからもらうとするか」

ぼくは、考えるまもなく両手をポケットに突っこんだ。そのとき、サラ・バーンズの声がきこえた。「そいつに何か差し出したら、あたしがあんたを殺すからね」突然ぼくは、究極の選択を迫られた。デイル・ソーントンに殺されるか。それともサラ・バーンズに殺されるか。絞首刑と致死注射、どっちか選べなんていわれても……。けど万が一殺されそこなって、一生障害を抱えて生きるはめになったら、荷物を持ってくれたりする友だちがいないと困る。ぼくは、気が遠くなるほどゆっくりポケットから手を出すと、その場に立ちつくした。体が削岩機に乗ったクラゲみたいにぶるぶる震えて、全身が溶けて流れるんじゃないかと思うほど汗が止まらない。

デイルはきっと、サラ・バーンズをさんざん殴り続けて一セントも手に入らなかったことにうんざりして、くたくただったんだろう。ぼくをぶん殴って泣かせて、その場にへたりこませるとばかり思ってたのに、ただ「もういい」とだけいってその場を立ち去った。ぼくは緊張で体の水分がどっと汗になって出て、一気に五キロはやせた気がした。ひざから力が抜けて、ケツを砲丸投げの鉄球みたいにドスンと地面におろし、目を閉じる。けど、だれかが前を通り過ぎる気配を感じて、さっとまぶたをあげる。やけどを負った両手がぼくの襟をつかんで、ぐいっと引っぱりあげる。無理やり立たされたぼくは、はっと息をのんだ。サラ・バーンズの腫れあがった顔がどアップで迫ってくる。「腰ぬけのブタ野郎！あんな落ちこぼれのクソガキに、金なんか渡そうとしてんじゃないよ」

「だって、殺されると思ったんだ」

サラ・バーンズはぼくの顔を引き寄せて、あざけるようにいう。「そんなに律儀にいわれるままに、物をやったりへこんだ顔をみせたりしてたら、ほんとに殺されちゃうよ」

そんなのいわれなくてもわかってる。けど、サラ・バーンズに殴られそうな恐怖はまだおさまりそうにない。そうだ、話をそらしてごまかそう。「あのさ、ぼくたち、悪口はいい合わないって約束しなかったっけ？　なのにきみは、いまぼくを腰ぬけのブタ呼ばわりしたよね？」

「まあね」サラ・バーンズはいって、襟を放す。「その話、あしたにしてくれる？　あんたの生皮をはぎたくなるほど怒ってなければ、謝るから」

よくいうよ。謝ったことなんか一度もないくせに。どうせあしたもそうだろう。と思ったら次の日、サラ・バーンズの怒りは本当にしずまってた。そしてぼくらは、『クリスピー・ポーク・リンズ』の構想を練り始めた。その週の金曜日、一時間目が始まる直前に、中二のすべての生徒の机に新聞が一部ずつ配られた。見出しにはこんな文字が躍ってた。

十六年前の歴史的事件
ハッカ飴サイズの脳をもつ男がアメーバと交尾
生まれた息子は図体だけ立派な落ちこぼれ——名前はデイル

ユーモアゴシップ雑誌の老舗『ナショナル・エンクワイアラー』にちょっと頑張れば追い

つけると思ったけど、さすがにそれは甘かった。けど最初にしてはまずまずの出来だ。

そのときベルが鳴って、ぼくの心は現在のCATクラスに引きもどされる。体だけここに残ってたってわけだ。リュックに教科書を放りこんで、レムリー先生の教卓の前を通り過ぎようとすると、呼び止められた。「あなた、心ここにあらずだったでしょ?」先生がいう。「何を考えていたの?」

ぼくは答える。「キャシー・グールドのいないところに行きたいなって」

「議論についていけなかった?」

「きょうは無理でした。時間ありますか?」

「少しなら。サラ・バーンズのことを話したいの?」

「いや、うん、そうです。サラ・バーンズはただぼーっとすわってました。それで、なんだか怖くなっちゃって。あんなに無防備な姿はみたことがなかったし。使い古しのコンテナみたいに空っぽで、まるで死人だった」

「病院の人と話した?」

「はい、カウンセラーと。これからも面会に来て、いつもどおりに話しかけてくれっていわれました。サラ・バーンズが答えなくても、答えてるつもりで話せって」

先生はぼくの肩に手を回す。「つらかったでしょうね」

ぼくはほほ笑む。「はい。けどそれは自分が、ひとつ目の質問にも答えない人間相手に、そうとも気づかずに三十分も話し続けるバカみたいだったからじゃないんです。サラ・バーンズは、ぼくにとって本当に大切な友だちで……だから、ぼくもあの子にとって大切な存在になりたい。なのに、いまのぼくはそうじゃない。なんの役にも立ってない。まだ水泳にも、レムリー先生にもエラビーにも出会ってなかったころは、サラ・バーンズがぼくのすべてだった」

先生は自分の本をまとめ始める。「忘れないで。サラ・バーンズがそんなふうになったのは、あなたのせいじゃないのよ。モービー、あなたのいうとおり、毎朝起きるたびにあの顔と向き合わなきゃならない彼女のつらさを、わたしたちはつい忘れてしまう。いまの状態は、彼女ならではの休みのとり方なんじゃないかしら」

「けど、そのままもどってこなかったら？」

先生は眉をあげて顔をしかめる。「わからない。わたしは精神科医じゃないから」

3

エラビーは自慢のクリスチャン・クルーザーのスピードを落とし、うちの前に積もって固まった雪の上に停めると、ホーンを鳴らした。そのメロディは古いゴスペルソング「古びた粗末な十字架」だけど、調子っぱずれのチューバのソロにきこえなくもない。エラビーは勢いよく車を降りると、凍った歩道を歩きだす。二回も尻もちをつきそうになりながら、大声で母さんを呼んで、いっしょにスケートでもしませんかと誘う。母さんはキッチンの窓を開けると、地元のキリスト教テログループを呼ばれたくなかったら、その化け物みたいな車を遠くに停めてきてといい返す。けどエラビーは笑顔を返し、「ハイ、ミセス・モービー」とあいさつする。そして大げさに倒れて四つんばいになって、キッチンのドアに向かってそろそろとはっていく。

クリスチャン・クルーザーは、たぶん無宗教の国を走ってもひんしゅくものだろう。もともとは空色の一九七三年型ポンティアック・ステーションワゴンだけど、ボンネットから後部ドアまで、エアブラシで描いた雲がもくもくとうねってる。おまけに前輪から後輪のフェンダーにかけては古風な書体で黒い文字が書いてある。まず助手席側には、聖書（ローマ書六章二十三節）の「罪の報いは死なり」をもじって「罪の報いは一ドル五十セントなり」そして運転席側には、讃美歌「神はわがやぐら」をもじって「飼い犬はわがやぐら」後者はエラビーのうちで飼ってるロットワイラー、ディックとの永遠の絆を、なんの関係もない通行人に向かって宣言、いや叫んでるようなものだ。エラビーはときどきぼくを脅す。「ディックが欲しけりゃ譲ってもいいぞ。けど名前はモービーズ・ディック《白鯨のちんこ》に変えなきゃな！」警察がエラビーをヘリで追跡、なんてこともありえない話じゃないけど、そのときは車の屋根からヘリに向かってこんなメッセージが送られる。「オーラル・ロバーツは鎮痛薬が手放せない」これは二十世紀半ばの有名テレビ伝道師ロバーツが毎週日曜日の朝、病める来訪者全員に癒しのパワーを分け与えてたころ、大物コメディアン、ロドニー・デンジャーフィールドがいったジョークの引用だ。エラビーは、キリスト教伝道番組史の熱心な研究者でもある。エラビーが二年前に乗り始めてから、クリスチャン・クルーザーはベルリンの壁も真っ青の破壊の標的にされてきた。けどスティーヴ・エラビーは優秀な自動車修理工でもある。おじさんの修理工場にもちこんでへこみをなおし、ペイントしなおせば、たちまち新車に逆もどりだ。

　エラビーは流しにかがんだ母さんの後ろをさっと通り過ぎるついでに、お尻を軽く叩いた。母さんは「歯を折って紙袋に入れて、家に送るわよ」といってエラビーを脅すのを、とっくにやめてしまった。「野蛮人と呼んでください」エラビーはいって、物欲しそうに目をぎらつかせる。「十代のケツをもつ三十六歳の女をみて、何もするなっていうほうが無理でしょ」

エラビーはぼくの部屋に入ると、ベッドのそばの椅子にどさっとすわる。ぼくはベッドに横になって目を閉じたまま、枕もとのCDプレーヤーにつないだヘッドホンから、バーズの曲をフルボリュームできいてる。母さんはぼくに最高のオーディオ機器を買ってくれる。ただしそれには条件がある。流行りの曲が入ったCDじゃなくて、一九五六年から一九七五年までに録音された曲の入ったCDを買うこと。おかげでぼくは古い音楽にすっかりはまって、MTVなんてチェックする気にもなれない。そんな暇があったら、ボブ・ディランやバディ・ホリーやバーズやローリング・ストーンズやデイヴ・クラーク・ファイヴや、タートルズをきいてるほうがよっぽどいい。ちなみにタートルズといっても、漫画やアニメで有名な『ティーンエイジ・ミュータント・ニンジャ・タートルズ』とはなんの関係もない。

というわけで、いまもこうしてバーズのヒット曲「ターン！ターン！ターン！」をききながら、「すべてのものに季節がある」世界に浸ってる。けどエラビーに足をつかまれて、一気に現実の冬に引きもどされた。

エラビーは積みあげたCDのなかから、『ベスト・オヴ・バディ・ホリー』を手にとる。

「おまえの好きなバンドや歌手って、半分は死人だな」

ぼくは腕時計をみる。「もうそんな時間か」

「ていうか過ぎてるよ」エラビーはいう。「早くしないと、人魚のうろこがひからびて、はがれちまうぞ」

今週の予定はきのうのサウス・セントラル高校との試合だけだから土曜日は自由行動、のはずだけど、シーズン中に実力のピークを過ぎないように、というのがレムリー・コーチの命令だ。いざというとき、つまり地区予選と州大会でいちばん速く泳げるように調整しろというわけだ。試合期間中以外はひたすら練習あるのみ。

きょうのトレーニングはとりわけヘヴィだ。掲示板の練習メニューの横に星印がついてる。これは〝スペシャル〟という意味で、もっと正確な言葉でいうと、拷問。つまり〝スペシャル〟は〝どこまでついてこられるか〟という挑戦でもあって、鬼コーチ・レムリーの頭脳に隠された樽の底から、引っぱり出されたばかりのとっておきメニューだ。で、きょうのスペシャルは百メートルを百本。百の百倍、一万メートルだ。まずは二分以内に一本のペースでスタート。百メートルを一分で泳ぎきれば一分休憩できるし、一分五十九秒かかれば一秒しか休めない。けどそれだけじゃすまない。練習から脱落したくなければ、自分の標準タイムかそれより速いタイムをキープしなきゃならない。試合での自己ベストより十秒から十五秒長いタイムを維持できれば合格だけど、それを越えたら脱落決定。自分の実力と種目がすべてを左右する。標準タイムを下回ったら、もう泳がせてもらえない。しかも、十四本おきに一本、必ずバタフライを入れなきゃいけない。いつか読んだ『ストータン！』という本のなかで、ウォーカー・デュプリーという選手が、自分にとっての地獄は一コースしかないプールをバタフライでえんえん泳ぎ続けることだ、といってたけど、ぼくもそれには大いに共感する。

まともな人間なら、たいてい二十本目あたりで標準タイムをキープできなくなって、家に帰る。けど〝まとも〟なんてレベルで満足してるようじゃ、真のスイマーとはいえない。ひとりだったら挫折しそうなことも、仲間と同じ苦しみを共有すれば続けられる。弱音を吐くくらいなら、舌を蜂の巣に突っこんでべろべろ動かしたほうがましだ。けど、苦痛を与える権限を握ってるのがレムリー・コーチとなると、音をあげるまで生きてられるかどうか……。これは、ぼくを含むほとんどの部員が抱く不安だ。

ぼくとエラビーはクリスチャン・クルーザーで、雪に覆われたスポーカンの裏通りを飛ばしていく。車の屋根に搭載したスピーカーからは、ゴスペルの女王マヘリア・ジャクスンが、泣きむせぶように歌う「主の祈り」が流れてる。ぼくはシートの上で身をかがめ、スキー帽をずりさげて顔を隠す。神の言葉を冒涜した共犯者として、逮捕されたりしませんように。

この車は、うちのチームの団結力に小さなひびを入れた。いや、ひびどころか亀裂、しかもその深さは底なしだ。去年、マーク・ブリテンがコーチにいった。わが校を含むすべての試合会場に、エラビーがあの車で乗りつけるのを禁止してほしい。そしてどんな形であれエラビーが学校やチームを代表する立場にあるとき、神を冒涜するような悪ふざけは徹底的に封印させてほしい。ちなみにマークという名前は新約聖書の「マルコによる福音書」からとったもので、兄弟の名前もマシュー（「マタイによる福音書」）とかルーク（「ルカによる福音書」）とか、ジョン（「ヨハネによる福音書」）とかメアリー（もちろん聖母マリア）とか……これだけ書けばじゅうぶんか。そんなブリテンの要求を、レムリー先生は合衆国憲法を読めのひと言でつっぱねた。けどブリテンは憲法を読まずに、アメリカ最大のキリスト教テレビネットワーク、トリニティ・ブロードキャスティング・ネットワークの番組を五十時間もみた。それから熱心な賛同者二十五人から三十人の署名を添えた嘆願書を、学校当局に提出した。内容はこんな感じ。「エラビーがあの忌わしい空色の化け物ワゴンで試合会場に行くことだけでなく、学生駐車場の使用も、未来永劫この世の果てまで禁止してください。アーメン」ブリテンには、とっても偉いお友だちがいる。モーツはいま、このマッカーサー高校の副校長だ。モーツの生体臓器移植ドナー有力候補リストのなかで、エラビーはぼくとサラ・バーンズのちょっとだけ上にいる。けど、ぼくら西洋型民主主義支持者はじつにラッキーだ。なにしろわが校の校長パタースン先生は、正義感と幅広い見識のもち主で、決して口には出さないけど、モーツは博愛精神のケツにできたイボ同然だとも思ってる。とにかくパタースン校長のおかげで、マッカーサー高校はモーツの思想犯収容所にならずにすんでるし、クリスチャン・クルーザーは、ブリテンとその弟子たちのあざけりを尻目に校内を走り続けてる。

もうひとつふれておかなきゃいけないのが、エラビーのお父さんは神父だってことだ。聖マルコ聖公会《せいこうかい》教会に行けば、白い詰め襟の聖衣を着たお父さんに会える。エラビーもそこで毎週、ローブを着てろうそくに火をともしてる。なぜか親子そろってぼくを、謎の男と呼ぶ。

ぼくの自由形のベストタイムは五十二秒にちょっと届かないくらい。だから標準タイムは一分〇二。レムリー・コーチが端数をはしょって水増ししてくれた。ぼくは長距離が得意で、種目は五百メートルと千五百メートルの自由形だから、標準タイムで泳ぐのはそんなにむずかしいことじゃない。エラビーはバタフライが得意、いや得意どころか専門だ。百メートルのベストタイムが自由形のベストとほとんど変わらない。この記録はチーム最速だ。その点では、エラビーのほうがぼくより有利だ。十五本目のバタフライがくるたびにぼくは死にたくなるのに、エラビーには格好の充電になる。もういったかもしれないけど、エラビーには常識じゃ計り知れないところがある。

このトレーニングは、始まりから終わりまで三時間以上かかる。けど最後まで泳ぎ続けられるのはせいぜい五、六人だろう。標準タイムをキープできなくなった部員は、プールサイドに残って仲間を応援する。練習が終わると、コーチがピザをおごってくれる。ピザ・マリアから配達されるあつあつのピザと、何リットルでも飲み放題のコカコーラ！ チームは男子十人と女子十人だからちょっとしたパーティになるけど、地獄のトレーニングのあとでカップル誕生なんて確率はゼロに近い。特にぼくの場合、はっきりいってラスヴェガスのノミ屋がどんなにオッズをあげても賭けが成立しない。

「調子はどうだ？」マーク・ブリテンがたずねた。ぼくの隣のレーンで先頭を泳ぐらしい。さすがレムリー・コーチ、選手の闘争心をかき立てる術を心得てる。ぼくもブリテンも、ほかの部員より先に脱落するくらいなら、腐った動物の死体から竹やりがつんつん突き出た落とし穴に、三メートルの飛びこみ板から腹を下にして飛びこむだろう。百メートルや二百メートルの短距離レースでブリテンにかなわなくても、標準タイムをキープする勝負ならこっちのものだ。初めの二十本までやつの後ろを泳いだとしても、そんなに差はつかないだろうし、先にスタミナを切らすのはやつのほうだ。バタフライの実力はほぼ互角だから、そこで引けをとる心配もない。それに、水泳の才能がぼくより上でも、サラ・バーンズの言葉の暴力に八年も耐え続ける根性は、やつにはない。ぼくにはある。

「ああ、万全だよ」ぼくはブリテンに答える。「そっちは？」

「どうかな。最近ちょっと調子が悪くてね。まあ、やれるだけやってみるよ」そんな見え透いた心理作戦にだまされるもんか。最初はどうにかついてきてるふりをして、ちゃっかり追う立場におさまるつもりだろう。試合本番は時計との勝負だけど、隣のレーンで泳いでるやつがマーク・ブリテンとなれば、気にしないわけにいかない。残念だな、ブリテン、百メートル百本の長丁場なら、おまえに勝ち目はない。

うちの学校のプールは六レーン、二十五メートルの公式サイズ。サークル・パターンという使用法に従って、行きはレーンの右側、帰りは左側を泳ぐ。エラビーもブリテンもぼくも、それぞれのレーンで先頭をつとめる。三人のレーンが隣り合ってるのも、競争心を持続させようというレムリー・コーチの天才的な企みだ。ぼくのレーンとブリテンのレーンでは選手が四人ずつ、エラビーとほかのレーンでは三人ずつ泳ぐ。各レーンでいちばん速い選手が先頭を泳ぎ、二番手以降の選手は、三秒ずつ間をおいてからスタートする。あとはハイウェイみたいに、右側通行でひたすら泳ぎ続ける。百メートルを一本泳ぎきる前に、レーンのまんなかあたりで前の選手に追いついたら、次の百は追いついた選手が先にスタートできる。

レムリー・コーチのかん高い笛の音が、高い壁に反響する。ブリテンのレーンの面々は、それぞれ片ひざをつき、手を合わせ、頭《こうべ》をたれ、ブリテンの先導でせわしなく祈りを捧げる。神よ、我らに最善をつくさせたまえ。その向こうでは、エラビーが両ひざをつき、目を閉じると、頭をぐっと反らせて両腕をいっぱいに広げ、大声で訴えかける。主よ、おれの代わりに一万メートル泳いでください！　返事がないとわかると、片目を細く開けて、バプテスマの洗礼者ヨハネは留守ですかと問いかける。ヨハネにも無視されて、エラビーははない。「ちくしょう！」と吐き捨てる。とっくに見飽きた悪ふざけに、ブリテン隊のリアクションはない。レムリー・コーチはため息をついて、首を横に振る。進歩し続けるためなら、どんな競争でもないよりまし。とるに足らない愛や憎しみも全部かき集めてエネルギーにしなきゃ、この地獄は乗りきれないってこともコーチはちゃんとわかってる。

最初の十本まではみんな楽に泳げる。十五本目、つまり六本のバタフライの一本目で、ゴールの遠さがなんとなくわかってくる。四十五本目、つまり三本目のバタフライが終わったところで七人が脱落、そのうち六人が男子だ。女子は鼻高々だろうけど、いまごろはおしゃべりに一カロリー消費することさえ考えられなくなってるはずだ。六十本目で女子二名脱落。六十一本目でブリテン隊の兵士がひとり減ると、エラビーが沈黙を破り、主よ、なぜブリテンのしもべをお見捨てになるのです、といった。けどそこから先、きこえるのは水をかく音、それをさえぎるように、足の裏とふくらはぎで水面を叩くターンの音だけだ。コーチが笛を吹き鳴らすと、十一人分のぜえぜえ息をする音が、緊迫した悲鳴みたいに響きだす。酸欠で頭のいかれた連中が、塩素たっぷりの飛沫から吸える酸素は少しでも吸っておこうと、懸命に息をする音だ。

八十五本目、プールに残ってるのはたった七人。ぼくは、標準タイムより〇・五秒以上速いタイムを維持しながら、自分をけしかける。今年二度目の試合で叩き出した、あの奇跡的な百メートルのタイムをめざすんだ。ブリテンの自己ベストまであと〇・二秒という、あの記録が出たからこそふたりの標準タイムは同じになった。三十五本目あたりから、やつより先に壁にタッチしてるけど、まだ差はそんなについてない。自分でペースを決めなきゃいけないという点では、追われる立場のぼくが不利だ。ぼくがこのまま標準より速いタイムで泳ぎ続けるとわかってるブリテンは、何も考えずにあとを追うだけでいい。けどこっちは、ペースを気にしつつ泳がなきゃならない。ぼくはもっぱら、ブリテンの嫌いなところをあげつらいながら泳いでる。あいつはいばりくさったクソ野郎だ。そんな感情をエネルギーにして、地獄のトレーニングを最後までやり遂げてやる。

九十本目、最後のバタフライ。バタフライに標準タイムはないけど、この泳法にかぎっていえば、速く泳ごうと遅く泳ごうと、きついことに変わりはない。大切なのは、次の百メートルを泳ぐ前に、どこまで体力を回復できるかだ。ブリテンとぼくは激しく競り合いながら、一分四十秒でフィニッシュした。エラビーはそれより十秒も前に休み始めてる。もしかしたらぼくは初めて、最後の十本を前に脱落するかもしれない。二十秒の休憩じゃ体力がもどらない。自分のレーンにたったひとり残ったエラビーが、手を高くあげた。次の百メートルは、自分がペースメーカーになるという合図だ。それならこっちは、次の二本で復活できる。

笛と同時に、ぼくらは泳ぎだす。いつもなら最初の二十五メートルで湧きあがってくるエネルギーも、いまはゼロだ。ぼくより体半分先にターンを終えたエラビーは、ぼくが次の五十メートルか七十五メートルで元気をとりもどさないと、勝ち目はないことを察したはずだ。ブリテンは決して遅れをとることなく、作戦どおりにぼくを泳がせる。こっちが脱落しても、自分はそれよりひどいタイムは出さずにすむってわけだ。ふざけるな！　という怒りをばねに、ぼくは二度目の二十五メートルで調子をあげて、ターンして、三度目の二十五に突入する。三度目を泳ぎきるころにガス欠になっても、めげずに泳ぎ続ける。単純なことに気づいたからだ。いま苦しみに負けても、必死になれば、次の一分で必ず遅れを挽回できる。歯を食いしばってフィニッシュを迎え、壁にタッチすると、標準タイムより〇・一速かった。ブリテンも僅差でフィニッシュした。エラビーはぼくを体半分リードしてる。

あと九本。

九十二本目は九十一本目となんにも変わらない。このまま最後までいけそうだ。まだ泳ぎ続けてるのは、男子三人と女子四人だけ。ほかの部員たちは疲れがとれて応援に精を出し、スタートとフィニッシュのたびにぼくらの名前を大声で呼ぶ。

九十五本目の笛が鳴る前に、ぼくはブリテン越しにエラビーをみてうなずき、眉をあげてみせる。エラビーがうなずき返す。ぼくもエラビーも欲ばりだから、一万メートル泳ぎきるだけじゃなく、ブリテンをへこませないと気がすまない。

エラビーは指二本でVサインをする。次の百メートルは、標準より二秒速いタイムをめざそうという意味だ。ぼくはうなずく。うまくいけば、ブリテンを出し抜くことができる。やつはぼくらが標準ぎりぎりのペースで泳ぐと思いこんでるはずだ。

コーチの笛が鳴り響き、ぼくらは泳ぎだす。ぼくは底をつきかけたスタミナをしぼり出し、最初の二十五メートルをがんがん飛ばす。エラビーも同じだ。もちろんブリテンもついてくる。エラビーとぼくは二回目と三回目の二十五で、それぞれ標準を〇・一秒切るタイムをひねり出すと、壁を思いきりけってラスト四回目に突っこんでいく。ブリテンはまだついてくる。ぼくらは標準タイムより一・五秒速くフィニッシュした。

時計をみたブリテンの顔に驚きと、すべてを悟った表情が広がった。やつは長距離選手じゃない。もう終わりだ。ぼくはあえぎながら、笑顔でいう。「なかなかやるじゃん」スタミナを奪われたブリテンは、九十六本目で標準タイムに一秒も遅れて、脱落。ぼくとエラビーと、最後まで残った女子ふたりはラスト三本を泳ぎきり、ゴールイン。ピザ・マリアの配達員がやってくる。

マーク・ブリテンは不機嫌どころじゃない。

無理もない。悪魔の使いに負けたんだから。

ぼくは勝利の喜びに浮かれて、狂乱のピザ・パーティもフルスピードで飛ばす。けど最後のひときれを数分で平らげる前に、急にペースが落ちてくる。筋肉という筋肉の奥から放射される熱で、体がぽかぽか温まってきた。コンクリートのむき出しのプールサイドでこのまま寝ちゃいそうだけど、このあとサラ・バーンズの面会に行かなきゃならない。ぼくはチームメイトとハイタッチを交わすと、エラビーといっしょにシャワーを浴びて、やつの愛車で家まで送ってもらうことにした。

「マーク・ブリテン撃沈、だな」エラビーが、運転席に乗りこんでいう。

「だね」ぼくは返すと、シートに身を沈める。

「最高の気分だ。まあ、やつは正義漢ぶったまぬけな福音押し売り野郎だけどさ、おれもたまに思うよ。ああいう連中みたいに神様を信じられたらって。自分と考えの違う人たちを切り捨てて、あとはなんにもしなくていいんだから」エラビーはうんざりしたように手を振る。「ああもう、やめやめ、こんな話。けど、おれらふたりでまんまとつぶしてやったな。絶対に勝てると思ったぜ。ブリテンはヒルみたいにしつこく食いつくしか能がないから、スタミナで勝負したらおれらに負けるってことを忘れちまったんだ」うれしそうにハンドルを叩いて、「正義って最高」というと、ぼくのほうをみてたずねる。「これから面会か？」

ぼくはうなずく。

「あの子のこと、好きなんだな」これは質問じゃない。

けど、ぼくはまたうなずく。

エラビーは何かいおうとしたけど、口を閉ざす。車は雪に覆われた静かな通りを、ぼくの家に向かって走り続ける。ぼくらはときおり、はめられたと気づいたときのブリテンの顔を思い出し、どちらからともなく笑いだす。

ぼくは家に帰ると母さんの車を借りて、凍った路面でタイヤをスリップさせないように気をつけながら、聖心会病院に向かう。サラ・バーンズに出会い、助けを求めてしがみついたのが、まるで遠い昔のようだ。ぼくにとってサラ・バーンズは、嵐の吹き荒れる危険な海でみつけた、たった一艘《そう》の救命いかだだった。サラ・バーンズはあの醜い顔を、ぼくらをいじめるやつらの顔に突きつけた。ぼくはといえば、脅えたカメがもろい甲羅に首や足を引っこめるように、ぶよぶよの白い体で縮こまり、サラ・バーンズがつまはじき者のプライドを賭けてひとりで戦う姿を、ただみてるだけだった。どうしてあんなにびくびくしてたんだろう。夜中に毛布を頭の上まで引っぱりあげて、早く大人になって、怖いものが少しでも減りますようにと祈ってた。それに、あのころのぼくは、いまじゃ考えられないほどの大食いだった。

週末の未成年者病棟は、平日より人が少ない。授業もグループセラピーもないからだろう。年上の子が二、三人、椅子にすわって本を読み、ほかの子たちは黙ってゲームをしてる。小さい子たちは看護師やカウンセラーのあとを、ひもで引かれるおもちゃみたいにあっちからこっちへついていく。

サラ・バーンズはきのう別れたときと同じソファの、同じ場所にすわってる。ローレルはいないけど、代わりにサムという大柄な若いカウンセラーがいて、近づいてくる。ぼくはソファにすわって話しながら、サラ・バーンズが食いつきそうな話題を探す。

サムがいう。「きみ、エリックだろ?」

ぼくはうなずいて、サムが差し出した手を握って握手をする。「何か変わったことは？　ひょっとして、きのうからずっとここにすわってるとか？」

サムはにやりとして首を振る。「まさか。授業とかセラピーにはちゃんと参加してる。ただ何も話さない、それだけさ。人の話はきいてるし、理解もしてるはずだ。行動はぼくらとぜんぜん変わらないからね」

「食事は？」

サムはうなずく。「体重は問題ない。小食だけど、カロリーもそれほど消費しない」ぼくらがすわってるソファの横にしゃがみこむ。「こうなるきっかけとして、何か思い当たる事件はなかった？」

「なかった、と思います。アメリカ政治学の授業を受けてるとき、急にこうなったんです。終鈴が鳴ってもじっとしたままでした。授業中にふたりでおしゃべりしてて、その内容が原因でああなったわけでもない。ちょうど先生が生徒を指しながら、授業のおさらいをしてるところだったんで」

サムはうなずいて、残念そうに顔をしかめる。「じゃあ、何か思い出したり、問題の解決に手を貸してくれそうな知り合いがいたら、知らせてくれないか。きみは彼女の親友なんだろう？　きみがここに来て話をする回数が増えれば、その分退院の可能性も出てくる。

思い出話とか、彼女がのってきやすい話をしてやってくれ」少し間をおいて、たずねる。

「父親のことは、何か知らないかな？」

ぼくはサラ・バーンズを横目でみて、答える。「ぼくらは小学生のころからのつきあいですけど、サラ・バーンズの家に呼ばれたのはたった三回、それも父親が留守のときだけでした。けど、残酷な男だってことは確かです。いや、残酷なんてもんじゃない。娘がやけどを負ったすぐあとに、顔をなおす手術もなんにも受けさせなかった。むしろ、そのおかげで娘が強く育ったと自慢してる」

「彼女は父親のことをなんていってた？」

中学生のとき、父親のことを話題にしようとして、サラ・バーンズにこぶしを突きつけられたことがある。「そういう話は、あんまりしませんでした」

サムは頭をかく。「ぼくらの印象と、だいたい一致してるみたいだな。父親は二回ここに来たけど、二回とも十分以内に帰っていった。ほかに仲のいい友だちはいないか？　彼女について何か知ってるとか、彼女が話しだすきっかけをつくれそうな人は？」

「そうだなあ」ぼくはいう。「中学時代に知ってたやつが、ひとりだけ。デイル・ソーントンっていうやつで、まあ友だちといえば友だちだけど、敵といえば敵かな。結局中二のとき退学しちゃったんですけど、そんなやつでも役に立ちますか？」

「どの程度友だちで、どの程度敵だったかによる」

「敵っていうより友だちでした」ぼくはいう。「少なくとも、あいつが学校からいなくなるころには」


デイルの中学生活は、お世辞にも最高とはいえなかった。さすがにひとりでデイルをからかうやつはいなかったけど、大勢でやれば怖くない。デイルはまず、思ってもみないところで自分の名前をきくことになった。「よお、デイル、新聞の一面を飾るなんてすごいじゃん」その日の朝、デイルが校内に足を踏み入れたとたん、だれかが声をかけてきた。一時間目開始のチャイムが鳴るまでに、似たようなことが何度かあった。初めはデイルもにやにやしたり、声のするほうに手を振ったりしてたけど、三回目に名前を呼ばれる前に、『クリスピー・ポーク・リンズ』をみた。記事を全部まともに読めなくても、自分がサラ・バーンズとぼくの妥協を知らないジャーナリスト魂の、餌食にされたことだけははっきり理解した。

三時間目が終わると、デイルは廊下でノーム・ニッカースンを捕まえた。金髪に青い目の、いかにも本の虫って感じのノームは、小学校時代、下級生にボコボコにされそうなやつナンバーワンの座をだれにも譲らなかった。デイルは親指と人さし指でノームのほっぺたをぎゅっとつまんで、「やあ、ノームくん」とからかうようにいった。「ちょっとトイレでタバコでも吸いながら、おしゃべりしないか？」

ノームは泣きそうな声で断ろうとしたけど、ほっぺをきつくつねられて唇の感覚が麻痺して、まともに答えられそうになかった。

ちょうどトイレの個室に入ってたぼくは、あわてて両足を便座にのせて、四時間目のチャイムが鳴るのを待つことにした。ぼくはあの地下新聞の編集長だ。ここでやつにみつかったら八つ裂きにされちまう。ドアのすき間から外をのぞいて、いま自分は殺人蜂の生息地を夜中に通り過ぎるところだといいきかせて、息をひそめる。

デイルはノームにタバコを差し出す。

「遠慮するよ」ノームはいう。「一本吸ったところだから」本当はタバコなんてふかしたこともないくせに。けど身長百五十センチで体重四十キロ足らずのノーム・ニッカースンとしては、ほとんどの生徒が身の安全のために週七十五セントのこづかいをいわれるままに差し出す男、デイル・ソーントンを怒らせるわけにいかない。

「そりゃよかった」デイルはいう。「じつは一本しか残ってなかったんだ」ノームはさっそくポケットに手を突っこむ。けどデイルはそれを制するように手をあげて、「取引をしよう」といった。ノームは黙って話の続きを待つ。「それにのれば、きょうは勘弁してやる」

ノームはさらに相手の言葉を待った。

デイルはにらみつける。

ノームはさらに待つ。

デイルはさらににらむ。

「これが、取引?」ノームがついに沈黙を破った。「なんの得にもならないんじゃない?」

「ああ、そうだ」デイルはいって、タバコを小さく振る。「忘れるところだった」そして
ノームにしわくちゃの『クリスピー・ポーク・リンズ』を渡して、いった。「読め」

ノームはいやいや新聞を受けとると、脅えた目でデイルをちらっとみて、紙面に目を落とす。今朝、これを読んだときはすごくおもしろかったのに、いまこうしてデイルに見おろされながら読んでも、笑えそうにない。ノームは不安そうにデイルをもう一度みてから、黙って読み始める。

デイルはノームの耳をひっぱたいた。ノームの頭には、その音が電話のベルみたいにわんわん響いたに違いない。「黙って読んでちゃわからねえだろ!」デイルは怒鳴りつける。デイルに記事を最後まで読み通す国語力がないことに、ノームはやっと気づいた。赤く腫れて熱のこもった耳をそっと押さえ、口を開き、記事を音読し始める。

「自分で読んでもいいんだけどさ」デイルはいう。「おれほど〝意外〟な男になると、そん

なつまらねえ用事は人を雇ってすませちまうんだ。ほら、読め」

「意外」じゃなくて「偉大」だろ？　とノームはつっこみたかっただろうけど、思いとどまってメガネをなおし、見出しから読み始める。

「そこは読んだ」デイルがさえぎる。「字が細かいところを読め」ノームは見出しを飛ばして、独特の高い声を震わせて本文を読む。

「専門家のあいだでバナナナメクジの一段階上で進化が止まったとされる男が、十六年近く前、サカジャウィア中学校の生物学研究室で居眠り中に、解剖用の死体と間違えられて週末のあいだずっと監禁されていたことが最近明らかになった。男は人間の言葉で話すことはできないが、現在収容されている精神病院の浴室の壁に、古代の象形文字で自分の身の上話を彫ることはできた。男は、予期せぬ監禁二日目の終わりに孤独に耐えきれなくなり、自分と同じ知能レベルの仲間を探し始めたという。ようやくみつかった仲間は、シャーレのなかにいた」

ノームは目をちらっとあげて、デイルの顔色をうかがう。脅えるのも無理はない。伝言を、それを伝えた本人の言葉だと勘違いするのは、デイルの得意技みたいなものだ。いまそんな勘違いをされたら、便器の底に鼻を押しつけられる。あんなくさいところに鼻をくっつけられたら窒息するかもしれない。

「続けろ」デイルはいう。「まだ終わりじゃないだろ？　ちゃんとみたんだ。もっと長かった」

ノームは深く息を吸いこむ。

「モートン・ソーントンと名乗るその男は、いつになく長く感じられたその夜、シャーレのなかでも特に美しいアメーバとめでたく夫婦の契りを交わした。お相手は親の顔も知らない魅力的な中年のアメーバで、名前はリタ。翌朝救出されたモートンは、単細胞生物の花嫁の存在をすっかり忘れてしまい、いつもの仕事にもどった。ちなみにその仕事とは、開封ずみのペットボトルの中味を飲んでリサイクルに回し、タバコの吸殻をもらうというものだった。しかしたった十六年後に、サカジャウィア中学の優秀な匿名記者がその交尾の結果ともいえる存在を確認した。その記者は住所不定でいまだに身元不明だが、交尾の産物はなんと生徒のなかにまぎれこんでいた。モートンの秘密が、長い時を経てついに明らかになったのだ」

「記者は勇敢にも、デイル・ソーントンの高等部進級への三度目の挑戦を三週間に渡って取材した。自称未来の天才科学者デイルは、記者とほかのクラスメートに向かって、自分はかみタバコのかたまりを、五時間目の社会科の授業の始めから終わりまでかんでいられると宣言した。だがまぬけなデイルは二十分しかもたず、教室を飛び出したきり、姿をくらませてしまった。翌朝デイルは学校に現れ、ゲッツ先生にきのうは突然気分が悪くなったので早退したと申し出たが、ちゃんとした理由を添えた早退届を持ってこなかった（父親に早退理由を彫ってもらうのに、手ごろな大きさの石板がみつからなかったためと思われる）。デイルは校長室に行くようにいわれたが、その校長は、ＩＱがデイルより数分の一ポイント上回るだけの知能レベルなので、デイルのつじつまの合わない話をあっさり信じ、クラスに復帰させてしまった。しかし恐れ知らずの記者はその背後に、より重大な秘密をかぎとった。あんなバカげたことに挑戦する人間は、遺伝子そのものがゴミより劣悪なのではないかと考えたのだ。記者の熱意と互角に渡り合えるのは、黒人奴隷の歴史を徹底的に調査して、ベストセラー『ルーツ』をものにした作家アレックス・ヘイリーしかいない。それはさておき、記者はデイルのみじめな境遇に深くメスを入れ、遺伝子に関する推測が見事に当たっていたことを突き止めた。今後新たな展開があれば、紙面上で真実を明らかにしていきたい」

ノームはゆっくり新聞をたたんだ。ぼくは毛穴だけで呼吸できないものかと、懸命に息をひそめる。

「終わりか？」デイルは冷静にたずねる。

ノームは目を見開いて、悲鳴に近い声で答える。「終わりだよ」

「そこに書いてあるのは、おれがバカだってことだろ？　おれだけじゃなくて、親父も」

デイルはいう。

ノームはびくっとしてうなずく。「うん、だけど、ちょっとあやしい記事だよね。ほら、ちゃんとした新聞じゃないし。このかみタバコの一件なんて、ぼくもその場にいたけどさ、すごいなと思ったもん。あんなことをする度胸があるのは、きみ以外に……」

「だいたい、なんでうちの親父の名前がモートンだって知ってるんだ？」デイルはいう。「みんなはブッチって呼んでるのに。こんな新聞のことが親父に知れたら、おれは皮をはがれちまう。おれがしゃべったと思われるからな」

ノームは黙ってる。手負いの獣に手を出さないのは、農場育ちの知恵だろう。

「なんでやつらはこんなこと知ってるんだ？」デイルはしつこく食いさがる。

「知らないよ」ノームはかん高い声で答える。「ほんとだよ。ぼくも現場にいたんだから。あの、かみタバコの……」

「余計なこというんじゃねえ」デイルは警告すると、少し間をおいていう。「それと、金よこせ」

「え？　さっき金はとらないって……」

「そうだっけ？　おまえのきき間違いじゃねえか？　ほら、金を出すか便器で泳ぐか、どっちがいい？」デイルは個室をあごで指す。ぼくが隠れてる個室だ。さっさと金を渡せ、ノーム。

ノーム・ニッカースンは、ポケットを奥まで探り始める。

五時間目が終わるまでに、デイル・ソーントンがエリック・カルフーンを探してるという話は学校じゅうに広まった。学生ラウンジの人目につきにくい場所に賭場が立ち、大金が飛びかった。賭けの比率は、「カルフーンは五体満足のまま家に帰れる」が三に対して、「帰れない」が一といったところ。デイルは昼休みが始まる前に、校長室の外の硬い椅子にすわってるところを目撃されてる。授業中に煙の出ないタバコを楽しむことになんの得があるか、昼休みを丸々使って話し合ったという噂もあるけど、校長室から解放されたデイルが開口一番いったのは、「クソデブのカルフーンはどこだ？　やつだけは生かしちゃおかねえ」

「あいつにやられるとしたら、あたしが先だよ」サラ・バーンズはそういって、ぼくを自習室の机から引きはがそうとする。

「だとしても、十五秒もかからないうちにぼくの番だ」ぼくはいう。「きのうのけんかだって、デイルがけがしたのは、きみを殴ったこぶしだけだったじゃん。ああ、殺される。いや、もう死んでるのかも」机をじっと見おろして、考える。「そうだ、シモンズ先生を呼ぼう。ぼくをビデオカメラで撮れば、ノーベル賞がとれる。ぼくは生物学の常識を覆す奇跡だ。生きたまま死んでるんだから」すっとんきょうな笑い声が口からあふれ、すぐに消える。「『クリスピー・ポーク・リンズ』の次号のネタもこれで決まりだ。それにしてもあんな新聞、なんでやる気になったんだろう」

「ちょっと」サラ・バーンズがいう。「そんなに心配することないって。早く理科室に行こうよ。廊下でデイルにやられることはないから」

「ほんと？　なんでそういえる？」

「面倒なことになるから」

「面倒？　だれのせいで？　モーツ？　そんなのどうってことない。やつはもう校長室に呼び出し食らったんだ。それで、あの新聞をつくったのはだれか知らされた。もう終わりだ！」ぼくは大声でいうと、真実に気づく。「そうだ、これは、大都会のギャング抗争みたいなものなんだ。ワルの集団が、よそのワルの集団をつぶしたからって、警察はなんにも困らない。むしろ手間が省けてありがたいくらいだ。モーツはデイルを嫌ってるけど、ぼくのことも嫌ってる。だから自分は一発も撃たなくていい。そうか、そういうことか。ぼくが自分の血をのどに詰まらせて窒息死してから、現場に駆けつけて母さんにお悔やみの電話を入れるつもりなんだ。『わたしがもう少し早く現場に駆けつけていれば……まったく残念としかいいようがありません、カルフーンさん。もうひとり、お子さんをお産みになってはいかがです？　もっと出来のいいお子さんを』ああ、なんでこんなことに……」

「エリック！」サラ・バーンズがさえぎる。「落ちつきなよ。デイル・ソーントンはあんたを廊下でぶちのめしたりしない。ていうか、廊下にいるわけないじゃん。外でタバコ吸ってるんだから。さあ、理科の授業に出て、それから脱出の計画を練ろう」

ぼくはふらふらと机を離れ、サラ・バーンズについていく。どうせ死んでるんだから、どこへ行こうと同じじゃないか。

「逃げきってもらわないと困るんだよ」サラ・バーンズが廊下でいう。「あんたは無事に帰れる、に大金を賭けたんだから」

4

「サラ・バーンズに会ってきたの？」母さんが声をかけてくれた。家に入ってきたぼくは、きっと、運転疲れと友だちの心配でさえない顔をしてたんだろう。三時間のハードな練習のせいでもある。母さんは、スウェットの上にゴアテックスのジョギングスーツを着て、髪をひっつめてポニーテールにしてる。前髪が汗で額にはりついてるってことは、ジョギングから帰ったばかりなんだ。

ぼくはうなずく。病院のソファで、サラ・バーンズの心の壁に向かってどんな話題を投げかけようか考えてるうちに、眠ってしまいそうだった。「うん」

「どうだった？」

「うちで宿題をやってたほうがよかったかも」

「また反応なしだったのね。カウンセラーはなんていっているの？」

「前と同じ。心を現実に引きもどすような話をしてやれって。『クリスピー・ポーク・リンズ』、覚えてる？」

母さんは笑う。ぼくの人生最悪のあの時期、母さんは息子より長い時間を学校で過ごすはめになった。実際、紙とプリンターを用意してくれたのは母さんだったけど、モーツはまだそのことを知らない。「忘れるわけないでしょ、あの新聞のことは。サラ・バーンズにそんな話をしたの？　なら、あなたと話したがらないのも当然ね」

「そんなことないよ。サラ・バーンズはあの新聞を、下品な暴露記事の最後の一語まで気に入ってたんだ。内輪もめさえなければ、高校へあがってからも出し続けたはずだ。だってモーツまでネタにしたんだから」ぼくは一リットルのペットボトルに半分残ったゲータレードを冷蔵庫から出すと、バドワイザーを一気飲みする大学生みたいに飲み干して、空いたボトルをもとの場所にもどした。

「死にたいの？」母さんがいう。ぼくははっと気づいて、ドアが閉じる前にボトルをつかんで、キッチンの端にあるゴミ入れに投げこんだ。この反射神経は、生存本能のなせる業だ。ぼくのだらしない行動のなかでも母さんが特に嫌うのは、空になった容器を捨てずにもとの場所にもどすことだ。「あなたの体重が一生三百キロ以上でも、四十歳になっても鼻をほじる癖がなおらなくてもかまわない」母さんはかつてぼくにいった。「でも、空の容器をゴミ箱以外の場所にこの先一度でも置いたら、あなたを永眠させる」

「デイル・ソーントンを覚えてる？」

「よくうちに来て、あなたのスナック菓子を無理やり奪っていった子？」

「そう」

「忘れるもんですか。あんなにお行儀の悪いお客さんはほかにいなかったから。でもどうして？」

「病院のカウンセラーに、サムっていう人なんだけど、きかれたんだ。サラ・バーンズにぼく以外の友だちはいなかったかって。思い当たるのは、デイルだけだった。自分でもありえないって思うけど、ぼくのほかに友だちっていえば、サラ・バーンズが三年以上も会ってないデイルだけだ」

「たしかにありえないわね」母さんはいう。「そのカウンセラーは、デイル・ソーントンが何かの役に立つと本気で思っているの？」

「どうだろう。いろんな方法を探してるだけかも」

「デイルはまだこの町に？」

ぼくは笑う。「さあね。居所を探すとすれば、まず州刑務所から始めなきゃ。だけど、家まで車で帰る途中、あいつがいった言葉をふと思い出したんだ」

「どんな言葉？」

「サラ・バーンズに自分の家族をさんざんバカにされて、ある日やつはぶちキレて、こんなことをいったんだ。おまえがスパゲッティの鍋でやけどしたなんて、おれは信じないぞって」

「彼女のやけどのこと？」

「ああ。あのときは、どうせサラ・バーンズを怒らせようとしていってるだけだと思った。そういうネタなら、あいつは山ほどもってるしね。けど、あの言葉だけは妙に頭に引っかかって、いまでもたまに思い出すんだ。あれがでたらめなら、サラ・バーンズはなんであんなに怒ったんだろう。デイルの顔を切り刻みそうな勢いだった」

そこで会話は終わり。母さんがデートの準備を始めるからだ。新しいボーイフレンドの名前はカーヴァー・ミドルトン。真剣につきあうかどうか、母さんはまだ決めてない。きょうのデートは貿易センターで開催中のキャンピングカー展示会。この町でエキサイティングな夜を過ごすなら、もっとましなプランがあるだろうに。

『クリスピー・ポーク・リンズ』に書かれた自分の身の上話を読んで、デイル・ソーントンは頭にきたはずだ。やつは、ぼくらが思ってるほど目立ちたがり屋じゃない。それに昼飯代をカツアゲして、期待どおりの額が手に入らなかったときの怒りようも相当なものだけど、マジギレしたときの恐ろしさは段違いなんてもんじゃない。ぼくがデイル・ソーントンによる連続殺人事件の犠牲者第一号にならなかったのは、いま思えば運がよかったとしかいいようがない。

新聞の第一号が出た日の授業が終わるころ、ぼくは、デイルがほかの生徒への第一級暴行罪で三年から五年の懲役を食らって一か月たつまで、学校のボイラー室に閉じこもろうかと本気で考えた。けど、サラ・バーンズはぼくをこっそり脱出させられると考えた。ぼくも、ひょっとしたらうまくいくかもしれないと思った。サラ・バーンズはいまもあのころも、筋金入りのけちんぼだ。なのに「エリック・カルフーンは一滴の血も流さずに家に帰れる」に三ドルも賭けた。

ぼくは放課後、学校に残ってウェッブ先生と話をした。ウェッブ先生は数少ない好きな先生のひとりで、先生もぼくを気に入ってくれた、と思う。屈辱の砂漠で焼かれるような学校生活を送る生徒にとって、ウェッブ先生は小さなオアシスだった。いつか中等部に寄ることがあったら、ちゃんとお礼をいいにいこう。それはさておき、先生はぼくがデイルに追われてることを知って、サラ・バーンズといっしょに車で送ろうといってくれた。けど、ぼくが車で送ってもらったり、大人の助けを借りてバスに乗ったりしたら、賭けは無効になる。

ぼくはいった。「おい、きみの預金残高とぼくの命、どっちが大事なんだ?」

サラ・バーンズは、おまえはどこまで甘ちゃんなんだといわんばかりの顔で、「やっぱりあんた、あたしがいてラッキーだったね」といった。「大人の力を借りて助かることを覚えたら、あんたのそばに大人がいない日がくるまで、デイルの標的にされるだけ。あいつは待たされるのが大嫌いだから、あんたはただぶちのめされるだけじゃなくて、それまで毎日脅えて暮らすはめになる。だけど、あいつの裏をかく回数が増えれば増えるほど、あんたはしたたかになる。森で暮らす動物みたいにね。そのうちあんたは超すばしこくなって、だれにも捕まらなくなる。人生はサバイバルなんだよ、エリック。嘘じゃない」

ぼくがサラ・バーンズとつるんでたのは、太った体と醜い顔っていう共通のコンプレックスがあったからだけど、それだけじゃない。サラ・バーンズはとにかく頭がいい。ぼくもずっと頭がいいっていわれてきたし、自分では天才とさえ思ってるけど、サラ・バーンズがシャーロック・ホームズだとすれば、ぼくはどう頑張っても助手のワトソンどまりだ。特に、恐怖にがんじがらめだった中学時代のぼくからみれば、サラ・バーンズの発想は自由そのものだった。けど、いま振り返ってみると、あのセリフはぼくをしたたかな逃亡の達人に鍛えあげるためっていうより、金目当てだったのかもしれない。それでもサラ・バーンズの名誉のためにいっておくと、ぼくは気絶する直前、たしかにきいたんだ。サラ・バーンズはデイルにはっきりと、あの記事はあたしもいっしょに書いたといった。

けど無駄だった。最後にきいたデイルのセリフは、「モーツはカルフーンが書いたとしかいわなかった」

ちょっと時間を巻きもどそう。ぼくは、家まで車で送ろうというウェッブ先生の申し出を断った。バカなことをしたもんだ。サラ・バーンズは管理人室へ行って、管理人のオットーさんから発電機が入ってた空の段ボール箱と、台車を借りた。オットーさんには、理科の自由研究のバカでかい課題を、品評会が終わるまでいたずらされないように、保管室まで運びたいと説明した。よくできた嘘はサラ・バーンズの得意技だ。オットーさんに、大人の字で「火気厳禁」と箱の横に書かせるのも忘れなかった。ここまでやれば、だれも偽装だなんて思わない。

計画はこうだ。ぼくがその箱に入って、サラ・バーンズが台車を押して八ブロックから十ブロックくらい先の、森林公園の端まで行く。そこでぼくは箱から飛び出して、ピンをなぎ倒すボウリングボールみたいに木々のあいだを走り抜ける。デイル・ソーントンはまず廊下で待ちぶせして、次に駐車場へ行ってぼくが現れるのを待つ。ぼくは家をめざしてひたすら走る。サラ・バーンズが賭けで大勝ちしたら、ぼくも分け前をもらえる約束だけど、もちろん半分じゃない。体を使っただけのぼくと、頭を使ったサラ・バーンズの立場が五分五分なはずはない。

サラ・バーンズの頭のよさとデイル・ソーントンのバカさ加減をくらべて、あれこれいうのはやめにしよう。サラ・バーンズは重さ八十キロ以上の可燃物、エリック・カルフーンを台車に乗せて歩道の上を進んでいく。デイルはそれをみつけて学校の外まで追ってくる。やつは、怒鳴り声がきこえる距離まで迫ってる。あれだけ執念深ければ、将来の職業は拷問係で決まりだろう。

ぼくは段ボール箱に入れられ、暗闇のなかで弾みながら運ばれていく。カールズバッド・キャヴァーンズ国立公園の大鍾乳洞で、地震に襲われたコウモリになった気分だ。戦争アクション映画『地獄のヒーロー』で、主演のチャック・ノリスが東南アジアで救出しそこなった捕虜も、ぼくらなら脱獄させられるんじゃないか？　と思ったところで声がした。

「おっと」

「どうした？」ぼくは小声でたずねる。

「しーっ！」

ぼくは黙る。

「息も止めて」サラ・バーンズはいう。いわれなくても止めてるよ。

あのころのぼくをちょっとびびらせてせまいところに閉じこめたら、たちまち体が熱くなって即席サウナの出来上がり。死ぬほどびびらせてせまいところに閉じこめたら、即炎上だ。

ぼくは目を閉じて（箱のなかは墓穴みたいに真っ暗だから意味ないんだけど）、息を止めて耳を澄ます。

「おい、火ぶくれ女」

サラ・バーンズは無視して台車を押し続ける。

「火ぶくれ女！」さっきより声が近い。それでも台車はしばらく進んで、やがて止まる。

「箱の中味は何だ？」

「あんたには関係ない」サラ・バーンズはいう。「理科の課題、家に持って帰るんだよ」

「みせろ」

「やだね！」

「ちょっとくらいいいだろ？　おまえの課題、みせろよ」

「理科の課題と、魚のはらわたの箱詰めも見分けられないあんたに？」サラ・バーンズはいう。「やめときなよ、デイル・ソーントン。バカが手出しすると危ないって」

「ひっ、きっ……きん？」

「だからいわんこっちゃない。『かきげんきん』って読むんだよ」サラ・バーンズは火気厳禁の正しい読み方を教えた。

「どっちにしろ、すぐ燃えるって意味だろ？」

「すぐ爆発するって意味。だから手を出すなっていってんの」

カチン、という音に続いて、ライターの点火ドラムを空回りさせる音がする。「あやしいな」デイルがいう。「確かめてみようぜ、ほんとに爆発するかどうか」

「バカやってんじゃないよ！」

「おれがなに考えてると思う、火ぶくれ女？」

「あんたに考えるなんて無理だと思う」

「こいつがほんとに爆発したら、海岸に打ちあげられたクジラの死体に発破かけて処分、みたいなことになるんじゃないか？　ほら、カリフォルニアでたまにやるらしいじゃん。つまりこの箱には、丸々太ったでっかいクジラが入ってるんじゃねえかってことさ」

「やっぱりね、あんたの考えなんてそんなもんだと思った」サラ・バーンズはいう。「まったく、どこまでバカなんだか」

「そうか？　じゃあバカの考えをきいてくれ。おれはこの箱に火をつける。そんで中味が、リンゴを口にくわえたブタの丸焼きじゃなかったら、もう手出しはしねえ」また、ライターを空回りさせる音がする。箱ごとバーベキューにされると思った瞬間、ぼくは箱に入れられて川に流されそうな猫みたいに、泣きわめき、ふたを破ろうと暴れだした。外へ飛び出して走ろうとしたけど、三歩しか進めなかった。

恥をかかされたデイル・ソーントンが本気で怒ったらどうなるか、そのとき初めて思い知った。

そこで終わりにすればよかったのか？　気を失って、大けがの予感は予感で止めておいて、『クリスピー・ポーク・リンズ』は廃刊にすればよかった？　それが正解？

いやいや。

「やっぱり、この厄介なお荷物はお蔵入りだろ？」ぼくは問題の地下新聞をあごで指して、バタークッキーの新しいパッケージのセロファンを引きはがす。顔の左側のズキズキを、まぎらわすために買ったものだ。ぼくはいまサラ・バーンズと、うちの屋根裏部屋に隠れてる。

サラ・バーンズは自信たっぷりに首を振る。「まさか。やつらがこっちにけんか売ってきたんだから、今度はこっちがしかける番じゃん」

ぼくはいう。「なるほどね。けどこっちはやつらの心を傷つけたお返しに、顔を傷つけられた。もうちょっと賢いやり方があるんじゃないか、サラ・バーンズ？」

「なにびびってんの、エリック？　もっとタフだと思ってた。ちょっと痛い目にあわされたくらいでへこんじゃって。反体制ジャーナリズムの先駆者たちは、命がけで報道の自由を守ろうとしたのに」サラ・バーンズは、さらに真剣な口調で続ける。「うちらみたいな人間にとって、反撃の武器は言葉しかないってこと忘れたの?」

ぼくはバタークッキーを差し出す。けどサラ・バーンズは、それを手で払いのける。ぼくはいう。「先駆者が命を犠牲にしたからって、ぼくらまで死ぬことないじゃん。だいいち、新聞は匿名で出すはずだった。それが無理ならもう続けられない。こっちの正体が知れたら、記事に書かれたやつに必ずつぶされる」

サラ・バーンズは頭上の裸電球をみつめて、やがてぼくの顔を貫くような目でにらみ返す。きく耳をもたない女の子に、やっとぼくの言葉が届いたらしい。

「ねえ、サラ・バーンズ」ぼくは続ける。「たしかにあれはいいアイディアだった。けど、殺されそうになってまで続けることじゃない」近づいて、ひざ小僧に手を置く。「怖いなんてもんじゃなかったよ。マジで思ったもん。デイル・ソーントンに殺されるって。最後のほうなんて、殴られる音だけきこえて、何も感じなくなってた。ぼくは半分死んでたんじゃないかな」

「痛みがどういうものか、わかってよかったじゃん」サラ・バーンズは切り返す。「耐えきれなくなったら、体が勝手に感じるのをやめる。体がもち主の味方だっていう証拠だよ」

「体がぼくの味方なら、もっと逃げ足が速くてもいいのに」

「でも、あんたのいうとおりかもね」サラ・バーンズは無視して続ける。「こっちの正体が知れたらもうおしまい。だれも『クリスピー・ポーク・リンズ』なんて読まない。うちらを無視するのと同じようにね」ぼくのそばにさっと寄ってきて、バタークッキーの箱を奪いとる。「ねえ、本当の敵ってだれだと思う?」

ぼくは目のあたりに手をもっていく。顔の左側が全部どす黒いあざになって、ズキズキする。ふれると、やわらかい。死んだ鳥を入れた袋ってこんな感触かな。「そんなの決まってるじゃん」ぼくは答える。「自分の顔をみてみろよ、サラ・バーンズ。それからぼくの顔も。本当の敵はデイル・ソーントン、だろ?」

「昔、よくおばさんのところに遊びにいったの。父親の姉で、もう死んじゃったけど、毎年夏に、二週間くらい泊まりにいってた。そのおばさん、あたしに腹が立ったとき、どうしたと思う?」答えを待たずに続ける。「いとこに告げ口したの。あたしがいとこの自転車に勝手に乗ったとか、キャンディバーを食べたとか、悪口をいってるとか」

「それで?」

「なんのためにそんなことするかわかる? あたしといとこを争わせるため。殴るけるのけんかが始まれば、おばさんはどんな罰でも思いどおりに与えられる。けんかは禁止っていうルールを破ったんだから。うちの身内で、人をゴミ扱いするのはあたしの父親だけじゃなかった。一族そろって、そんなやつばっか」

「じゃあ、ぼくらの敵は、きみのお父さんの家族ってこと?」ぼくは冗談っぽくきき返す。

サラ・バーンズは目を丸くする。「あいつの家族は人類の敵。だけど、正解は違う。『クリスピー・ポーク・リンズ』はうちらが書いたって、デイル・ソーントンに教えたのはだれ?」

「モーツ」そうか、わかってきたぞ。

「正解。モーツはあんたの前で紙くず呼ばわりした新聞を、デイル・ソーントンがかみタバコをかんだ証拠としてちゃっかり利用した。デイルは授業を脱け出した罰を学校で受けて、たぶん家でもお仕置されたはず。それをあいつはあんたのせいにして、放課後に仕返しした。下品なこきおろし記事を書いたのはカルフーンだって、モーツがチクったから。モーツは椅子にふんぞり返って葉巻に火をつけて、自分が大嫌いな生徒同士が、敵対してつぶし合うのを待てばよかった。さあ、本当の敵はだれ?」

ストリートギャングの抗争を警察が密かに望んでるっていう、ぼくの考えにもぴったり当てはまる。「モーツ」ぼくは答える。

「そのとおり」

「それで、ぼくらはどうすればいい?」

サラ・バーンズはがっかりしたように首を振る。「それがエリック・カルフーンの限界、か。あんたに出会ったとき、あたしと頭のよさで張り合える相手がやっと現れたと思ったのに。ではここで、第二次世界大戦に関するクイズ。まず二十ドルの問題から。第二次世界大戦で、正しい側に立って戦った国は？」あの戦争のことは、最近社会科の授業で習ったばかりだ。

「楽勝だよ」ぼくはいう。「我らがアメリカ合衆国」

「二十ドル獲得。では、同じジャンルから四十ドルの問題。アメリカ合衆国が戦った国は？」

「ドイツと日本。あとイタリアだったかな」

「正解、四十ドル獲得。ではダブルペナルティ、ファイナルペナルティ、ダブルポイントが全部かかった問題。アメリカ合衆国と、ともに戦った国は？」

「イギリス」

「ほかには？」

「ロシア」

「正解。百万ドルと、『クリスピー・ポーク・リンズ』をあと十二号発行する権利獲得！ロシア。一九九一年のソ連崩壊まで最悪の敵国だの、悪の帝国だの呼ばれた国。では、アメリカが第二次大戦中、共産主義の国ロシアと同じ側に立って戦った理由は？」

「さあ、当時は、ちょっと違う国だったからじゃないかな。まだ共産主義じゃなかったとか？　なにしろ大昔の話だし……」

「ブブーッ！　全ポイント没収。罰ゲームは、うちの父親と二泊三日の楽しい監禁生活。ソ連は当時から崩壊までなんにも変わってない。それでもアメリカといっしょに戦ったのは、共通の敵がいたから。もし共通の敵が勝ってたら、ロシアもアメリカもみじめな敗戦国。では、いよいよファイナルのファイナル、正真正銘のラストチャンス！　失った賞金を全額とりもどし、次の新聞が出るまであたしの友だちでいられるチャンスがかかった問題。これからうちらの、新しい仲間になるのは？」

「うそ、マジ？」ぼくはそういって、頭上に煌々《こうこう》とともった裸電球を見あげる。

「さあ、自信をもって！」

ぼくはその場に凍りつく。デイル・ソーントンと仲間になるなんて……。


カーヴァーと母さんが、自動車ショーから帰ってきた。ふたりはすぐに、ソファが大きくへこんでることに気づいた。もちろん、へこみの主はぼくだ。深夜を過ぎてることは、テレビの画面いっぱいに女の裸が、総天然色で映ってるのをみればわかる。この時間帯の映画専門チャンネルの定番だ。

映画に出てる女優が、姿見の前で自分のあそこにふれてるのをみて、母さんはカーヴァーのあばらのあたりをひじで突く。カーヴァーはすごく気まずそうな顔をする。ぼくとの距離もまだ微妙な時期だから無理もないんだろうけど、気にすることないのに。母さんはぼくに対して性に関することはすべてオープンにしてきたし、ぼくもぼくで友だちと違って、自分の母親がむずむずしてるのをみても、ぜんぜんいやな気分にならない。

けどカーヴァーがそわそわするのを、もうちょっとみてみたい気もする。「母さん、安全なセックスの啓蒙ビデオをみてるんだけど、やっぱりコンドームは使ったほうがいいかな？」

映画では、女が鏡の前で振り返り、ベッドで待ってる男に近づいていく。男はいかにもＩＱがキュウリ並みって感じだけど、股間のアレもキュウリ並みだ。「目隠しをとってきたほうがよさそうね」母さんはいう。「息子にポルノをみせている母親を、カーヴァーが児童保護局に通報するかもしれないから」

気まずさに耐えきれなくなったカーヴァーは、小さな悲鳴に似た声をあげて、いう。「児童保護局の番号、何番だっけ？」必死に調子を合わせようとするけど、さすがに無理がある。

「目をつぶっても、映画よりずっときわどいシーンが浮かんでくる」ぼくはいう。

カーヴァーは降参して、トイレに行ってしまう。

「カーヴァーがもどってきたら」母さんがささやく。「それ、消してね。わたしたちより、ちょっとだけまともな人だから」

「外国人のトッププレスダンサーだって、うちよりちょっとはまともだよ」ぼくはいう。「バリー・マニロウみたいに上品な歌手でも、カーヴァーには過激すぎるんじゃない？　母さん、あきらめたら？」

トイレの水を流す音がする。「あなたがお行儀よくしてくれればいいの」母さんはいう。

「いうとおりにしないと、料理も掃除も自分でさせるわよ」

「わかりました、愛するお母様」

5

母さんは記者だ。机の引き出しに原稿をしまっておいて、いつか子どもが逮捕されたり大学へ行ったりしたら仕上げようと思ってる素人とは違う、正真正銘のプロだ。地元紙で女性アスリートを扱ったコラムを担当してるし、『スポーツ・イラストレイテッド』誌に記事が三本載ったこともある。そのうち二本は穴埋めだったけど、一本は英仏海峡を泳いで渡った少女の特集記事だった。母さんは南カリフォルニアの少女の家まで派遣され、電話つきバスルーム完備のモーテルまで用意してもらった。実際、母さんはそのバスルームからぼくに電話してきた。

母さんはパソコンやワープロ関連の機材を、いつも最先端の機種でそろえてる。実際、ぼくらが使わせてもらった最新型レーザープリンターもかなりの高性能で、言葉という武器の使い方ガイドの役目も果たしてくれた。おかげでサラ・バーンズとぼくは、とっておきの裏情報を、普通の学校新聞じゃ考えられないほどきれいな紙面で読者に届けることができた。中学時代、母さんはぼくに電子機器の使い方をしっかり教えこんで、日記をつけることを勧めた。パスワードを入力しないとパソコンに保存したファイルを開けない、そんな設定のしかたまで教えてくれたけど、それで安心するほどぼくも甘くない。自分や人について、思ったことを書き留めておくなんてへまをしたら、いつだれに読まれてぶっ殺されるかわかったもんじゃない。

とにかく、ぼくとサラ・バーンズは、デイル・ソーントンをしばらく刺激しないことにした。少なくともやつに殴られた傷がなおるまでは、モーツに関する暴露記事に集中することになった。「モーツの息子には頭がふたつある。数年前のある夜、とびきり凶暴なエイリアンの秘密集会に参加したモーツは、コカインでハイになって女のエイリアンと関係をもち、その結果、双頭の息子が生まれた。我々の綿密な調査によると、モーツは生徒をいじめる方法を考えて煮詰まるたびに、ヒューイとデューイ（ふたつの頭につけた名前）に相談している。ヒューイとデューイは、モーツ宅の裏手に掘った地下室に監禁されている」こんな内容の記事だ。

クラスメイトの前で恥をかかせるのと、穴が三つ開いた体罰用パドルでケツをひっぱたくのと、どっちがいいかをめぐってヒューイとデューイが対立し、頭を殴り合う場面を書きなおしてると、ドアベルが鳴った。ぼくはドアを開けるべきかどうか迷って、ドアの小窓をのぞいた。サラ・バーンズの隣に、墓からはい出たゾンビみたいなやつがいる。デイル・ソーントンだ。ハイウェイに出没する連続殺人犯の卵を、サラ・バーンズはぼくの家に入れようとしてる。

神様！　もう二度と万引きはしません。裸になって、自分の股間にふれたりするのもやめます。だから、きょう一日を無事に生きのびさせてください。

ぼくはちょっと離れたところから、屋根裏部屋に入ってきたデイル・ソーントンをじっとみてる。デイルはぼくが勧めたオレオ・クッキーを、サラ・バーンズみたいに拒絶しないどころか、ひと袋全部平らげようとしてる。これが侵略ってやつか？　第二次大戦中、連合軍最高司令官だったアイゼンハワーも、ロシア軍の関係者を自分の家に招いたりしたんだろうか。招いたとしても、奥さんのマミーは絶対に上等な食器を使ったりしなかったはずだ。

「へえ、ここが化け物コンビのアジトってわけだ」デイルは、黒いクッキーと白いクリームでいっぱいの口でいう。お手玉を大きくしたようなビーンバッグチェアにふんぞり返り、クッキーの袋をタイタニック号の救命胴衣みたいにしっかり握ってる。「救命は女性と子ども優先です！」と、船長がいくらいっても手放しそうにない。右腕に、ハーレーダヴィッドソンのエンブレムをまねた、いやまねたつもりのへたくそなタトゥが躍ってる。ただし「HARLEY-DAVIDSON」とは彫らずに「BORN TO RASE HELL

（騒ぎを彫るために生まれた）」と彫ってある。ほんとは「彫る（ＲＡＳＥ）」じゃなくて「起こす（ＲＡＩＳＥ）」のつもりだったんだろう。穴開きジーンズは布より穴の面積のほうが広そうだし、往年の人気メタルバンド、ツイステッド・シスターズがプリントされた黒いよれよれのＴシャツのまくりあげた袖に、タバコの箱がはさんである。茶色い天パーの髪がもつれて額にはりついてる。そういえば、なんかにおうぞ。ソーントン家が一か月ぶりにバスタブの水を抜いて、お湯を入れなおす日が近づいてることは間違いなさそうだ。

サラ・バーンズは、屋根裏のアジトを気味悪そうに見回すデイルの視線を目で追う。「悪くないでしょ？」

「ここよりましなところなら、いくらでも知ってるぜ」

「そこって、あんたがパクられるまでいたところ？」サラ・バーンズがいう。ぼくは目を閉じて息を止める。「デイル・ソーントン、あんたのうちの近くまで行ったことがあるけど、庭に壊れた車がいっぱい置いてあったっけ。でもあたしだったら、あんな家に住むくらいなら庭の廃車を一台選んで家にするね。ああいうポンコツをなおしたり解体したりするしょぼい工場って、よそにいくらでもあるんだろうけど、あたしはあんたがブタ小屋に住んでようが気にしないし、壊れた家族はなおしようがないってことも知ってる。だけど、『もっとましなところを知ってる』なんて、お城で暮らす身分になってからいうセリフだよ」

「おれをここに呼んだのは、あまったクッキーを処分するためか？　なんか話があるんじゃねえのかよ？」

ぼくはサラ・バーンズをみる。こいつを呼んだのはぼくじゃない。

サラ・バーンズはいう。「あの日、学校から帰った夜に何があった？　モーツのやつがあんたの父親に電話して、かみタバコのこと話したんでしょ？」

「関係ねえだろ」デイルははねつける。「なんにもなかったよ」

「嘘ばっかり」サラ・バーンズはひるまない。「父親になんかされたから、あんたは三日も学校を休んで、あのだっさいタートルネックのセーターを三日も着てたんじゃないの？」

「あのセーターは兄貴がくれたんだよ、火ぶくれ女！」

「もらっても、着る着ないはあんたの勝手じゃん」

さっさと本題に入ってくれ。ぼくは心のなかで懇願する。なんでサラ・バーンズは、わざわざデイルを怒らせるようなことばっかりいうんだ？　けが人が出るとしたら、ドアからいちばん遠いぼくしかいないじゃないか。

「さあ、父親に何されたの？」

「おまえの親父でもやりそうなことさ」デイルはぼくをあごで指す。「そこのデブの親父でもな。ああ、ぶちのめされたよ。そんなこときいてどうする？」

「べつに」

デイルにいってやりたい。ぼくに父親はいないし、母さんがぼくに手をあげたことは一度もない。三歳のとき、氷点下の寒さが一週間も続いてる最中に、暖房の通風口におしっこをしたときは別だけど、あんな思いは一度でこりごりだ。ぼくが親にお仕置されてると思いたきゃ好きにしろ、デイル・ソーントン。おまえにやられた傷がまだなおらないのに、暴力沙汰なんて死んでもごめんだ。

「なあ、おれ、行くところがあるんだ」デイルはいう。「一日じゅうこんなところで化け物コンビとしゃべってるほど暇じゃねえっての。もう用はねえのか？　だったらせめて食いもん出せよ」

自分の身を守るために、ぼくは屋根裏部屋のいちばん奥に行くと、詰め物でぱんぱんのソファの後ろからコーンスナックの袋を出して引き返す。「いいね！」デイルはいって、ぼくがすわるのも待たずに袋を引ったくる。袋が破れて、まだ少しも欠けてないコーンスナックが硬い木の床に散らばる。「ったく！　スナック菓子の袋ってよ、まともに開けられねえようにできてんのかな？」

「じゃあ本題に入るけど」サラ・バーンズは、スナック菓子を口いっぱいにほおばったデイルに向かっていう。「モーツは、あの新聞をつくった罪でエリックに罰を与えて、自分で紙くず呼ばわりした新聞の情報を利用してあんたに罰を与えた。まあ罰の話はおいといて、あんたがエリックをボコっていちばん喜んだのはだれだと思う?」

「おれだろ?」デイルはにんまりして、ぼくをあごで指す。下唇に、塩やかすがこびりついてる。

サラ・バーンズは首を横に振る。「その程度でそんなにご満悦なわけ? どこまで人がいいの? 子ども番組の司会者でもやれば?」ちょっとうんざりした目でぼくをみた。「ノーム・ニッカースン相手なら、いい勝負になったかもね。いちばん楽しい思いをしたのは、モーツだよ。あいつはエリックをちょっといたぶって、あとは指一本動かさずにとどめを刺した。自分の代わりにやってくれるまぬけなチンピラがいたからね」

デイルは考える。考えるふりだとしても、意外と上出来だ。「そう、かも、な」ようやく口を開く。「だからなんだ?」

「だから、うちらは新聞を出し続けたいんだ。でも命は惜しいから、あんたと取引したい」

「勝手にしろ」

「あんたがうちらを守ってくれれば、『クリスピー・ポーク・リンズ』にあんたの名前は二度と載せない。あんたが教会から名誉勲章でももらえば別だけど。これからはうちのスタッフとして、記事にするネタを一本選んでくれるだけでいい。めんどくさい仕事は全部あたしとエリックがやるから。新聞なんか手伝ってると、教養ありそうな感じで悪くないじゃん」

「教養」っていう言葉はデイルにはむずかしすぎたみたいだけど、それ以外は悪い話じゃないと思ったらしい。結局デイルは何も約束せずに帰っていった。けどサラ・バーンズはいった。「あとは修正第五条がうちらを守ってくれる。新聞だって、余計なことは気にせずに毎週出せる」

相手が仲間だろうと敵だろうと、自分にとって何が大切かを明かすのは、ぼくにはまず無理だ。カウンセラーをやってる母さんの友だちがいうには、思春期にありがちなことらしい。ティーンエイジャーは親を含むあらゆる権威に干渉されずに、独立心を養おうとする。それを効果的にやるには、自分は不死身だと思いこむしかない。その結果、自分の本当の感情と向き合うことができなくなる。

この際だから、一点の曇りもなくはっきりさせておきたい。古いニュース映像のなかで、リチャード・ニクソンがよくそんな前置きをしてから、ウォーターゲート事件について語るのを目にする。けどニクソンは事件の真相をはっきりさせないどころか、濃い霧のなかに葬ろうとした。話をもとにもどそう。ぼくは、不死身じゃない。サラ・バーンズ、そう、あの太陽系で最強の存在と精神病棟で十時間以上過ごしてみて、はっきりわかった。人生ってやつに、サラ・バーンズを空のかなたへ吹っ飛ばすほどの力があるなら、ぼくなんか目隠しされたまま銃殺だ。

実際、ぼくが人を寄せつけず、心の内を明かそうとしない理由はただひとつ。屈辱ってやつに耐えられないからだ。そこだけはどうしても譲れない。ぼくはデブで不器用で臆病なばっかりに、何年も屈辱にまみれてきた。ぼくだってサラ・バーンズみたいに強くなりたかった。背筋をのばして胸を張って、腹の肉がベルトのバックルを弾き飛ばそうが気にせずに、「くそったれ!」といってみたかった。けど、どうすることもできなかった。そこで、何を考えてるかわからないユーモラスなやつ、という長続きしそうなキャラクターを身に着けた。ぼくみたいな男子は、たいてい同じようなことをするだろう。けどぼくはバカじゃない。どんなにいやでも、逃げちゃいけない問題があることくらいわかってる。

だからこそレムリー先生の現代アメリカ思想、通称CATの授業が楽しみなんだ。先生はどんな考えや意見も、安心していわせてくれる。そして、進んで勇気ある発言をする生徒の感情は何があっても守る。他人の意見を賞賛しようと否定しようと、それはあなたの自由。けど、その人の人格を否定することは許さない。ぼくにとっていちばん大切な授業だし、友だちも敵も両方出てるんだからいうことなしだ。

エラビーもいればマーク・ブリテンもいる。
そして、ジョディ・ミュラーも。

ぼくはチャイムが鳴る前にCATの教室に飛びこんで、ブリテンを押し倒しそうになった。ブリテンは入り口を入ってすぐのところで、ガールフレンドとしゃべってた。ジョディ・ミュラー。なんでぼくの彼女じゃないんだ。けどジョディは、そんなぼくの気持ちなんて知りもしない。こんなにすてきな女の子は学校じゅう、いやもしかすると銀河系じゅうを探してもみつからない。

「おいおい、モービー、あわてるなよ」いかにもフレンドリーな口調で、ブリテンはいう。けどこいつは心のなかに、バスの車庫からホースを引いてくわえさせて、浅い墓に埋めたいやつリストを隠し持ってる。そのトップにエラビーの名前が、すぐ下にはぼくの名前が書いてあるはずだ。

ぼくはいう。「ごめん」悪いなんてぜんぜん思ってないけど、男は外見じゃないってことにジョディが気づく日までは、紳士的な態度を心がけたい。

ブリテンは握手を求めて手を差し出す。「こないだは、きみたちのことを見直したよ」
こいつ、何いってんだ？

「練習だよ。じつにいい泳ぎだった」

ぼくはにやっとして眉をあげる。いい泳ぎだった？　負けたくせに上から目線かよ。チャイムが鳴って、ぼくが席に向かおうとすると、ブリテンが肩にそっと手を置いた。「ちょっときいてもいいかな？」ジョディがブリテンに寄り添う。

「もちろん」

「どうしてきみたちはあんなことを？」

「あんなことって？」

「九十七本目まで、ぼくはきみとエラビーに遅れをとらなかった。けど最後の三百メートルではめられて、脱落した。ぼくなら、きみとエラビーにあんなことはしない」

そうかい、こっちは何度でもできるぜ。と思いつつ、ジョディに視線を移す。どうやら自分の彼氏が、不信心者のオス人魚二匹の卑劣な手口にやられたと信じてるらしい。

「たしかに、卑怯といえば卑怯だったかも」ぼくは慎重に言葉を返す。「けど、そっちも考えが甘かったんじゃないか？　ぼくがペースメーカーになったらぼくについてきて、エラビーがペースメーカーのときはエラビーについていって、自分でペースをつかもうとは一度もしなかった」

「そうしてほしいなら、ほしいといえばよかったんだ」ブリテンはいうと、ついにお得意のセリフを口にする。「クリスチャンらしく正々堂々と戦ってほしかった。それだけさ」

マーク・ブリテンと会話をすると、そう長くたたないうちに必ずこの手の言葉をきくはめになる。ぼくがいらつくのは、「きみは間違っている。ぼくは正しい。そのことは神様がご存知だ」といわれてる気がするからだ。ぼくはクリスチャンじゃない、といってやりたいけど、いったところで、ブリテンと同じ教会に通うジョディとの関係がよくなるわけじゃない。だから、黙って目をそらすしかない。

「きみにだって哀れみの感情はあるだろう、カルフーン。きみはエラビーの車に乗って、大切な物事をちゃかしたり、神を冒涜しておもしろがってるけど、そのせいで傷つく人もいるってことを、少しは考えたらどうなんだ?」

やっぱりむかつく。「冒涜」なんて言葉を真顔で使うやつには、もうがまんできない。かといってジョディに最低の不信心者だと思われたくないから、手も足も出ない。ブリテンの身長を地面と同じ高さにしてやりたい気持ちは山々だけど、ジョディの目の前で、天国に通じるヤコブのはしごをまた一段さがるのも、できれば避けたい。それでも爆発寸前だ。ブリテンのやつにこれ以上何かいわれたら、言葉のメスでこいつのはらわたを切り刻むくらいは、やるかもしれない。

ブリテンは傷ついてる。いまのぼくは、だれがみても残虐な食人鬼そのものだろう。まあ気にするな、と自分にいいきかせる。きょうの練習で百メートルを何本泳ごうと、ブリテンがぼくより先にゴールインなんてありえない。ブリテンといっしょに席に向かおうとしたジョディに、ぼくは声をかける。「そのブラウス、いいね」やるじゃん、モービー。

「席に着いて」レムリー先生はいって、出欠簿に目を通しながら教室の奥に移動し、教卓に手をついて顔を上げる。「前回の授業の終わりに、クラスで議論したいテーマを考えておくよう、みんなにいいました。現代社会の矛盾、あるいは人々の心や魂を苦しめている問題に光を当てるようなテーマ。できれば自分の人生に切実な意味をもつテーマを選んでほしい、ともいったわね。わたしが例にあげたのは戦争、飢餓、中絶、ホームレス、子どもの人権、信仰、政治思想、だいたいそんなところだけど、みんなに望むことはただひとつ。あくまで個人の立場から、自分の抱える問題に進んで目を向けて、その問題が自分にどう影響しているか、みつめなおすこと」先生はさっと目を走らせて、生徒の反応をうかがう。「だれか教壇にあがって、いまのわたしの言葉を信じきれない人の背中を、押してあげてくれない？」

エラビーがさっと手をあげる。これはめずらしい。「じゃあ、先生に助け船を出します。宗教について話し合いませんか？」

「いいけど、みんなを誘導して神に祈ろうなんていいだしたら、立派な法律違反よ」

「ご心配なく」エラビーはいう。「神に祈ろうなんていいません。そういうことはブリテンに任せます」

「個人攻撃もだめ」先生が警告する。

エラビーは同意の印にうなずく。「テープを持ってきました。まずはそれをかけさせてください」

先生はＡＶ機器をいつでも使えるようにして、議論を盛りあげるきっかけになりそうなものがあれば、教室の外からどんどん持ちこむように勧めてきた。

「中味は歌です」エラビーはいう。「最近はいろんな歌手が歌ってますけど、きょうはぼくが最初にきいたバージョンを持ってきました」カセットテープをデッキに入れて、みんなに歌詞カードを配る。歌詞にはところどころ下線が引かれ、ＮＡＳＡが撮った月からみた地球の写真もカラーで添えてある。ジュリー・ゴールドが書いた「フロム・ア・ディスタンス」、カントリー歌手ナンシー・グリフィスのバージョンだ。

ナンシーの鼻にかかった歌声が流れだすと、ヘヴィメタル好きの生徒数人からどっと笑いが起きる。それでもぼくらは歌詞に集中する。遠くから《フロム・ア・ディスタンス》みれば、それこそ宇宙からみれば、世界は本当に美しい。大気は青く澄みきって、山々は純白の雪をかぶり、海と陸の境にはゴミひとつ見当たらない。それほど遠くからなら、善人と悪人の区別もつかないし、本当に善人も悪人もなければ、争う理由もない。はるか遠くからみれば、病原菌もないし、病気で死んでいく人たちもいない。世界はひとつの大きなかたまりで、美しい庭つきの家と同じように、みんなが大切にしなければならない。そんな歌詞の最後に、ナンシーは歌う。「神ははるか遠くから、わたしたちをみている」

いい歌だ。すばらしい。

「本当の天才にしか書けない、すばらしい一行だ」歌が終わるとすぐに、ブリテンがいう。「神を冒涜する言葉をペインティングしたポンティアック・ステーションワゴンを乗り回す罰当たりが、カントリーソングを通じて自分の信仰心を伝えるなんて驚きだ」

「もしあんたの敵があんたを侮辱したら、どうする、いんちき神父さん?」エラビーは切り返す。「その敵と放課後、体育館の裏で決闘するしかない」

先生はわざとらしく目を見開いて教室じゅうを見回す。「忘れたの? 個人攻撃は禁止よ」思いきりあげた眉を人さし指代わりにして、生徒ひとりひとりを指そうとしてるようにもみえる。「このクラスのルール違反を、練習で罰してほしいとでも?」

先生の言葉の意味を、この場にいる水泳部員はしっかり理解したはずだ。「わたしの授業をめちゃくちゃにしたら、両腕がもげて流れて、プールの底に沈むまで泳がせるわよ」

先生はいう。「エラビー、あなたはこの歌を通して何を伝えたいの?」

「要するに、神様は自分のコピーの、そこそこ出来のいい試作品をつくって、完璧に使えるはずの場所に住まわせて、すばらしいアドバイスまでお与えになった。その〝生きる支えになる言葉〟のほとんどを誤解してるやつが、信者のなかにほんの少しだけいる。その問題をどうするべきか、みんなで考えてみたいんです」

すごい。エラビーのやつ、そんな哲学的なことを考えてたのか。だれの神経をどれくらい逆なでできるか確かめたくてクリスチャン・クルーザーを乗り回してるだけの、お騒がせ野郎じゃなかったんだ。

先生の視線がぼくのほうを向いて、止まる。「モービー、何か意見は？」

ぼくは降参とばかりに両手をあげる。「宗教的な問題とは、とことん距離をおくことにしてるんです。洗礼を受けるなら、自分が死ぬ日の晩の遅い時間がいいかな、と思うくらいで。そうすれば罪を犯す時間もないし、天国に居場所も確保できる」

「すてき」先生はいう。「それに意気地なし。ジョディは？」

しまった。聖書の言葉くらい、ちょこっと引用しとくんだった。

ジョディは隣のブリテンをちらっとみてから、簡単に答えた。「神様は、もっと近くからわたしたちを見守ってると思います」

いまならどっちの側にもつける。キリスト教について、ぼくは批判も肯定もする気はない。母さんはこれといった宗教の信者じゃなさそうだし、ぼくも宗教について何も教わらずに育った。小さいころ、友だちと日曜学校に通ってたから、聖書に出てくるエピソードくらいは知ってる。けどおもしろい物語だという以外に、これといった感想をもった覚えはない。この場だけまじめな信者を演じれば、ジョディの好感度はアップするだろう。けど、エラビーを裏切るわけにはいかない。エラビーの口の悪さは有名だし、ジョディのためならさっさと見捨てるところだけど、マーク・ブリテンの味方にはなりたくない。第二次大戦でロシアとアメリカは同じ側に立って戦った。けど、いまはスイスになって中立を貫こう。さよなら、ジョディ。きみへの愛は永遠だ。

「もっと説明して、エラビー」先生はいう。「あなたが正しいとすると、あの歌詞の意味はどうなるの?」

「歌詞を全部理解したわけじゃないけど」エラビーは答える。「あの歌をここで紹介しようと思った理由なら、説明できます。この前の授業で、この世はいいところかひどいところか議論したとき、モービーはサラ・バーンズを引き合いに出して、この世はひどいところだといった。おれも賛成でした。反対する理由がない。だってサラ・バーンズには、これから先もつらい人生が待ってるんだから。けどもっと考えてみたら、わかったんです。なんだかんだいってこの世は、おれにとってはいいところなんじゃないかって。そう思えてくると、今度は公平ってなんだろうって考えました。もし神が公平なら、どうしておれとサラ・バーンズが同じ星にいるんだろう？　敬虔な信者や、人前で堂々と祈りを奉げる者に、神は必ず報いてくださるとブリテンは思ってるみたいだけど、だとすれば、おれがあの車をいくら乗り回しても、パンクしないのはどういうわけだ？　おれがプールでブリテンに赤っ恥をかかせても、神はどうして罰を与えない？」

「いいかげんにしないと……」レムリー先生が警告しようとする。

「日曜学校に、こんな先生がいました」エラビーは続ける。「おれは先生に面倒な質問ばっかりしてました。『どうして切り裂きジャックは捕まらなかったの？』とか『おれの兄貴は全科目オールAで大学を出て神学校に進んだのに、どうして殺されなきゃいけなかったの？』とか。そのたびに先生はいった。主の御業《みわざ》というものは、ときに人間の理解を超えた神秘的なものなのです」机に身を乗り出して、こめかみに血管を浮き立たせて熱っぽく語る。「けどおれにいわせりゃ、神秘的でも不思議でもない。現実世界のいろんな矛盾が神の権限で起きるとすれば、矛盾は正されたはずだ。けど正されてなんかいない。つまり、すべての矛盾は人間の権限で起きるんだ」

ぼくはジョディの反応を確かめようとしたけど、何もわからなかった。けどブリテンは血管がぶちキレる寸前、いや、ぶちキレた。「でたらめをいうな！　そういう罰当たりなセリフを吐く連中の考えることはただひとつ、なんでも自分の思いどおりにしないと気がすまない、それだけだ。神をないがしろにする最低のやり口だ」

エラビーは、ブリテンなんか最初から教室にいないかのように無視して、先を続ける。

「はるか遠くからみれば、おれの車はフリーウェイを走ってるほかの車となんにも違わない。サラ・バーンズの顔もおれたちとぜんぜん変わらない。もし助けが必要なら、自力でなんとかするか、それができなきゃおれたちの助けを借りればいい。なんでおれがこんな話をもち出したかっていうと、こないだモービーが、どんなにつらい思いでサラ・バーンズの面会に行ってるか知って、自分が恥ずかしくなったからだ。おれはあの子のことを知ろうともしないどころか、あの子をネタにしたジョークで笑ったりもした。おれは自分が恥ずかしい。十二年間もいっしょに学校に通ってるやつが、耐えきれないほど苦しんでるのに、見向きもしなかった。おれは恥ずかしい。モービーみたいに、あの子を受け入れる努力を一度もしなかった」

信じられない。ぼくの目に涙があふれてきて、エラビーの頬からも涙が流れ落ちていく。レムリー先生、早くなんとかしてください。このままだと、授業がグループセラピーになっちまう。

「つまり」レムリー先生は穏やかな口調でいう。「あなたがいいたいのは、人間も神も、この広い宇宙では対等だということ?」
エラビーは首を横に振る。「おれがいいたいのは、恥を知れってことさ」

6

病棟の、少し離れたところからぼくはみてる。ヴァージル・バーンズがソファにすわったサラ・バーンズの顔を、怒りに燃える目で横からにらみ、骨の下にビー玉が一個入ってるんじゃないかと思うほどあごを突き出し、歯を食いしばってる。何かしゃべってるみたいだけど、唇はほとんど動いてない。いつものように全身黒づくめのいでたち、タカを思わせるやせた冷酷な横顔。いつ何をするかわからない恐怖を感じさせる。ここからサラ・バーンズの目を読むことはできないけど、頭は一ミリも動かさないから、たぶんお気に入りの宙の一点をみつめてるんだろう。父親は後ろにもたれかかり、深呼吸をすると、娘の耳元に一瞬口を近づけて、立ちあがり、帰ろうとする。

ヴァージル・バーンズは恐ろしい男だ。こんな得体の知れない男に、子どもがいるなんて信じられない。犬でさえ首の毛を逆立てて、避けて通りそうな男なのに。無口だけど、あの残酷そうな目でにらまれると、モーツでさえ子鹿みたいに愛くるしく思える。いちばんよく耳にする噂は、娘に心底恐れられてるってことだ。サラ・バーンズは決して怖がりじゃない。けど父親の名前をきかされただけで、きかせたやつが目の周りにあざをつくって鼻血を出す確率はぐんとあがる。

ぼくは後ろの机に寄りかかり、背景と一体になろうとする。ヴァージル・バーンズは出口に向かってたのに、ぼくをみつけると、向きを変えて近づいてくる。黒いつば広帽を目深にかぶり、すりきれた黒いジャケットの肩を窮屈そうにいからせ、グレーのシャツのボタンをいちばん上までとめ、黒いぶかぶかのズボンをはいた姿は死神そのものだ。そんな男が真っ暗な雨の夜に訪ねてきたら……なんていうと映画やドラマみたいだけど、とんでもない。サラ・バーンズの父親の恐ろしさは、芝居っ気ゼロのリアルバージョンだ。「カルフーンだな」バーンズはいう。ぼくとのあいだの距離は一メートルもない。

「はい」

バーンズは娘のほうをちらっと振り返り、またぼくをみる。「おまえには、何かしゃべったか？」

「いいえ」

ヴァージル・バーンズは一瞬黙りこんで、ぼくの目をまっすぐにらむ。ぼくは相手の目を見返しながら、絶対にまばたきをするな、目をそらすなと自分にいいきかせる。けど汗腺が、まるでポップコーンが弾けるみたいに一気に開いた。「何かしゃべったら、おれに知らせろ」

「はい」

看護師が開いたドアのそばで、鍵をぶらぶらさせながら待ってる。ヴァージル・バーンズは病棟を出て、廊下を歩いていく。

ぼくはサラ・バーンズの隣にそっと腰をおろす。彼女の口元が一瞬あざけるようにゆがんだ気がしたけど、考えすぎだろう。そのとき思い出したのは、中学時代のあの日、デイル・ソーントンが口にした言葉だ。


「爆裂記事のネタにうってつけのやつがいる。エルギン・グリーンっていうゴミ野郎だ」デイルは、うちの屋根裏の床を行ったり来たりしてる。「あのバカ、妙ににおうんだ。しばらくつけ回せば、でっかい隕石みたいなうんこがやつんちの裏庭に落っこちる現場が拝めるかもしれねえぞ。落ちるたんびに家族全員クソまみれだ」デイルは自前のネタがすっかり気に入ったらしい。この隔週新聞の趣旨はいまいちわかってないみたいだけど。

ぼくはパソコンの前にすわって、あごを手にのせて片ひじをついてる。けど目は十七世紀のイギリスが舞台の大河ロマンス『ローナ・ドゥーン』のノンストップ再放送に釘づけだ。十九世紀の古典小説が原作のドラマチックな世界がぼくを包みこみ、エルギン・グリーンが放つ異臭を忘れさせてくれる。

サラ・バーンズはソファに寝転がり、ひじかけにかかとを食いこませ、キングストン・トリオの「エヴァグレーズ」をききながら、指で腹を叩いてリズムをとってる。その指の動きをみてると、トリオのひとりが歌詞のとおりに、「エヴァグレーズの湿地を犬みたいに走っている」ような気がしてくる。「何度いわせるの？　うちの新聞はエルギン・グリーンみたいなやつ、とりあげないって。あいつもただのはみ出し者、うちらと同類なんだから」

「グリーンのどこがはみ出してんだよ。やつの風下に立ってみ？　存在感ありすぎだぜ」

デイルは笑って、うなずく。「よし決まり、爆裂記事のネタはやつしか考えられねえ」

「あのねえ、〝爆裂〟じゃなくて〝暴露〟だから」サラ・バーンズがつっこむ。「まったく、言葉くらいちゃんと覚えなよ。それと、うちらがネタにするのはうちらをゴミ扱いする連中だけ。自分がいい者《もん》だと思ってみなよ、デイル。あんたにはむずかしいかもしれないけどさ。うちらは負け犬のチャンピオン。負け犬がエルギン・グリーンを負け犬呼ばわりしてどうすんの？　いじめたっておもしろくもなんともないじゃん」

「じゃあ、おまえがネタ考えろよ」デイルはいう。「おまえは頭いいもんな。そのグロい火ぶくれ頭に立派な脳みそが詰まってんだろ？」デイルはわざと地雷を踏もうとしてる。こいつにけがをさせるだけならまだしも、殺すとなるとそう簡単には……。「火ぶくれだからそんなに賢いんだろうな。焼けてカチカチになった皮が、脳みそが外にもれないようにしっかりガードしてる」

やけどのあとをさえないセンスでからかっても、サラ・バーンズを挑発することはできない。小一のころからずっとそうだった。「デイルったら」サラ・バーンズはバカにしたようにいう。「どうしてそんなに頭がいいの？　女子が全員気絶すること間違いなし。週末なんて、デートしたがる女の子が行列つくって大変なんじゃない？」

「うるせえ」デイルはいう。「おまえこそ、自分で思ってるほど賢くねーよ。そのやけどにしたって、みんなはだませても、おれはだまされねえ。鍋んなかでゆだってるスパゲッティかぶってそんな顔になった？　嘘つけ」

サラ・バーンズはすばやく立ちあがり、クマの罠がギリギリ食いこむような音を立てて歯ぎしりをする。「黙れ」

「ああ、黙ってやるよ。黙ったところで事実は変わらねえけどな」

ぼくはいう。「デイル、いいかげんにしろよ。でたらめな悪口で仲間を攻撃してどうする？　そういう悪口は敵のためにとっておかなきゃ」

「でたらめじゃねえ、事実だ。かみタバコの一件が親父に知れて、おれがどんな目にあったかサラ・バーンズはお見通しだった。それと同じように、おれにもわかるんだ。こいつが父親といっしょにいるのをみたことがある。こいつの家族もろくなもんじゃねえ。うちと同じさ」

サラ・バーンズの目が怒りに燃える。「ソーントン家の人間が、事実とかいってんじゃないよ。事実が背後から近づいてきて、ケツにかみついて財布すっても気づかないくせに」

ソファにすわりなおして先を続ける。「あのさ、あたし、もう新聞飽きたわ。そろそろ潮時かもね。もう書きたいことは書いちゃったし」

ぼくは飛びあがってサラ・バーンズを止めたいけど、仲間割れしてるところをデイルにみられたくない。それにデイルがいなくなったところで、ぼくらはたいして困らない。新聞はもう八号まで出した。そのなかでモーツが、頭がふたつある宇宙人の息子を男手ひとつで育てる様子を一年ごとに細かく書いてきた。モーツは隠れゲイで、エルヴィス・プレスリーの元愛人っていうネタもあいだにはさんだ。

残り四回の暴露記事が終わらないうちに、新聞がストップすることだけは避けたい。いまサラ・バーンズとデイル・ソーントンが本気でやりあったら、いちばん避けたいことが現実になる。記事の約九十パーセントはぼくが表現力を駆使して書いたものだけど、サラ・バーンズの超強気な決断力なしで、新聞を出し続ける自信はない。デイル・ソーントンなんて、いつ抜けたってかまわない。

あのときを境に、『クリスピー・ポーク・リンズ』は一気に勢いを失った。サラ・バーンズは、もっと違うやり方で敵を攻撃したほうがいいし、デイル・ソーントンなんて前から思ってたとおりバカだし、あんなやつとこれ以上いっしょにいたらこっちの脳細胞が溶けてなくなるといった。新聞はあと一号だけ出すことになった。最終号はページを倍増して、モーツの家系に関する記事を完結させた。

二、三週間後、なんの役にも立たない編集助手デイル・ソーントンはあっさりクビになった。サラ・バーンズとぼくは作戦を根本的に変えて、ぼくらを迫害した連中を攻撃することにした。魚のはらわたが詰まった箱を、金曜日の放課後にロッカーに入れておいたり、ターゲットが体育の授業に出てるあいだに、パンツに油性の鎮痛剤をべったりぬっておいたりもした。学年末までに、注射器でタバスコを入れたゴムボールを二十発以上ぶつけた。すべての復讐を、サラ・バーンズとぼくはなんの迷いもなくやってのけた。デイルから身を守る必要もなく、何もかもうまくいった。

けどその年の夏、ぼくは市民プールで泳いでるところをレムリー先生にみられて、アマチュア競技連盟加入の水泳部の入部テストをぜひ受けなさいと説得された。そのころから、ぼくとサラ・バーンズは少しずつ離れていった。サラ・バーンズは、先に離れていったのはぼくだといい、ぼくは向こうが先だといい張った。入部一年目、ぼくはブタのように食べ続けた。やせてかっこよくなって人気者になって、サラ・バーンズに嫌われたくないっていいう気持ちを、伝えたい一心でしたことだ。けど練習で泳ぐ距離がのび、内容もハードになるにつれて、いくらバカ食いしても新陳代謝のスピードには追いつかず、とうとう腹越しに自分のつま先がみえるまでになった。

「ねえ」高校にあがって、水泳の練習が始まって十一か月くらいたったある日、サラ・バーンズはいった。「ナイジェリアのビアフラで餓死寸前だった人が、いきなりシアトルのフードサーカスビルで世界の珍味を振る舞われたみたいな食べ方を続けたら、あたしと友だちになったのは間違いだっていう証明にしかならないよ。十五歳になる前に心臓発作で死んでもいいの？　いいかげんやめなって」

ぼくはほっとした。実際水泳を始めてから、まあ以前にくらべればだけど、自分に自信がもてるようになってきた。それにレムリー先生が、世界の奇人変人珍事件を扱う漫画コラム『リプリーズ・ビリーヴ・イット・オア・ノット』に投書して、ぼくが毎日四千から六千メートル泳いでも、まだふくらんだフグにしかみえない理由を解明しようと本気で考えだした。「だけど、ぼくがデブじゃなくなったらどうなる？」ぼくはどうしていいかわからず、ついに問いかけた。「きみは、ぼくの友だちでいてくれる？」

「まったく」サラ・バーンズはいった。「あんたってどこまでトロいの？　離れてくのはあたしじゃなくて、あんたでしょ？　みんなもあんたをいまとは違った目でみるようになるし、あんたを気に入る人がいれば、あんたもそっちとつきあうようになる。悩んだってしょうがないよ、エリック。なるようにしかならないんだから」

もう何度目になるかわからないけど、ぼくは反論しようとした。けどサラ・バーンズは、やけどを負った手をあげてさえぎった。「気にしないで。こうなることは前からわかってたから、いまさら傷ついたりしない」

サラ・バーンズのいうことはすべて正解ってわけじゃないけど、全部間違いってわけでもなかった。たしかにふたりで過ごす時間は減ったけど、それは水泳に時間をとられるようになったからだ。それくらいしか理由が思いつかないから、きみもいっしょに泳ごうと誘ってみたけど、サラ・バーンズはとりあおうともせずに、塩素や強い陽射しがやけどを負った皮膚にどれほど悪いかを、図を描いて念入りに説明した。ぼくらはそれでも毎日のように会ってたし、会ってすることもそんなに変わらなかったけど、サラ・バーンズはその一方で、デイル・ソーントンとつるむようになった。気を許せる相手じゃないと知っててつきあい始めたのは、ぼくを失ったときの予防策だろうし、そんなにしょっちゅう会ってたわけでもないだろう。

ぼくは、サラ・バーンズ抜きで何かしようという集まりには、絶対に参加しないことにした。けどぼくが誘った集まりに、サラ・バーンズが顔を出すこともめったになかった。

彼女の名前をきいていやな顔をするやつがいるところに、ぼくは二度と近づかなかった。だからいまも、サラ・バーンズのためにデブのままでいるんだ。

「冒険してみないか？」エラビーがいう。クリスチャン・クルーザーは、薄暗い通りを走っていく。きょうは土曜日、時間は夜七時半ごろ。学校の体育館のダンスパーティが始まるまで、時間をつぶしてるところだ。

「きっと楽しいぜ」エラビーはいう。「小さな一画を時速二十キロ以内でゆっくり回る。で、ブリテンの家の前に来たら、カーオーディオのスイッチを入れて行ったり来たりする。どうだ？」

「もっといい考えがある」ぼくは答える。「車をエディソン地区へやってくれ」

「内臓とられたいのか？」エディソン地区には、六歳以上の住人三・五人に一軒の割合でバーがある。スポーカンの犯罪発生率が、だいたい同じ面積のほかのアメリカの町と変わらないか、それ以上の高さをキープしてるのは、この地区のおかげといってもいい。

「あそこに住んでるやつに、話があるんだ」ぼくはいう。「用がすんだらすぐ帰るよ」

「何いってんだ」エラビーはいって、車をくるっとUターンさせる。「無事に帰れるとはかぎらないぞ」

エディソン通り沿いの界隈は、街灯のほとんどが壊され、道は曲がりくねり、ゆがんだ標識の矢印は、道がない方角を指してる。デイルが住んでるウェスト・リアーダンの場所を探すのもひと苦労だ。エラビーがスピードを時速十五キロまで落としてくれたから、番地は読める。デイルの家には、まだ一回しか行ったことがない。それも中学時代、「おれを嫌いじゃなければうちへ来い」といわれて、サラ・バーンズといやいや来たっきりだ。行ったところで、あんなやつを好きになるわけがない。

「ほらよ」エラビーは、掘っ立て小屋みたいなボロ屋の前で車を停める。傾いたガレージの前の庭には、錆びだらけの車数台が置かれ、ブロック敷きのスペースにトラックが一台停めてある。「ここだ、間違いない。あのトラックには見覚えがある。気をつけろ。たしか犬を飼ってるはずだ」

エラビーはまだエンジンを止めようとしない。ぼくはうっすら凍った砂利道に降りる。居間から薄暗い明かりがもれてくる。ぼくは足音を忍ばせて歩道を歩きだす。目はトラックに釘づけだ。あの後ろから、いかにも廃車置き場にいそうな鋭い牙の雑種犬が飛び出してきて、黄色くにごった目で、ぼくの大事な玉をねらってきたらどうしよう。

けど犬は出てきそうにない。ぼくは深呼吸をして、ドアをノックする。エラビーもそっと後ろからついてくる。すると、家のなかから犬の吠える声が、続いて低くて凄みのある声が響いてくる。「うるせえ！」ドアが開く。モートン・ソーントン、通称ブッチの顔が目の前に現れる。最後にひげをそったのは三日前か？　デイルのやつ、この親父さんに『クリスピー・ポーク・リンズ』のことしゃべったかな。せめて記事の書き手の名前だけは、知られてないといいけど。けどビールの酔いが回った目をみるかぎり、あんな古い話は思い出せそうにない。

「デイルはいますか？」

ソーントンさんは疑わしそうに眉をひそめる。「いることはいるが、家じゃなくて、ガレージだ」

「話がしたいんですけど、いいですか？」

「おれはかまわんが」ソーントンさんはいう。「返事は息子からきくんだな。裏へ回ってドアをけとばしてみろ」それをきいてぼくらは、ポーチの端から飛びおりる。「おい、今度こんな遅い時間に訪ねてくるときは、前もって連絡してからにしろ」

「この辺に住んでる連中は、みんなあんなに愛想がいいのかな」エラビーがささやく。ぼくらは真っ暗闇のなかを、バッテリーやボンネットやいろんな部品をまたぎながら歩いていく。これを全部集めれば宇宙船だってつくれそうだ。

ガレージのドアの割れたガラス窓から、まぶしい光があふれてる。なかをのぞいてみると、車のエンジンにかがみこむ男の体がみえる。車は悪の世界からの使者が乗りそうなステーションワゴン、エラビーのとよく似てる。作業台の上のラジオから流れるコテコテのカントリーに合わせて、デイルは歌ってる。意外と音感がいい。

ドアを強くノックしても反応がないから、ソーントンさんにいわれたとおり、けとばしてみる。するとデイルはびくっと顔をあげて、ボンネットの縁のとがったところに頭をぶつける。「いてえ！」といってラジオのボリュームをさげる。

デイルの粗末な修理工場のなかは、びっくりするほどきれいに片づいてる。工具はすべて、壁にきれいに描かれた輪郭にぴったり合うようにかけられ、作業台の上も散らかってないし、床もちゃんと掃除してある。作業場の明かりがデイルの目に反射してる。撃ち慣れた拳銃みたいにスパナを握り、両足を踏んばった姿はガンマンそのものだ。けど、小さい。身長が、中学のときから一センチものびてない。ぴっちぴちの袖なしTシャツを着た体はがっしりしてるし、腹筋もきれいに割れてる。だけど、小さい。

「デイル？」ぼくはたずねる。

デイルは怪訝そうに目を細くする。「そういうおまえはだれだ？」

「エリックだよ。エリック・カルフーン」

「はあ？」

「覚えてない？　中学で、きみとサラ・バーンズといっしょに新聞をつくってた」

デイルはにやっとして、近づいてくると、まず「火ぶくれ女」といってから、つけ足す。

「おまえ、あのデブか？」

「ああ、そうだよ」

デイルは作業台にスパナをそっと置くと、手についたグリースをふこうと、ズボンの後ろポケットから布を引っぱり出す。「こんなところへなんの用だ？　そいつは？」

「こいつは、エラビー」ぼくが紹介すると、エラビーは前に進み出て、手を差し出す。デイルは自分の手を見おろし、まだグリースで真っ黒なのを確かめると、にやりとして握手をする。こういうところは変わってない。

「それで、デブ、何しにきた？　おまえと会うのは三年ぶりくらいだが、おれのこと、大嫌いだったんじゃねえか？」

ぼくは気まずくなって苦笑いしながら、「そうじゃない」と答える。「嫌いだったんじゃなくて、怖かったんだ」

エラビーは、何か神々しいものでもみるような目をして旧型ポンティアックに近づき、周囲をゆっくり回りながら、グレーに下塗りされたドアや、ミラーにふれると、ボンネットの下の電灯に照らされたエンジンに見入る。その動きをうさんくさそうな目で追ってたデイルは、ぼくに視線をもどす。

「火ぶくれ女は元気か？」

「それが、そうでもないんだ。入院してる」

「病気にでもなったのか？　そりゃ大変だな。あいつのことは嫌いじゃなかったぜ。あの気の強さには、一本筋が通ってた」

「うん、まあ」ぼくはいう。「体は健康なんだ。ただ、頭のほうがちょっとね。ある日突然口をきかなくなって、机の前から動かなくなって、とうとう救急車が来て、学校から直接病院に運ばれた」

デイルはエラビーのいるほうへ近づき、エンジンのスペア部品が盗まれないように警戒しながらいう。「信じらんねえな。あいつがそんなことになるなんて。いまでもだれかをぶちのめしてるんだろうと思ってたぜ。あのいびり屋モーツみてえによ」

ぼくはにやりとする。「モーツみたいになるのがいやで、しゃべるのをやめたのかも」

「だからって、なんでおまえがおれに会いにくるんだ？」デイルはエラビーをみて、いいかげんにしろとばかりに、「何みてんだよ！」と食ってかかる。

エラビーはきょとんとして顔をあげて、「べつに」と答える。「いや、おれもこれに似た車に乗ってるんだけど、エンジンをまともにいじれるやつを探してたんだ。メーカーに頼むと高くつくからさ。あんた、こういうことにくわしいんだろ?」

デイルは得意そうに答える。「こういうことなら、なんでも知ってるぜ。何か頼みがあるなら、遠慮なくいえ。もちろん金はもらうけどな」

「当然だ」エラビーはいい返す。「じつは、こういう車のボディなら自分でなんとかできるんだけど、エンジンとなるといまいち自信がない。なら、ふたりで力を合わせればいいんじゃないかな」

「なるほどな」デイルはいう。相手が自分と同じ車好きだと知って、警戒心がほんの少し解けたらしい。

ぼくは、デイルの質問に答える。「今夜ここに来たのは、きみがサラ・バーンズにいったことを思い出したからなんだ。サラ・バーンズのやけどは、スパゲッティをゆでてる鍋がひっくり返ったからじゃないっていったの、覚えてない?」

「忘れるわけねえだろ? あいつ、おれの首をはねそうな勢いでキレやがった。あんなに怒るってことは、図星だったんだろうな」

「いまでもそう思ってるんだ?」

デイルはにやりとする。「あいつは一度も、はっきり、違うとはいわなかった。そうだろ? だからなんだ? なんだっておまえがそんなこと気にするんだ?」

「病院のカウンセラーが、口をきかなくなった原因を探してるんだ」

デイルは車のドアに寄りかかる。「頭のいい連中が束になってそのザマかよ。おれなんかひと目みただけで、そうなった理由が全部わかるぜ」

それはぼくも認める。「だろうね。けど、病院はもっと知りたがってる。サラ・バーンズはずっと元気だったのに、最近になって急にしゃべらなくなったんだ」

「あいつがしゃべろうが黙りこくろうが、おれの知ったことじゃねえ。だがこれだけはいえる。スパゲッティや鍋の話は全部嘘っぱちだ。間違いねえ」

「サラ・バーンズがきみにそういったの？」

「まさか。火ぶくれ女はだれにもなんにもしゃべらねえ。だがおれにはわかる。あいつが親父さんといっしょにいるところを二、三度みたから、わかるんだ」

「それはどういう……」

デイルは、自分の皿に犬の糞でも盛られたみたいな顔でぼくをみる。「おまえら、おれの親父に会ったんだろ？　最低野郎を父親にもったやつの気持ちが、おれにわからねえと思うか？　サラ・バーンズがひでえ目にあってるなんて知らされる前に、親父といっしょのところをみただけで、おれはぴんときたね」

「つまり父親が、娘にやけどを負わせたってこと？」

デイルは肩をすくめる。「そっから先は自分で考えろ」ぼくに少し顔を近づける。「なあ、デブ、ちょっとやせたんじゃねえか？　背ものびたろ？　いまのおまえから金をふんだくろうとしたら、ちょっと苦労しそうだな」デイルは笑う。「おれはちょうどいいときに、商売変えをしたのかもな」

「違うよ、デイル」ぼくはいう。「きみならいまでも、ぼくから簡単に金をふんだくれる」

エラビーが修理を頼むためにデイルの電話番号をきいたところで、ぼくらはガレージを出た。

「どう思う？」ぼくはエラビーにきく。車はデイル・ソーントンの家から離れ、真っ暗な通りをすべるように走り、フリーウェイに出ようとしてる。

「デイル・ソーントンはスポーカンのいちばんやばい地区に住んでる」エラビーはいう。「車のことをちゃんとわかってる」そこでようやくぼくの質問に答える。「そういう人間は、嘘をつかない」

「じゃあ、あの父親が、娘のサラ・バーンズに何かしたっていうのか？　あのやけども？」

「さあな。けど、おれが水泳のことで何か知りたいと思えば、レムリー・コーチにきく。自分の歯のことで何か知りたければ、歯医者に行く」エラビーはちらっと遠くをみる。

「やっぱり専門家にきくのがいちばんだ。自分がつらい目にあって、だれかに相談したければ、デイル・ソーントンを頼るってのも手だな」

ぼくはシートにもたれかかる。エラビーのいうとおりだ。ようやくぼくにも答えがみえてきた。サラ・バーンズは友だちだ。ぼくが孤独だったころ、そばにいてくれたたったひとりの友だちだ。あのころはだれかにみられるたびに、自分の体が恥ずかしくてしょうがなかった。けどサラ・バーンズは、ぼくの五十倍は自分が恥ずかしかったはずなのに、いっしょに歩いてくれた。それどころか、ときにはぼくの前を歩いてくれた。そんなサラ・バーンズを、わざと、あんなにまで傷つけたやつがいるとしたら、ぼくはそいつを許さない。

7

レムリー先生の教卓の前にブリテンとジョディがいて、ぼくはその後ろに立ってる。あと数分で休み時間終了のチャイムが鳴る。ぼくは、ニクソンがホワイトハウスの電話にしかけた盗聴器みたいに耳をそばだてる。ブリテンたちの会話を盗み聞きしたい気持ちだけは、どうしても抑えられない。

「ぼくたち、この授業を受けるのをやめにしたいんです」ブリテンが先生にいう。

「ぼくたち？」先生は目を丸くしてきき返す。

「ジョディとぼくです」

「授業についていけなくなったの？」先生はたずねる。けど本気できいてるわけじゃない。ブリテンはオールAの優等生で、記憶力はファックス並みだ。

「違います」ブリテンは答える。「ぼくが思ったからです。ここで扱われるテーマはぼくらにふさわしくない、と」

ブリテンの言葉の背後からうんこ級の臭気が漂い、女性差別に敏感なレムリー先生の鼻にまで届いたことくらい、天文物理学者じゃなくてもわかる。もちろん、宇宙探測機で調べる必要もない。「ちょっと、代名詞の用法がおかしくない？」先生はきき返す。「『ぼく』っていうのは単数だから、『あなた』だけを指す言葉でしょう？　なのに、このクラスのテーマが『ぼくら』にふさわしくないなんて、『あなたひとり』にいえることなの？」

　ブリテンはうなずく。けどジョディは、居心地悪そうに足ぶみをする。ぼくはジョディの耳元でそっとささやく。「表現の自由をいくらでも認める彼氏が欲しくなったら、『一―八〇〇―METABO《メタボ》』に電話して」ここ数日で、ぼくは考えを変えた。好きな女の子のハートを射止めるにはもっと積極的になったほうがいい。もっと早く気づいてれば、ジョディはとっくにぼくの彼女だ。

　ジョディは気まずそうな笑みを浮かべて、ぼくから一歩離れる。

「主のあら探しをする者と同じクラスに出席するなんて、ぼくらにとって健全なことだとは思えません」ブリテンはいう。自分の意見とジョディの意見をいっしょにするなという先生のつっこみは、完全に無視してる。「冒涜には耐えられない、それだけです」

「それなら、主はあなたに、このクラスに残って自分を擁護してほしいと思うんじゃない？　わたしならそう考えるけど」先生はブリテンからすっと目をそらして、ジョディをみる。「ジョディ、あなたの考えもブリテンと同じなの？」

　ジョディはうなずく。「はい、だいたい同じ、だと思います。今年は、ふたりで同じ選択科目をとろうって約束したんです」

先生はうなずく。「あなたたちのささやかな協定をぶち壊すのは気が進まないけど、わたしは教育者であって、デートの仲介役じゃありません。それに、開始から五日もたって科目の登録を放棄する場合は、登録取り消しカードにわたしのサインが必要です。ブリテン、あなたのカードには喜んでサインするわ。だってあなたには、信念を守るために戦う気もないんだから。それに、学校があなたの信仰心を否定しようとしている、という誤解を招くことも避けたいし。でもジョディ、あなたのカードにはサインしません。一日のほとんどを彼氏と過ごしたいなんて、選択科目変更の正当な理由にはならないから。もちろん、それが不満なら学校当局にかけあってもかまわないわよ」

「いいえ」ジョディは表情ひとつ変えずに返事をする。「クラスに残ります」そして向きを変えて、自分の席に歩いていく。

ぼくは、ジョディへの思いが急に冷めていくような気がした。いまのジョディはまるで、ファストフードチェーンのマスコット人形だ。あの子はいままで、人に怒りをぶつけたりしたことがないんだろうか？

ブリテンは全身をこわばらせて、レムリー先生の教卓の前に立ってる。首筋から顔まで真っ赤だ。「理不尽です」感情を押し殺したその声をきいてると、こいつののどにバナナを押しこんで、手を突っこんで皮をむいてみたくなる。「先生は信仰を理由に、ぼくらを迫害しようとしてる」

「ブリテン」先生はがまん強くいってきかせる。「あなたの登録取り消しカードには、喜んでサインするといったでしょう？　それに、わたしもあなたと同じクリスチャンです。ほら、もうチャイムが鳴ったわ。カードを提出するか、席に着くか、早く決めなさい」

ブリテンはジョディをちらっとみる。けどジョディは目を合わせようともしない。ぼくは自分がどうしてその場に立ってるのかわからなくなって、ジョディの後ろの席に向かって歩きだす。もちろん、ブリテンが放棄しようとしてる席だ。「あのさ」ぼくはわざとブリテンにきこえるくらいの声で、ジョディにきく。「この席、空いてる？」

ブリテンは登録取り消しカードをくしゃくしゃにすると、自分の席に足早にもどってくる。ぼくは喜んで身を引く。実際、テレビ宣教師みたいなブリテンの暑苦しい熱弁がないと、このクラスの楽しみが半減してしまう。通路の向こうのいつもの席にもどると、机の上に、きれいにたたんだメモが置いてある。ぼくはそれを開いて、こっそり読んだ。「さっきの電話番号『一―八〇〇―METABO』だけど、一桁足りなくてかけられないわ。どうすればいい？」

サラ・バーンズはぼくの向かい側にすわってる。こうして毎晩会話もせずに過ごすことが、いまでは日課になってしまった。ひょっとしてサラ・バーンズはぼくのいうことを全部理解してるのに、わざと無視してるんだろうか。だとすれば、ずいぶんな仕打ちじゃないか。きょうこそは、そこのところをはっきりさせてやる。

「ブリテンがきょう、レムリー先生のクラスから出ていこうとしたんだ」ぼくはとりあえず、普段どおりの会話ってやつを続けることにした。「先生は認めたけど、ブリテンは自分の彼女もいっしょにやめさせようとした」ジョディのメモのことや、ぼくの不純な妄想にはふれないことにしよう。サラ・バーンズはどう考えても、頭のなかだけのヴァーチャル恋愛について気軽に話せる相手じゃない。自分の恋愛なんて想像もできない相手に、そういう話は酷な気もする。

ＣＡＴクラスの話をしよう。「きみのことも、少し話題になったんだ」ぼくはいう。「大やけどを負うってどんなことなのか、とかね」サラ・バーンズの目が一瞬光ったような気がしたけど、それっきり何もない。いままでにも何度かあったことだ。「けど、結局レムリー先生が話を中断させたんだ。その場にいないきみには、話題になることを認めたり拒否したり、意見をいったりもできないから」

反応なし。

「デイル・ソーントンがいってたよ。きみがやけどを負ったのは、お父さんがきみに何かしたせいじゃないかって」

サラ・バーンズはぎょっとあごを引く。角膜手術をする眼科医みたいに、ぼくの目を奥の奥まで見通そうとする。口を固く閉じてぼくをにらんだかと思うと、すぐに目をどんよりさせて遠くをみる。

「やっぱりそうだったのか」ぼくはいう。「ぼくの話を、初めからちゃんときいてたんだ。その気になれば話だってできる。きみほどタフな人が神経を病んでリタイヤなんてありえないもんな」

返事はない。

「とにかく、ぼくは思い出したんだ。『クリスピー・ポーク・リンズ』が休刊になる直前に、きみは、デイルをぶちのめそうとした。最低の父親が子どもにどんな仕打ちをするか、おれにはよくわかるってデイルがいったからだ」けど、ショック療法はもう効かない。ぼくはもう少し攻めてみたけど、サラ・バーンズの心の壁は鋼鉄だった。きょうはこのへんでお開きにしよう。

看護師がこっちにやってくる。サラ・バーンズがぼくの言葉に反応したことを、話すべきだろうか。いままでの無反応が演技なら、そうするだけの理由があるはずだ。もしぼくが嘘を暴けば、それなりの仕返しは覚悟しなきゃならない。たまたまサダム・フセイン、ヨゼフ・スターリン、アドルフ・ヒットラー、そしてサラ・バーンズといった恐怖の独裁者より優位な立場だからって、初めの三人はともかく、最後のひとりだけはそっとしといたほうがいい。それにサラ・バーンズの放心状態はやっぱり演技じゃなくて、こういう病気にありがちな緊張を一瞬みせただけなのかもしれない。あと二、三回サラ・バーンズの反応を確かめてみないと、だれにも何も報告できない。やれやれ、将来は心理学者をめざすしかないってことか？

ぼくはジョディが三日前に机の上に残したメモを、エラビーのハンバーガーのバンズの上にぽんと置く。

「なんだこれ？」エラビーはきき返して、肉の脂でべとべとの指でメモをつまむ。ぼくはあわててひったくる。

「天国への正式な入場許可証」ぼくはジョディの謎めいたメッセージの意味が伝わるように、エラビーにいきさつを説明する。

「マジかよ」エラビーはいいながら、ぼくが開いてみせたメモを読む。「ジョディ・ミュラーっていまいち信用できないな。なんか、ブリテンのロボット妻って感じじゃん」

「いや、その考えは改めるべきだね。彼女には隠れた魅力がある」

「電話番号、教えたのか？」

「まだ教えてない」

「ウェイトレスに頼んで、暖房の温度あげてもらおうか？」

「なんで？」

「おまえ、足が冷たそうだからさ。そのメモをもらったのが三日前だろ？　おれなら授業が終わる前に、ブリテンのラコステのポロシャツの背中に油性マジックで番号書いちゃうけどな。待ちに待ったチャンスだもん」

ぼくは笑う。「それいいね、いつかやってみよう。ところで、おまえに一度きいてみたかったことがあるんだ。こないだの、レムリー先生の授業でのことなんだけど」

エラビーはハンバーガーをむさぼりながらいう。「こないだって、いつ？」

「おまえがサラ・バーンズのことを話した日だよ。あの、恥をテーマにした話さ」

「ふうん、で、何がききたいんだ？」

「エラビー、おまえとは、ぼくが水泳を始めた日からのつきあいだけど、あれから四年、おまえがあんなにまじめな話をしたことなんて一度もなかった」

エラビーはにやりとして、生まれてから一度も口をきかない子どもをネタにした古いジョークを、好き勝手にアレンジして話し始めた。息子の十七歳の誕生日に、母親は白いふわふわのスポンジを、バター風味の砂糖でコーティングしたバースデーケーキを用意した。息子はろうそくを吹き消してケーキを切り分け始めたけど、急に手を止めてナイフを置いて、こういった。「母ちゃん、こんなこといっちゃ悪いけど、やっぱりふわふわのスポンジには、チョコを塗りたくってほしいな」もちろん、家族全員がひっくり返りそうになった。みんな息を飲んで、息子の背中を叩きながら祝福した。ようやく母親が、どうしてこんなに長いあいだ、ひと言もしゃべらなかったのとたずねた。すると息子は答えた。「いままでは、不満がひとつもなかったから」

「なるほどね」ぼくはいう。エラビーはハンバーガーを三口目で平らげた。

「おれは自分の信じてることをいった、それだけさ」エラビーはそういってハンバーガーを飲みこむ。

「うん、それはわかる。おまえが本気なのはじゅうぶん伝わってきたし。けど、おまえが本気で信じてることをあんなに語ったのはあれが最初で、いまのところ最後だ」

エラビーは背もたれに寄りかかり、「信仰だよ」といってにやりとする。「おれが神父の息子だってこと、忘れてないか？　おれにその先をしゃべらせたければ、あと二、三時間待ってもらうことになるぜ」

ぼくは腕時計をちらっとみる。「いくらでもつきあうよ。そういえばおまえって、神父の息子なんだよな。どんな気分なんだろう。つらくないか？」エラビーがそういう愚痴をいうのも、まだ一度もきいたことがない。

エラビーは首を横に振る。「ぜんぜん平気、あの親父ならね」窓の外の、クリスチャン・クルーザーが停めてあるほうをあごで指す。「あんな車を乗り回して、おれがなんにもいわれないのはなんでだと思う？」

「そりゃおまえが学校と同じように家でも、手にあまる問題児だからだろ？」

エラビーはまたにやりとする。「いったな。親父にあの車のことで何かいわれたら、おれは朝までに紙やすりでペインティングを消して、火薬を積みこんで、いつでも爆破できるようにしておく」

「おまえの親父さんって、そんなに怖い人だと思えないけど」

「怖いからじゃない。尊敬してるからそうするんだ」

そういえばエラビーとは四年近くのつきあいなのに、家族のことはほとんど知らない。ていうか普段は、うちの母さんに食べ物をもらいにくる孤児にしかみえない。

「兄貴が死んでから」エラビーは、ちょっと遠い目をして話しだす。「つらい時期が続いた。お袋はいつまでたっても泣きやまないし、親父は仕事に没頭した。おれはいつも、早く日曜になればいいと思ってた。教会に行けば、親父の姿をみることだけはできるから。お袋は打ちひしがれて、おれに話しかけることもできなかった。そのまま半年くらいたったころ、おれは、うちの家族を幸せにできる子どもは、兄貴しかいなかったんじゃないかって思い始めた。兄貴じゃなくておれが死ねばよかった。そんな考えが頭から離れなくなったんだ。親父がようやくいつもの生活にもどっても、お袋の面倒や教会の仕事やなんかで忙しくて、おれのことなんて忘れてるみたいだった。おれはいじけてばかりだったけど、ある日、兄貴の古いスポーツバッグに荷物を詰めこんで、おじさんの家に行こうとした」

「ただひとつ問題があった。おじさんはこの西海岸じゃなくて東海岸に住んでたんだ。結局おれは家から五ブロックくらい行ったところで警官に捕まった。電話で呼び出された親父が警察署にやってくると、おれは親父に駆け寄って、胸に顔をうずめて何度も謝った。ごめんなさい、ジョニー兄さんじゃなくてぼくが死ねばよかったのに、とかなんとかまくし立てた。すると親父は、おれと同じように床にひざまずいて、おれをきつく抱きしめて、あの冷たいコンクリートの床の上で、いったんだ。父さんがバカだったたって。あの日から、親父よりいいやつにはひとりも出会ってない」

　エラビーは、目をきらきらさせて話し続ける。「信仰だよ、信仰。おれは神の顔を親父の顔につけかえて、一生信じていくことにした」

「ぼくにはわからない。どうすればそこまで父親を信じられるんだ?」

「九歳のガキに説明してくれたからさ。なぜ神は、将来神父になるつもりだった神父の息子を死なせたのか。おれは親父にいった。『神様はきっとバカなんだ。父さんと母さんから、兄さんみたいなドラフト一位クラスの神父の卵を奪ったんだから。父さんは神父なんだから、神様が少しくらい特別扱いして、守ってくれてもいいのに』ほら、警官は警官に切符切ったりしないだろ?」

「で、親父さんはなんて?」

エラビーはにやにやしながら答える。「自分もそう思うって。兄貴が死んだとき、親父もおれと同じくらい驚いたってさ。とにかくそのときから、おれと親父はじっくり腰を落ちつけて、聖書に書かれた主の御業《みわざ》ってやつについて、話し合うようになったんだ。その成果をひとつ、授業で披露しただろ?」

「ああ、ブリテンに大好評だったやつ?」

「ああいう話は、ブリテンみたいなやつを特に怖がらせるんだ。やつらは、不幸な事件がなぜ起きるのか説明したがらない。ただ水泳に集中するために、プールサイドにひざまずくだけだ。だからおれは、おまえの親友のサラ・バーンズの話をした。あの子はずっと身近にいたのに、おれはなんにもせずに、できるだけ距離をおこうとしてた。あの子の苦しみについて考えるのがいやだった。とんだ腰ぬけだ。一度知ったことは、知らなかったことになんかできないのに」エラビーは椅子にもたれ、両手を頭の後ろで組む。「親父とおれは週に二時間、テレビの前にすわってクリスチャン系放送局の番組をみる。ブリテンみたいな連中がどんなことを考えてるか、チェックするんだ。戦いに勝つにはまず敵を知れっていうだろ？」

エラビーは席を立つ。「よくまあ、ひと晩であれだけでたらめな思想を吹きこめるもんだ。さあ、クリスチャン・クルーザーの出番だ。神の言葉を広めようぜ」

クルーザーはスピードを落として、ぼくの家の前で停まる。あと数分で日付が変わる。「ちゃんと寝とけよ」エラビーはいう。「あしたの勝負はきついぞ」そして目を細くして、運転席側の窓から外をみる。「おい、あれ、デイル・ソーントンのワゴンじゃないか？」

ぼくは両手を目の上にかざして、ダッシュボードの明かりをさえぎる。「あんな車に好き好んで乗るやつ、おまえとデイル以外にだれがいる？」ぼくはいう。ワゴンのドアが勢いよく開いて、デイルが降りてくる。「いったいなんの用だろう？　エラビー、おまえ、あの夜、あいつのガレージで何か盗んだりしてないだろうな？」

ぼくとエラビーは通りのまんなかで、デイルと向かい合う。「よお」エラビーがいう。

「さっそくテスト走行か？」

デイルはズボンのベルト通しに両手の親指を引っかける。中学時代、あの体勢は、これからおまえのケツをけとばすぞ、いやなら昼飯代をよこせの合図みたいなものだった。デイルはいう。「ああ、完璧な仕上がりだ」目はぼくとエラビーのあいだを行ったり来たりしてる。

ぼくの気分は、中学時代にすっかり逆もどりだ。「なんか、むかついてない？」

デイルは戸惑ったように苦笑する。「何いってんだよ。なんでおれがおまえにむかつくんだ？」

「はっきりいうけど、デイル、あの夜きみに会うまで、きみはいつも怒ってばかりだった。だから、今夜もそうかと思って」

デイルは地面を見おろす。「べつにおれは、いつも怒ってたわけじゃねえよ。ただ、きっちりびびらせとかねえと、おまえらになめられると思ったんだ」

「なめるなんてとんでもない。で、今夜はどうしてこんな遅い時間に？」

「考えたんだ」デイルはいう。「あの夜、おまえらに火ぶくれ女の話をきかされてから、ずっとな」

「ほんとに？」

「ああ。あいつ、マジで精神病院に入れられてんのか？　おまえ、そういってたよな？」

ぼくはうなずく。「うん、それで？」

「いや、あのさ」デイルは気まずそうに答える。「おれとあいつ、ちょっとのあいだつるんでたんだ。あのバカげた新聞がぽしゃってから、あいつ、えらく怒っててさ。おまえもおまえで、いきなり体育会系になびいちまうし……」

「そうなの？」

「ああ。あいつには、きつい時期に、いろいろと助けられたんだ。なんにもいわずに話をきいてくれたり、わかるだろ？」

ぼくは答える。「わかる」

「だから今夜、こないだ話さなかったことを話そうと思ってさ。火ぶくれ女には口止めされたけど、あいつがあんなところで腐ってくの、みたくねえんだ。おれのおばさんも、あそこに入ってるし……」

ぼくは待った。デイルはまた通りに目をやって、小石をけとばす。「これから話すことは、なんていうか、大切に扱ってもらいてえんだ。あんまり大っぴらにできる話でもねえし」

「わかってる」

「絶対、だれにもいうなよ」

「わかった、だれにもいわないから、話してくれないか?」

「あいつのやけどが、煮立ったスパゲッティをかぶったせいじゃねえってことを、おれが知ってるのは、あいつから、ぜんぜん違う話をきいたからだ」

「どんな話?」

「親父が、火のついた薪《まき》ストーブに、あいつの顔を押しつけた」

ぼくはハンマーで腹を思いきり殴られたようなショックで、ひざががくがく震えだした。

「信じられない。それ、嘘じゃないだろうな?」

デイルは横目でエラビーを牽制すると、すぐぼくに目をもどす。「こんな真夜中におまえんちまで車飛ばしてきて、なんでわざわざ嘘つかなきゃいけねえんだよ?」デイルにとって何よりがまんできないのは、嘘つき呼ばわりされることだ。それを忘れちゃいけない。

「いや、そんなつもりでいったんじゃない。あまりにもひどすぎて……デイル、本当なのか?」

「ああ、本当だ。おれにそれを話した夜、あいつは自殺しようとしてた」

ちくしょう、そんなことがあったなんてぜんぜん知らなかった。「どうやって止めたんだ?」

「さんざんひっぱたいてやったよ」デイルは答える。「そうでもしなきゃ、自殺を止めるなんてできっこねえだろ？」

ぼくはエラビーに目をやる。こいつがこんなに長いあいだ黙ってるなんて、生まれて初めてなんじゃないか？　薄暗い街灯に照らされたエラビーの顔は、血の気が引いたように真っ青だ。エラビーはきく。「どうしていままで黙ってた？」

「口止めされたからさ」

「それはわかってる」エラビーはいう。「だけど……」

「だけどもクソもねえ。おれはだれにもいわないって約束して、それを守っただけだ。しゃべるったって、だれにしゃべればいい？」

「そりゃあ、いろいろあてはあるだろう」エラビーは自信なさそうに続ける。「警察とか、児童保護局とか」

デイルは鼻を鳴らして、地面につばを吐く。「バカじゃねえの？　おまえ、いつの時代の人間だ？　ああいった連中が、おれみたいな不良の話なんてまともにきくもんか。おれは火ぶくれ女に約束したんだ。だれにもいわねえってな。だから黙ってた。だが、いまは違う。さっきもいったように、あんな、いかれた連中の吹きだまりであいつが腐ってくなんてがまんできねえ。いまじゃ赤の他人かもしれねえけど、一度はダチになったやつだ」

ぼくはデイルの肩に手をかける。けどデイルはさっと身を引く。「デイル」ぼくはいう。

「だれに話すかは、ぼくとエラビーで決める。もちろん、相手は慎重に選ぶ。今夜は来てくれてありがとう。本当に感謝してる。お礼はきっとする」

デイルは笑う。「じゃあ、昼飯代よこせ」

8

「中絶、を議論のテーマにあげた人がたくさんいました」授業の終わりに、レムリー先生が手にしたリストをみながらいう。「かなり関心の高いテーマなので、みんなが時間をかけて議論できるように、数日間に渡って扱いたいと思います」教卓の前に回りこみ、メガネをはずす。「いっておくけど、これはとてもむずかしいテーマです。大人でさえ扱いきれないことがある。この教室に、直接的にせよ友だちを通じてにせよ、中絶とまったく関わったことがない人がいたら、そのほうがむしろ驚きです。だから厳しい規制をしくことにしました。ほかのメンバーの見解を尊重しない人がいたら、いつでも議論からはずすし、教室を出ていってもらうこともあるから、そのつもりで。法にふれるようなことがあった場合だけでなく、気持ちを落ちつける必要がある場合も、そういった処置をとります。いつものように発言は自由だけど、節度はわきまえて」

先生は、ぼくらの同意を求めなかった。ぼくらはこの三週間、かなり熱のこもった議論をしてきた。幼児虐待、女性の権利、人種差別といった問題を議論するうちにはっきりしてきたのは、むずかしい問題は、必ずどこかで別の問題とつながり合うということだ。ひとつの問題について話し始めると、いつのまにか話題の中心がほかの問題に移ってしまう。どうしてそうなったのか、だれにもわからない。たぶん、レムリー先生にはわかってるんだろう。

ぼくは泳ぐペースを少し落とした。ジョディが観客席で、ブリテンの泳ぎをみてる。あのメモのことが頭から離れない。標準タイムはオーバーしないようにしてるけど、猛ダッシュをかけてさあ追いこみというときに、心がよそにいってしまう。

ドキドキするようなことがあっても、決して舞いあがったりしないように気をつけてきた。デブといわれて育った男子はみんなそうだけど、ぼくに彼女ができるなんて考えられなかった。中学時代は、もてる男子と女子が集まって恋愛ごっこをしてるのを、遠くから眺めてた。バカにして、サラ・バーンズといっしょに悪口新聞のネタにした。けど本心では、死にたくなるほどいやな気分になることもあった。それでも、サラ・バーンズとのいだに生まれたシビアな友情のほうが自分にはふさわしいと思った。実際、ほとんどの人が自分にこういいきかせてるんじゃないだろうか。傷つきたくなければ、手に入りそうにないものを欲しがるな。

水泳を始めて、ぶ厚く着こんだ贅肉をちょっとずつ脱ぎ始めると、学校生活もちょっと変わってきた。ここ二年で、ぼくに気がありそうな素振りをみせる女子も、三人くらいはいた。けどそのなかに、好みのタイプはひとりもいなかった。いっとくけど、彼女たちと本気で親しくなろうなんて思ったことはない。社会になじんでありふれた人間になるのはごめんだ、とか思う前に、適応なんてできてなかった。

いまは彼女がいないさびしい自分を笑い飛ばすようにしてるけど、どうでもいい問題じゃないし、いつか向き合わなきゃならない。母さんがもっと相談に乗ってくれればとは思うけど、あの人にとって恋愛は課外活動みたいなものだ。よっぽど父さんに傷つけられたんだろうけど、母さんはあまりそういう話をしたがらない。ぼくは母さんより父さんの遺伝子を多く受け継いでる。特に外見を形作る遺伝子は、母さんの倍は多くもらってる。きっと母さんは、父親がろくでもなかったから自分もダメなんだとか、息子に思わせたくないんだろう。母さんともいつかじっくり腰を落ちつけて、真剣に話し合うことになりそうだ。

さあ、問題はジョディだ。いまは観客席でブリテンの応援をしてる。てことは、ぼくにメモを残してから、また気が変わったのかもしれない。だからって望みがないわけじゃない。エラビーがいったように、一度知ってしまったことを、知らなかったことにはできない。それにあのメモは、ベッドの頭板とマットレスのあいだにはさんである。枕元に隠したところで、存在してることに変わりはない。聖書ふうにいえば、あのメモと床入りを果たしてしまった。エラビーがいったとおりだ。もっと早く動くべきだった。最初にあのメモをみて脈ありかもと思ったけど、行動を先のばしにすればするほど、勘違いだと思う根拠がどんどん頭に浮かんできて、自信がなくなる。

「蒸気ローラー！」レムリー・コーチが大声で、とびきりハードなスペシャルメニューに切り換える。「二十五メートル一本全力、次の二十五はゆっくり。続いて二本全力、一本ゆっくり。そのまま全力の二十五を十本まであげて、後半は一本ずつ減らしていく」ぼくは頭のなかで計算する。全力の二十五メートルが全部で百本、十九本がゆっくり。やった。州大会まであと一か月、ばっちり体をしぼれそうだ。ぼくは長距離選手だから、この勝負でトップを飾るのも夢じゃない。

ブリテンとエラビーが先頭を切ってスタート。まずは二十五メートルを全力で、次の二十五はゆっくり、そして五十メートルを全力で泳ぐ。四本、つまり百メートル全力の段階で、ぼくはまだふたりのあとを追ってる状態だけど、差はじょじょに詰まってきてる。ゆっくり泳ぐ回をブリテンとエラビーより速めに泳ぎ、全力六本、七本と重ねるにつれ、貯めこんだ脂肪が燃料になって、効果を発揮し始める。全力八本を泳ぎきるころには三人ともほぼ互角、さらに先に進むと、ぼくはワンストロークごとにふたりを引き離していく。全力十本に突入すると、ふたりはぼくの後塵《こうじん》を拝して……いや、ぼくが起こす波の大きさからいうと塵《ちり》じゃなくて泥かもしれないけど、最高の気分だ。過酷な長距離トレーニングの後半に入ると、ぼくはさらに力がみなぎり、このまま何キロでも泳げそうな気がしてくる。レムリー・コーチの掲示板の練習メニューを読むと、ぼくは人一倍腹を立てたりぼやいたりするけど、やるとなったらとことんやる！　ぼくに勝ったからって油断は禁物だ。年をとればとるほど、長く泳げば泳いだ分だけ、ぼくは強くなる。九十歳を越えた年の大晦日に、ベーリング海峡を泳いで渡って『ギネスブック』に載るのも悪くない。そのころまだブリテンが健在で、ぼくを嫌ってくれてるといいけど、やつはたぶん天国に安住の地をみつけて、だれのじゃまもできなくなってるだろう。

　距離が残り少なくなるにつれて、ぼくはどんどん調子をあげていく。全力の二十五はあと八本もない。エラビーはブリテンを引き離していくけど、そのさらに先をいくぼくには、もっときつい課題が必要だ。そうだ、ブリテンに五十メートル差をつけてゴールするってのはどうだろう。しかもジョディの目の前で……。まあ、ブリテンにとってはたいしたことじゃない。やつの売りはスピードで、スタミナじゃない。けどぼくはデブと呼ばれ続ける人生を、十代の心理を研究しつくすことで乗りきってきた。ブリテンは、ぼくがとっくにゴールして暇をもてあましてるあいだ、自分が必死に最後の五十を泳いでる姿をジョディにみられるくらいなら、死んだほうがましだと思うはずだ。そうと知って手加減するほど、ぼくはいい子じゃない。

作戦開始。まずゆっくり泳ぐ二十五を、ブリテンに気づかれないように全力で泳ぐ。もし気づいたら、やつもむきになってスピードをあげるからだ。

全力七本を泳ぎきると、ぼくとやつの差はちょうど二十五メートル開いてる。ぼくはこれからゆっくりの二十五に入るけど、あえてスピードをあげて、ブリテンの視界に入りそうになったらペースを落とし、すれ違うと同時に全力で泳ぎだす。もうやつに追いつかれる心配はない。続く全力六本で、さらに差を広げることもできる。楽勝だ。ジョディがぼくを見直してくれますように。

「中絶」レムリー先生はそう口にして、ぼくらの周りを歩きだす。「これはデリケートな問題です。だからもう一度いっておきますが、発言はくれぐれも慎重に。事前に大まかな意見を書いたレポートを提出してもらったけど、このテーマを選んだ人のなかには、かなり強硬な意見のもち主がいるようね。そういう人はほかにもいるでしょう。議論を円滑に進めるためにも、感情は極力抑えて、理性を失うことなく発言してください」

ぼくは、とりあえず第一ラウンドは発言をひかえることにした。ブリテンとその他二名、サリー・イートンとシンシア・パリッシュは、ディーコネス病院付属の診療所にピケを張った。その診療所は、町に住む女性が中絶をしにいくことで有名だから、それを妨害するために監視したわけだ。ジョディも一度は参加したことがあるはずだ。けどプールでブリテンに恥をかかせることと、やつの信仰心とぶつかるテーマで議論をしかけて、挑発することとはまったく別だ。それにぼく自身、中絶についてはっきりした意見をもってない。たしかに女性にとっては大切な選択肢だと思うけど、それも、母さんから何度もきいた意見の受け売りみたいなものだ。実際ぼくが妊娠するわけないし、するわけないことを心配したってしょうがない。これをレムリー先生の前で口にしたら、授業が終わるまで通路で腕立てふせをやらされる。けどいくら考えても、ぼくの人生によっぽど大きな変化でもないかぎり、近い将来だれかを妊娠させる行為に及ぶなんてありえない。ミスター・モービー・カルフーンは、一生童貞のまんま妄想セックスにふけりそうなやつ第一位に、三年連続で輝いた男だ。

「口火を切りたい人は?」紙をぱらぱらめくる音がする。クラスじゅうの視線が教卓の上に集まる。先生はレポートの束に指を通す。「サリー・イートン、あなたは長文のレポートを提出してくれたけど、まずは、ここに書いたことを簡潔に説明してくれない?」

「わかりました」サリーは答える。「中絶については、まず厳しい事実に目を向けるべきです。つまり、殺人だということ。胎児に、自分で自分の身を守る力はありません。しかも生きている。わたしやみなさんと同じようにです。中絶合法化支持者と呼ばれる人たちは、胎児は言葉も話せない、一般的に通用するコミュニケーションもとれないからといってそれを否定します。でも、受精から誕生までの過程をみれば、誕生から死までのどの時期より大きく成長することは一目瞭然だし、それを命ではないなんていう人がいたら、良識を疑わざるを得ません。命を奪うことは、殺人です」

すごい。レムリー先生も感心するしかないだろう。ぼくもだ。

「ブリテンはどう？」

「サリー以上の意見はいえません」ブリテンはいう。「ただ、ひとつつけ加えるとすれば、未来の母親と、未来の母親と共謀する人たちが、いっしょになって中絶を支持したら、彼らは来世でそれ相応の報いを受けるでしょう」

先生はうなずく。「議論をもう少し早く進めるためにも、宗教や信仰については別の機会に話し合いましょう」

「そこが問題なんです」ブリテンは反論する。「中絶と神の世界を分けて考えることはできません。中絶支持者は自分の意見を主張するとき、必ずこの手を使います。しかし、人間界の法よりはるかに影響力の強い、絶対的な法があるのです。神の法を無視して中絶という問題を議論することはできません」

「立派な意見ね」先生はいう。「でも、議論に制限を設ける必要はあるんじゃない？　さもないと、次にエラビーの意見をきくことになるわよ。エラビーがすべての自称預言者や、カルト教団のリーダーや部族の呪術師や、テレビの宣伝マンについて意見を述べだしたら、神の神聖な法を信じるあなたの主張も迷路に迷いこんでしまう。聖書に書かれているのは神の言葉だ、とあなたがいえば、今度はエラビーが、それと同じことを二百億人のイスラム教徒や中国人にいってみろと反論する。議論の範囲をむやみに広げたがるのは、エラビーの真骨頂みたいなものだから。あなたが教義をもち出せば、エラビーは聖書を独自に解釈して対抗する。それをあなたは、神に対する責任を放棄するための安っぽい詭弁だと批判する。どちらも自分が正しいと信じたままで、何ひとつ解決しない。居眠りせずに議論をきき続けた数少ないメンバーに、あなたもエラビーも心底嫌われるわよ」先生は、ここまで一気にまくしたてた。さすが。「ブリテンは、中絶に関わった人はもれなく来世で罰を受けると信じている。そのことだけは頭に入れて、さあ、議論を進めましょう」

ミーガン・バックマンが手をあげる。「中絶は殺人ではありません。決断です」

「たしかに決断だ」ブリテンがいう。「殺人を犯すという決断」

ミーガンはすかさず反論する。「子どもを産まないという決断です。それを殺人だという意見は議論を無駄に過熱させるだけだし、感情的になって合理的な判断を否定するのは間違いです」

「胎児は命です」サリーが切り返す。「それを否定できる人がいますか？　命を奪うことは殺人。感情が入りこむ余地はありません」

エラビーは何もいわずに、議論を熱心に見守ってる。あいつらしくない。白熱した議論は大好物のはずなのに。そういえばジョディはずっと黙ってるけど、どうしたんだろう？

ミーガンは息を深く吸いこんで、発言する。「命が正確にどこから始まるのか、学者のあいだでも意見が分かれています」

「そんな議論をしてるのは、中絶を正当化したい学者だけでしょう？」サリーはいう。「栄養をとりながら成長するものはすべて命、それくらい天才科学者じゃなくてもわかります。火星でそんなものが発見されれば、それも命です」

なるほど。

ミーガンはまったく動じない。「その理屈だと、上に向かって必死に泳いで、メスの卵巣の壁を突き抜けるまで頭をぶつけ続けるものも、命でしょう。つまり、ここにいる男子が性生活を自分の手だけですませてしまう行為も、殺人ということになります。精子を故意に死なせてしまうんだから、大量殺人ね。あなたの意見に従えばだけど」

いいぞミーガン！　核心を突いてる。

レムリー先生の顔に、かすかな笑みが浮かぶ。けど何もいわない。厳しい規制ってやつは、とっくにどこかに出かけてしまったんだろう。

「精子と卵子がひとつになって初めて、人間の命になるんです」サリーはいう。「ふたりがひとつになって生まれる、美しい命に」

ミーガンはなんの感動もなく反論する。「それでも、一線を引く必要はあります。どこまでが命ではなく、どこから命になるのか。そのためには、能力に注目するしかない。あなたの定義に従えば、故意に精子を殺すことはやはり殺人です。だって、精子は美しい命を生み出す素《もと》なんでしょう？　ここにいる男子は性教育の授業で、そう教わってないのかしら」

やばい。ついさっきまでぼくは、ほとんどの宿題をきっちり提出して、プールをあくせく往復してるだけの体育会系男子だった。ところが突然、悪名高き連続殺人犯の仲間にされちまった。なにしろ殺した精子の数にかけては世界記録保持者だ。

「サリーとミーガンの議論は、とても真っ当な方向に進んでいると思うけど、ちょっと行き過ぎかもしれないわね」レムリー先生がいう。「それから、女子はもうじゅうぶん役目を果たしてくれたと思うけど、ほかに意見がある人は？　もしないなら、探すしかないわね。議論はまだ途中だし。モービー、あなたはどう思う？」

「警察に出頭してから、なんていおうか考えてました」ぼくは、机を見おろしたまま答える。「『はい、刑事さん、精子が赤ちゃんの素だってことは知ってました。それなのにぼくは、あの子たちを靴下のなかに出して死なせてしまったんです』」これは受けた。女子も二、三人、キャーキャーいいながら笑ってる。

「厳粛なものをちゃかす人は」サリーが冷めた声でいう。「知識が乏しいか、自分の信念を守り通す勇気がないかのどちらかです」

ちょっと気まずくなって、ぼくはいい返す。「サリー、ぼくが何もいわずにいたのは、先生が結論を求めてるからさ。ぼくには結論なんてない。いままできいた話を真に受ければ、この教室にいる男子はみんな大人になったら人生の大半を刑務所で過ごすか、出所してもすぐに地獄行きだ。だとすれば、女子だって罪に問われるんじゃないか？　受精を避けるために、クスリか何かでわざと卵子を殺すこともないとはかぎらないし。けどブリテンの道徳観に従えば、受精の前に結婚しなきゃならない。てことは、女の子はみんな十二歳かそこらで、不慮の受精に備えて結婚しなきゃならない。それって、すっごくバカバカしくないか？」

「精子と卵子の話をもち出したのはわたしじゃなくて、ミーガンよ」サリーはいう。「そして、筋の通った主張をちゃかしたの」

ぼくはいう。「かもしれないけど、精子や卵子の話を抜きにしたところで、命の始まりはいつかっていう問題が消えるわけじゃない。たしかに、受精した瞬間から赤ん坊への成長が始まる。だけどまだ赤ん坊じゃない。赤ちゃんらしいパーツがまだそろってないだろ？　腕とか脚とか目とか。もちろんすぐにそろうけど、まだ完全じゃない」じつはこういう話も、ほとんどが母さんにきかされたことの受け売りだ。はっきりいって、ぼくはいまいち熱くなれない。ただクラスのみんなの前で、サリーにこきおろされてむきになってるだけだ。

「それでも受精の瞬間から成長はどんどん続いていくんだから、一線を引くなんて無理よ」サリーはいう。

「そんなことない」ミーガンが割って入る。「すでに適当なところで線を引いてるじゃない。その証拠に、中絶に関する法律は変わり続けてる」

ブリテンの怒りが爆発する。「法律より崇高な法がある！　もう一度いってやろうか。崇高な法だ！　厳格で、例外はいっさい認められない！」

先生が手をあげる。「ブリテン、落ちつきなさい。いまおこなわれている議論は、あらゆる点で節度をわきまえたものよ。ジョディ、あなたはどう思う？」レムリー先生には、こういういたずらっぽい一面がある。

ジョディは横目で、マーク・ブリテンをちらっとみて答える。「あたしは、マークの意見に賛成です」そして、いままできいたことのない強い口調で続ける。「でも、いままで何かを絶対だと信じても、結局裏切られてばかりでした。だから、よくわからないんです」いまのジョディの視線なら、人を殺すことだってできそうだ。

先生は教室を見渡し、「エラビー」と呼びかけて腕時計に目を落とす。「授業が始まって五分以上たっても、あなたに黙れといわないなんて初めてよ。どうなってるの?」

エラビーは笑顔を返す。「やっぱり! 心配してくれてたんですね」

「そんなわけないでしょ」先生はつっこむ。「わたしの授業中に病気で死にかけたり、本当に死なれたりしたら困ると思ったの。教育委員会の審問にでもかけられたら、教師をクビになるかもしれない。だからあなたを気にかけてるなんて、間違っても思わないで」

「とりあえず、サリーとミーガンの意見は出つくしたみたいだな」エラビーはクラス全員に向かっていう。「それでも先生が、おれの意見をききたいっていうなら……」教室じゅうにさっと目を走らせる。観客がいると燃えるタイプだ。「命がどこから始まるかって議論はたしかにおもしろそうだけど、完全に行きづまってる。このまま進めても、だれかが鼻にパンチを食らうか、ブリテンが心臓発作で倒れるかどっちかだ。悪く思わないでほしいんだけど、サリー、中絶反対論者って連中を、おれは何人もみてきたんだ。なにしろやつらは毎日のようにうちを訪ねてきて、親父をさんざん非難して帰ってく。やつらのほとんどは、子宮のなかの命や死んだあとの命のことは夢中で話すくせに、産まれたあとの命にはまったくふれようとしない。ちょっとこの世を見渡せば、そっちのほうが大問題だってことはすぐにわかるのに。世界じゅうのあちこちに、飢えて死んでいく人たちがいる。そういう人たちの人生の大半は、何か腹に入れるものを探すことに費やされる。それでもなんにも手に入らずに、死んじまう。じつをいうと、戦死も恐れずに軍に志願するやつらや、それは無理でも診療所の入り口に中絶反対のポスター貼るだけならできますっていうやつらは、飢えた人たちに政府が援助しようとすると、必ず反対する。生まれたあとまで面倒みきれないってわけだ」

エラビーは怒りをしずめようと首を振る。「じゃあ、この国はどうだ？　赤ん坊が飢え死にすることはなくても、望まれずに生まれてきた子どもは、結局母親の生活を行きづまらせるだけだ。親父の教会にも、そういう母親がやってくる。産まれた赤ん坊は、脳に一生消えない障害を負った。まだ生後四か月のとき、母親の恋人に殴られたからだ。嘘じゃない、頭蓋骨を割られたんだ。次に生まれた子どもは胎児アルコール症候群。ひとり目の子どもの障害を嘆いた母親が酒びたりになって、ふたり目をアルコールづけにしちまった。いまは三人目を身ごもってる。母親はもう産みたくない。だからって産んだあと養子に出す気もない。出せないんだ。産みたくないっていうのも嘘じゃない。まだ学生で、なんの問題もなく生活していけるようにみえるけど、本人はいう。この妊娠で、自分の立場が悪くなるって。いっとくけど、おれはその女の人に会ってる。妊娠のせいで自分の立場が悪くなるっていう言葉も、本人から直接きいた」エラビーは両手をあげる。「おれは思うんだ。この議論は、人生の質っていう問題に目を向けなきゃ成り立たない。命だけじゃだめだ。人生の質が大事なんだ」

サリーは黙ってる。エラビーの話に出てきた母親のことを考えてるんだろう。先生が仕切りなおす。「さあ、議論のゆくえは?」

「エラビーのほら話を真に受けたら」ブリテンが歯を食いしばりながらいう。「迷路に入りこむ。世間は甘くない。厳しい掟もある。エラビーの話はたしかに涙を誘うけど、ルールははっきりしてる。姦淫《かんいん》すれば妊娠の可能性も出てくる。妊娠したら、責任をもって産まなきゃならない。産むことは義務だ。エラビーはあの女のことをさんざんしゃべったけど、どうすれば赤ん坊ができるか知らなかったわけじゃないだろう。なのに姦淫した以上、気を強くもって結果を受け入れるしかない」

ぼくは、このまま黙ってても、またプールでブリテンに恥をかかせてやればいい。けど、まだ練習まで何時間もあるし、とても待ちきれない。ブリテンが説く〝クリスチャンの生き方〟は、あまりにも厳しすぎる。そう思うのは、ぼくがずっとデブだったからかもしれないし、サラ・バーンズとつきあってきたからかもしれない。それでも、つらい思いをしてる人たちに向かって了見のせまい道徳観を振りかざすブリテンをみて、黙ってなんかいられない。けど冷静さは心がけよう。レムリー先生に止められないように。

「ただの〝結果〟として産まれてくる赤ん坊に、明るい未来が待ってるとは思えない。『命の始まり』を議論するとき、忘れちゃいけないのは〝望まれる〟ということだ。卵子と精子が〝望まれて〟ひとつになったときが、命の始まりなんだ。エラビーがいうように、『命はどこから始まるか？』なんてクイズ番組の問題にはいいかもしれないけど、これだけはいえる。こういう宗教の話、少なくともマーク・ブリテンがしたような話は薄情で冷酷で、とてもきけたもんじゃない。人の苦しみがないがしろにされてるからだ。マーク、おまえが披露したのは、おまえにしかわからない、おまえのための宗教観だ。けど、その堅苦しい鋳型にサラ・バーンズや、脳に障害を負った赤ん坊や、三度目の妊娠に向き合えない母親を当てはめるのは、心をもたない腐れなんとかのやることだ」

先生が割って入る。「いいかげんにしなさい、モービー。そういう個人攻撃は、この議論にいっさいもちこまないで」

「わかってます」ぼくはいう。「けど、ブリテンのいい方だってフェアじゃない。おまえは他人の心の傷口に塩をすりこむような批判をしながら、自分の身は神様の空中援護で守ってる。そういうやり方は腰ぬけ野郎の常套手段だ。違うとはいわせない」

先生は教卓に身を乗り出して、「きょうはこのへんにしておいたほうがよさそうね」というけど、ブリテンがさえぎる。

ブリテンの血管が脈打つ音は、教室の隅にいてもきこえそうだ。けどブリテンは冷静な口調で、腕時計をみながら話す。「待ってください、レムリー先生。授業が終わるまであと十五分あります。モービーと決着をつけさせてください。腰ぬけ呼ばわりされて黙ってるわけにはいかない」

「おもしろそうな展開ね、ブリテン。でも学問的な視点を保つことも、このクラスの目標なのよ」

ブリテンは手のひらを前にしてさっと手をあげると、怒りが全部のどに集まったような、かすれた声で答える。「学問的視点、ですね。きいたか、モービー？　こぶしはなしだ」

「わかった」

レムリー先生は肩をすくめ、ちょっとおもしろがってるような目で教室を見渡す。「強制はしません。この場にいたくないという人がいたら、退出を認めます。ただ、廊下にたむろしないように」

みんな、ぴくりとも動かない。

ぼくはとりあえず、ブリテンの怒りをちょっとしずめようとする。「ちょっといわせてくれ、ブリテン。ぼくはおまえを腰ぬけ呼ばわりしたわけじゃない。おまえの議論の進め方が卑怯だっていったんだ」

「同じことだ」ブリテンはいう。「言動一致がぼくの信条だ。男はおこないによってのみ評価されるべきだ」

ぼくは肩をすくめる。「好きにしろよ」

いわれなくてもそうする、とばかりにブリテンはうなずく。「まずひとつ、きみの主張のほうが卑怯だ。そんな主張をするやつは、神の目からみても卑怯者だ。この世を支配する神の掟は厳格で、例外はいっさい認めない。姦淫の罪を犯すことを避ける知恵をもたない女がいるからといって、変わるものではない。父親のいない家に生まれた者や、無分別な父親や、神を冒涜する言葉をでかでかと書いた車を乗り回す息子をとがめもしない、放任主義の神父のために変わるものでもない。きみの友だちのように、顔と両手にやけどを負っていようと、神の掟は変わらない」

「人が生まれ落ちる境遇は様々だ。それでも神の言葉は絶対で、すべての人間が服従しなければならない。すべての人間がだ。中絶を選んだ人間は、殺人者だ。殺人者が地獄行きを免れることは、まずない。ぼくはどんなにつらい思いをしようと変わらないぞ、カルフーン。きみがプールでぼくをだまして、みんなの前で笑いものにしようと気にしない。神の審判がくだるとき、きみやエラビーのような連中は、自分のしてきたおこないと向き合うことになる」ブリテンは眉をあげて、しめくくる。「そのとき思い知るだろう、自分の賢さがどれほどのものか」

ブリテンの声には、モーツの声に似た響きがある（ちょっといわせてくれないか、カルフーン。きみは自分で思っているほど賢くはない）。効果てきめん。その証拠に、カルフーン一族の証ともいえる汗腺がいまにも開きそうだ。自分を見失わないように気をつけなきゃ。「おまえの話にはちょっとついていけないな、ブリテン。ぼくは敬虔なクリスチャンじゃない。部屋に閉じこもって聖書を読みふけったこともない。けど目を閉じれば、おまえの思い描く神がどんなものか、だいたい想像できる。イエスの姿も浮かんでくる。けど、お世辞にも美しいとはいえないな。ペアになってくっつくと、人間を押しつぶす馬のケツみたいだ。ひとりひとりがおかれた状況に見向きもしないんだから。人にそんな仕打ちをする王様や、大統領や、母親や父親がいたらどう思う？　たった一度の過ちで退場なんて、そんなルール、どう考えても理解できない」

「そう、そこが問題なんだ」ブリテンはぼくよりむしろ、クラスのみんなに向かっていう。

「カルフーンが理解できないのは、理解したくないからだ。理解したら、答えを求められる。ところが彼は、聖書を読んだことがないという。ならそもそも、この議論に参加すべきじゃない。中絶がなぜ許されないか、教えてくれる場所に行ったこともないんだから」

「ちょっと待った」エラビーが割りこんでくる。「おれは、ちょっとのあいだ部屋にこもって聖書を読んだけど、モービーよりブリテンのほうがぜんぜんわかってないと思う。中絶する前に避妊を心がけろって意見には賛成だけど、ひとついわせてくれ。ブリテン、もしおまえがいうように神がおれたちを見張ってて、おれたちが日々直面する問題に首を突っこむ気があるとすれば、鉄のヒールがついた聖なるブーツをはいてここまでおりてきて、おまえのケツをけとばすだろう。わたしを冷酷で融通のきかない指導者扱いするな、といって。つまり……」

レムリー先生が止めに入る。「ちょっときいて。あなたたちが、だれかが死ぬまで殴り合うのは一日じゅうみてても飽きないと思うけど、そろそろ時間切れよ」エラビーは話を続けようと開いた口を、先生のひとにらみで閉じる。「感情を刺激するテーマを扱う場で、こういうシーンは決してめずらしいものじゃない。でも、現代のアメリカ人の考え方に目を向けるとき、こういう議論は必ず重要なポイントを浮き彫りにしてくれる。どんな問題も、必ずほかの問題とつながり合っている。きょうのテーマは中絶だったはずなのに、あっというまに、何を信じるべきかがテーマになってしまったでしょう？　どんなに努力しても、それを止めることはできない。なぜならわたしたちの見解、つまり物事の受け止め方と、わたしたちの信じるものは、複雑にからみ合っているから。きょうこの教室を出ていく前に、そのことだけは頭に入れておきなさい。自分は自分の信じるものを通してしか世界をみていない、という事実を素直に認められるといいわね」

　きいたかブリテン、レムリー先生は、おまえのちっぽけな目に映る世界だけが、世界のすべてじゃないっていってるんだ。もし本当に天国があるなら、正しく生きようとしてる人はみんな天国行きだ。イエス・キリストの名前さえ知らない人も、過ちを犯した人も、中絶をした人だって例外じゃない。

　ロッカーへ向かう途中、何かを熱心に話し合ってるブリテンとジョディの前を通り過ぎた。エラビーとミーガンとぼくは地獄のどの段階に落ちるのがふさわしいか、振り分けてる最中なんだろう。

　原始時代の沼みたいなロッカーから、政治学の教科書を出そうとしてると、だれかの手が肩にふれた。「メモの返事はまだ？」

　ぼくは振り返った瞬間、言葉を失う。

　ジョディがいう。「ちょっと話せる？」

「いま?」

「いますぐっていうわけじゃないの。あたしも授業があるから。放課後は?」

「水泳の練習がある」

「じゃあそのあとは?」

「いいよ。ハンバーガーショップにでも行く? 五時半でどうかな? なんなら迎えにいくけど」

ぼくらはバーガー・バーンで待ち合わせることにした。「あたしたちが会うこと、いまはまだだれにも内緒にしといて」と小声でいい残して、ジョディは去っていった。ぼくはロッカーの前でぼーっと突っ立ってる。頭が真っ白だ。次の授業はどこの教室だっけ? 科目はなんだっけ?

9

聖心会病院の精神科病棟のドアを両手で押して開くと、ソファの端にすわったサラ・バーンズの姿がみえる。いつのまにかあそこが指定席になってしまった。当番看護師がぼくをみて、まるで同僚にあいさつするみたいに手を振る。ぼくの名前を呼んでくれる患者もいる。帰りに白衣をもらっていこうかな。それがだめなら聴診器にしようか。

「元気？」返事もなければ頭を動かすこともない、目がぴくっと動くこともない、はずだった。

「ずっと元気だよ」サラ・バーンズは答える。

目玉が飛び出るほど驚く、とはこのことだ。ほんとに飛び出てたら、車で拾いにいかなきゃいけないほど遠くまで行ってただろう。

「なにぽかんとしてんの」サラ・バーンズは小声でいう。唇は、歯にくっついたのかと思うほど動かない。

「うそ、しゃべれるんじゃん。こっち側にもどってきたんだ？」

「あっち側になんか行ってない。しゃべり続けて。看護師にばれたら終わりだから」

「どう?」看護師がやってきて声をかけ、ぼくに向かってうなずく。

「相変わらずです」ぼくは答える。

「よかったらジュースでもどう?　ちょうどおやつの時間だし」

「いただきます」

「じゃあ、すぐに持ってくるから」看護師は受付の奥のキッチンに入っていく。

「けど、なんで病院なんかに……」

「しばらく休みたかったの」サラ・バーンズはいう。

「わかるけど……」

「きいて。看護師がもどってくるから、一回しかいわないよ。デイル・ソーントンといっしょになって、あたしのやけどのこととか詮索するのやめてくれる?」

「デイル・ソーントンは全部知ってるんだろう?」

「知ってても知らなくても関係ない。とにかくあんたは首を突っこまないで」

すでに知ってることを話したいし、まだ知らないこともききたい。それでもぼくは、詮索しないと約束する。

「いまでもあんたをやっつけられるかな。ウェイトトレーニングしたり、洪水起こしそうな勢いで泳いだりしてるんでしょ?　でも、やってやれないことはなさそうだね」

ぼくはちょっと考えこむ。「わかった。もう詮索はしない。けどやけどのことと、ここに入ったことは無関係じゃないんだろう？」

サラ・バーンズはさっと目をそらす。「あんたには関係ない」

「じゃあ、関係させてくれ。きみはまだぼくをやっつけられると思うけど、ぼくは今後のために、もっと紳士的なやり方を覚えたんだ。取引をしよう。きみはここに入った理由と、いったい何があったのか、つまりやけどの原因をぼくに話す。ぼくはそれを、だれにもしゃべらない」

「あんたに何か話す義理なんて、ない！」

「こっちにだって自分の考えてることや、デイル・ソーントンからきき出した話を秘密にしとく義理はない」

サラ・バーンズは前をにらんだまま、黙りこむ。

「サラ・バーンズ、ぼくがきみの友だちだってことは、とっくに証明ずみだ。自分がやせたからってきみをないがしろにも、おいてきぼりにもしなかった。面会にだって毎日来てる。きみがぼくの話なんかぜんぜんわかってなさそうでもあきらめなかった。何週間も前からぼくの話が全部通じてたと知って、だまされたような気がしてるいまでも、きみから離れようとは思わない。きみがぼくのいちばんの理解者だっていう事実に、なんの変わりもないからだ。けどきみがここに入院したとき、ぼくがどんなにショックだったと思う？　親友に死なれたも同然だったんだ。友情ってやつは一方通行じゃ成り立たない。ぼくが死にそうだったなんて、きみは思いもしなかったんだろう？　そんなのずるいよ」

看護師がぼくらにジュースを運んできて、ふたつのコップに一本ずつストローをさすと、受付の向こうにゆっくりもどっていく。それを見届けてから、サラ・バーンズは話し始める。

「ずるかったかもしれないけど、こっちも元気ってわけじゃなかった。ここに来なかったら死んでたかも。あたしにとっての友だちと、あんたにとっての友だちは、ちょっと意味が違うんだ。あんたがショックだったとか、前はデブだったとか、そんなことはどうでもいい」

「なんでだよ？」

「この顔みりゃわかんだろ？　くそったれ！」サラ・バーンズはつばを吐く。周りに気づかれたらどうするんだ。

「顔なら何度もみてるじゃないか」ぼくはひるまずにいい返す。「なんでいまさら……？」

サラ・バーンズはがくっと肩を落とす。心の奥が一瞬みえたような気がした。自分を侮辱する言葉の最初の一音がきこえただけでこぶしを握りしめる、あの頑丈な心の鎧がとっ払われたようにみえた。「この顔をさらして生きる毎日は、きのうと同じ一日の繰り返し。いいかげんうんざり。なんにも変わらないんだから。タフでおもしろいやつを演じ続けなきゃならない。ちょっとでも気を抜いたら、この顔にやられる。朝、まだ寝ぼけ眼で、自分が何者かも思い出せずにいると、この顔に打ちのめされる。そんなふうに何年生き続けても、まだたまに油断することがある。実際、ほんとに安心できたらいいなっていつも思ってるんだけどね」サラ・バーンズはまた、目を横にそらす。「ねえ、看護師にきいてよ。外を散歩してもいいかって。エドガー・バーゲンの人形のまねって結構しんどいわ」サラ・バーンズが腹話術師のエドガー・バーゲンを知ってるのは、ぼくといっしょにケーブルテレビで昔の番組の再放送をみたからだ。バーゲンは腹話術界の大御所みたいな人だけど、ぼくにとって大事なのは、憧れの女優キャンディス・バーゲンのお父さんだってことだ。

ぼくは受付に行って、看護師に散歩のことをきいてみる。看護師が確認の電話を二本かけると、ぼくらはすぐにエレベーターに乗りこんだ。

「デブって信頼されやすいんだね」病院のスタッフにきかれる心配のないところまで来ると、サラ・バーンズは開口一番そういった。雪が五センチくらい積もってる。雪かきをしてない歩道を、ぼくらはザクザク音を立てて歩く。凍えそうなほど寒い午後、周囲には人っ子ひとりいない。木の枝に、ケーキのコーティングみたいな白い霜が立ってる。

ぼくはいう。「デブの信頼度はそんなもんじゃない」

「父親はあたしに、わざとやけどさせた」

「嘘だ！」

「びっくりさせないでくれる？」

「ごめん。けどそれって、お父さんが熱々のスパゲッティをきみにかけたってこと？」サラ・バーンズに嘘なんかつきたくない。けど、デイルがぼくに何もしゃべってないって思わせるには、こうするしかない。デイルはぼくの家の前で、車の横に突っ立ってた。自慢のステーションワゴンはどうみても場違いで、やつもそれに気づいてるみたいだった。なのに白い目でみられるのも覚悟の上で、話をしにきてくれたんだ。デイルをかばうためなら、サラ・バーンズに嘘つきだと思われるくらいなんでもない。

「スパゲッティなんて嘘っぱち。あたしがまだ三歳のときの事件なのに、今朝起きたみたいに生々しい。お母さんと父親がけんかしてたんだ。本当にひどいけんかだった。殴ったり、物を投げたり。でも、お母さんがやり返すのをみたのは、あのときだけだった。父親はお母さんの髪をつかんで、キッチンの流しに頭を突っこんで、水をため始めた。お母さんは殺されるって、あたし本気で思った。お母さんが死んだら、あの父親とふたりきりになっちゃう。それがいちばん怖かった」

「あたしは階段の下に隠れて、それをみてた。そこならみつかる心配がないから。流しが水でいっぱいになると、お母さんが悲鳴をあげた。悲鳴っていうより、怒りの叫びに近かった。お母さんは父親に、殺してやるって何度もいい続けた。そのたびに父親は笑って、『やってみろ！』って怒鳴り返した。そんな怒鳴り合いがしばらく続いて、ついに父親はお母さんの頭を水につけた。お母さんは足をばたつかせて、ゴボゴボ苦しそうにうめいた。そのときあたしは、お母さんを助けなきゃと思って、大声で叫びながら駆けだして、父親の脚に体ごとぶつかった。父親が少しよろけて、手がゆるんだすきにお母さんは水責めを逃れた。あたしは父親の脚に必死にしがみついて、何度も振り回されてるうちに、気づいたら宙を飛んでた。父親の頭も飛び越えそうなくらい、高く」

「お母さんは引き出しからナイフを出して、父親を刺そうとした。でも父親はあたしを抱きあげて盾にして、廊下をあとずさりながら居間に入ると笑って、こういった。『おまえのかわいい娘を、こうしてやる』ふと前を向くと、薪ストーブがぐんぐん近づいてきて、あたしは両手を前に出して、そしたら……」

ぼくの腹のなかに、決してほどけない結び目ができたような気がした。ひどすぎる。こんな話、まともな神経じゃきいてられない。

「ほんというと、あのとき父親が何をしてたか、はっきり覚えてないんだ」サラ・バーンズは先を続ける。「気がつくと、あたしは顔と両手を包帯でぐるぐる巻きにされて、病院のベッドで横になってた。すると看護師がいった。あなたはストーブの上でスパゲッティをゆでてた鍋を、自分でひっくり返してやけどしたのよって。あたしは話すことも、動くこともできなかったけど、そんなの嘘だっていってやりたかった。でも黙って横になったまま、眠った。次に目を覚ますと、父親があたしの顔の上にかがみこんで、信じられないことをいった。お母さんは出ていった、二度ともどってこないって。本当にあったことをだれかにしゃべったら、今度は体じゅうにやけどさせてやるって。それでどんな罰を受けようと、おれはぜんぜんかまわないって」

ぼくは冷たいコンクリートのベンチにどっかと腰をおろし、やけどのあとに覆われたサラ・バーンズの顔をじっと見あげる。何かいったら、信頼の絆を損なってしまう。どんな言葉も嘘くさく感じる。あたりまえだ。この場にふさわしい言葉なんてあるわけない。

サラ・バーンズはいう。「これでおしまい」

目の前に立ってるサラ・バーンズの腰に、ぼくは手をかける。サラ・バーンズはそれを振り払おうとせずに前を向いて、ぼくの背後の木々をみつめてる。だれよりも強く、だれよりも傷つきやすくみえる。「お母さんとは、どうなった?」

サラ・バーンズは肩をすくめる。「会ってない。向こうからもあれっきり連絡ないし。それよりきいて、エリック、いまから話すことをだれかにしゃべったら、マジ殺すからね。たしかに昔は、部屋の窓から星とか月とかみながら想像してた。お母さんはいまも、あたしを迎えにこようとしてるんじゃないかって。ある日、夜中に窓をコンコンって叩く音がして、あたしはバッグに着替えを詰めこんで窓からはい出して、大木の枝に飛び移ってすべりおりて、自由になれる。そしてお母さんが、あたしをもとのきれいな顔にもどしてくれる。そんな想像にもふけったけど、父親に顔をめちゃくちゃにされたとき、こっちの負けは決まってた。お母さんはあたしに会いたがってなんかいない。父親に殺されたんじゃないかとも思ったけど、それはありえない。だれの目にもふれずに隠れて暮らすなんて、お母さんには無理。家を出ていったことは、父親がみんなにいいふらしたから」

「信じられない」

サラ・バーンズはうなずく。「だよね。でも嘘じゃない」

ぼくらはほんの少し黙りこむ。「で、きみはなんで入院したの？　それも、なんでいま？」

サラ・バーンズは目を閉じる。「父親がまた凶暴になり始めたから。あたしも、薪ストーブの夢をみるようになった。あいつ、あたしの顔をあそこに押しつけたんだよ、エリック。最近、酒の量が増えて、幻覚や幻聴に悩まされるみたい。あたしの顔をこんなにした日も、そんな様子だった。だから、あたしが幻覚や幻聴の気配を感じたら、それは絶対に正しいって思ったの」

「なら、警察に通報すればいいのに」

がらにもなく気弱な一面をみせたサラ・バーンズが、たちまちもとにもどる。「警察に何ができる？　酔いがさめるまで牢屋にぶちこんで、そのあとは？　ちょっとは考えなよ、エリック」

「警察に洗いざらい話せばいい」

「なるほどね。でも、いまごろ話してどうすんの？　十四年も前の話だよ。そりゃ警察は信じるだろうけど。そういえば事件が起きた直後も、熱湯でこんなやけどするはずないって疑う人もいたっけ。でも、あたしが怖がってなんにもいわないから、それっきり」

「それっきりになったのは、きみが何もいわなかったからだろ？」

ここで空気が変わった。サラ・バーンズの心の扉は閉ざされてしまった。きょうはもう閉店というわけだ。ふざけんな。ぼくがあの父親に復讐してやりたいと思ったのが閉店の理由？　そんなの納得できない。「ねえエリック」サラ・バーンズはいらいらしながらいう。「質問攻めはやめにしてくれる？　あんたが秘密にするって約束したから、あたしは話したんだよ。後悔させないで」目をそらして続ける。「さもないと、あんたが後悔することになる。あたしがここに入ったのは、考えたかったから。最悪の事態になる前に、逃げ出したかった。もう子どもじゃないから、逃げるくらいはできる。ずっとこうするべきだと思ってた。でも簡単にはいかない、この顔だもん」

「わかったよ、サラ・バーンズ。ぼくは何をすればいい？」

「とにかく、きょうきいたことを黙ってて。でも病院の人には、散歩は効果がありそうだから、また行きたいっていっといて。あとはひたすら口をつぐむ、それだけ。本気だよ、エリック。水泳仲間にも、コーチにもあんたのお母さんにも、だれにもいわないで。自分が親友だってことを証明したいなら、いまがチャンス。だれにもしゃべらないこと」

「わかった」サラ・バーンズの気持ちはわかる。問題があまりにも大きすぎるから、心の整理をしたいんだ。猛犬を檻から出すには、せめて首にリードくらいつけておかないと、自分が生き餌にされちまう。


真夜中過ぎ、ぼくは部屋で寝転がって、天井をみつめながら一九六〇年代にタイムスリップしてる。ラヴィン・スプーンフルが「魔法を信じるかい？」を歌ってる。魔法かあ。ぼくはずっと考えてる。サラ・バーンズにとって、ぼくにあの話をするのはどれほど大きな賭けだったか。本当に残酷な話だったけど、問題はその内容だけじゃない。ぼくに自分の弱い部分をみせること自体が、死ぬほど恐ろしかったはずだ。怖いに決まってる。自分を丸裸にするなんて。

あのあと、ぼくはひとりで家に帰っていろいろ考えたくなった。けど、ジョディとのデートをすっぽかしたらどんなに悲しい思いをするか。まっすぐ帰るなんてできるわけがない。

変なデートだった。初め、ジョディはやけによそよそしかった。けどぼくの隣にすわって、手をひざにのせてるところをみると、幸先がいいようにも思えた。文句をいうわけじゃないけど、バーガー・バーンは地元の連中のたまり場だから、ブリテンの仲間にいつみられてもおかしくない。孤島の収容所の、イエス・キリストを信じる健全な青少年が集う教会で、手をつないで輪になってでもいれば話は別だけど。ジョディはだれにみられようと、ぜんぜん気にしないみたいだった。それならぼくも、気にする必要はない。

「それで」注文をすませると、ぼくはたずねる。「ぼくに話って、何?」

ジョディは笑顔をみせる。「いきなり本題に入るの?」

「きょうの午後からずっと気になってたんだ。誘われるなんて、めったにあることじゃないし」

ジョディはまたほほ笑む。「なんの話か、予想できた?」

「うん」ぼくはそういって、自分の首筋をさする。「まずはきみの脳に、腫瘍でもできたのかと思った。それから、きみは西海岸の相撲部屋出身スイマーの調査レポートでも書いてるんじゃないかって。次に考えたのは……」

「ずいぶん考えたのね」

「ああ、大変だったよ。けど結局、予想は全部的外れじゃないかって予想した。だからここに来て、きみにきくのがいちばんだと思ったんだ」

「レムリー先生の授業、どう思うかきかせて」

ぼくは答える。「いままで受けたなかで最高の授業だ。いろいろ考えさせられる。いやになることもあるけど、だいたい気に入ってるよ。どうして？」

「あたしはあの授業が嫌いだって、あなた思ってるでしょ？」

「思ってるか思ってないか、ひと月分のバイト代を賭けるとすれば、思ってるほうに賭ける」

「あたしとマーク・ブリテンは、あの授業で議論した問題についてまったく同じ意見だ、とも思ってるでしょ？」

ぼくはにやりとする。「そう思ったこともある。けどいまはこう思ってる。きみは、ぼくがはみ出し者だって、いいたいんじゃないかって」

ジョディもにやりとする。「うん、だってはみ出し者だもん」

「やっぱりそうか。で、ぼくのどこがそんなにはみ出してるのかな？」

「あたし、中絶したの」

おっと、意外な展開。

「びっくりした？」

「いや、そんなことない。女の子にハンバーガーをせがまれて、中絶の話をきかされる。そういう運命なのかも」少し間をおいて、きき返す。「相手は、ブリテン？」

「そう、マークの子ども」

「あいつは知ってるの？　その、何もかも」

「知ってる」

ちょっと頭を冷やそうか。マーク・ブリテン。とんでもないやつだ！　授業中は首筋の血管ぶちキレ寸前で目をむいて、姦淫の邪悪さをさんざん説いて、裏では姦淫しまくりの絶倫バカだった？

「マークが熱弁ふるってるとき、よっぽど全部ばらしてやろうかと思ったけど、できなかった。こんなこと世間に知られたら……」

ジョディとブリテンが何をやったとか、そういう考えをぼくは、うなじにとまった蚊をぶっ叩くみたいに打ち消そうとする。そんなこと考えたってとことん落ちこむだけだ。それに、早く話の続きがききたくてしょうがない。「ブリテンはなんていってるの？　きょうのクラスでやったみたいにヒス起こして、それから？　自分をペテン師だと思ってないとしたら、バカどころの騒ぎじゃない」

ジョディは悲しそうな笑みを浮かべて、テーブルを見おろしてる。ウェイトレスがやってきて、テーブルにハンバーガーやポテトフライを置く。「そうね、思ってるんじゃない？」

ジョディは口を開く。「でも、自分はみんなと違うんだって。重大な使命を背負う者の行く手を、人間界の些細な過ちで阻んではいけない。だれかに相談して、なんとかしてもらえって」

「きみが？」

「そう、あたしが。マークがいうには、自分ほど深入りした信者には、主の目の前で特別な試練を与えられることもある。そんな信者を守るのがきみの役割だって」

神の与える試練も、時代に合わせてしょぼくなるもんだ。ぼくはハンバーガーにかぶりつく。「深入り、か。マーク・ブリテンみたいなやつにぴったりの言葉だな」ふと気になってきいてみる。「ところで、なんでぼくにその話をしようと思ったの？」

「ずっとわかってたの。ほんとにわかったのは中絶したときからだけど、マークとはうまくいかない。あれからあたしに冷たくなったしね、みんなといるときはそうでもないのに。ただ、マークについてひとついえるのは、人に厳しいわりに自分には甘い人間だってこと」

「自分の姦淫は許せても、きみのは許せないってわけだ」

「そうね、そうかもね」ジョディはいう。突然目が涙でいっぱいになる。「あたし、ほんとにバカだった。だいたい、マークと寝るのもいやだったし。中絶だってしたくなかった。なのにあたしったら、目をきらきらさせて舞いあがって、マークと結婚して幸せな家族を築くことを夢みてた。もうどうすればいいかわからなくて、自分が許せなくって、何かまともなことがしたくなったの」

ぼくは自分の手を、ジョディの手に重ねる。ジョディの手が震えてる。

「でもあたしの思いは、マークの使命の妨げにしかならなかった。中絶なんかする前に会うのをやめて、別れればよかった。マークがいなかったらどうしてたか、自分でもよくわからないけど、これだけはいえる」

「何?」

「あの空しさは、味わった人にしかわからない。教室で何をばらそうと、ひとつだけ、どうしてもいえないことがある。マークはあたしを、診療所の前まで送ってくれるはずだった。でも、二ブロック手前であたしだけ降ろしたの。だれか知ってる人にみられたらまずいからって。手術をすませて外へ出ると、心細くてたまらなかった。マークがいうこととききたら、ぼくらは正しい選択をしたとか、これでぼくの人生の汚点は消えたとか、そんなのばっかり。あたしはただ思いきり泣いて、抱きしめてもらいたかったのに」

いま目の前にいるのは、ぼくが知ってるジョディとはぜんぜん違う女の子だ。結局見かけだけで判断できるものなんて、この世にひとつもないんだ。ぼくは、ピアノの弦みたいにまっすぐのびたジョディの首にふれて、なんの気なしにマッサージしてみる。けど筋肉が、グランドピアノの高音弦みたいに張りつめてる。

「とにかくマークのそばを離れたくて、その夜は家に帰った。部屋のベッドで横になって、泣いて、彼を心底憎んだ。朝になったら学校へ行って、あいつに地獄へ落ちろっていってやるつもりだった」

「そうすればよかったのに」

「そうする前に、マークはあたしを、体育館に行く途中の渡り廊下まで連れ出して、ふたりきりになると、急に謝りだしたの。きのうはもっときみの気持ちを思いやるべきだった、ぼくはなんて無神経なやつなんだ、頼むから償わせてくれって。あたしはなんだか、彼を憎んだことが、どうしようもなくやましくなって、許すしかなかった。だれか事情を知ってる人にそばにいてほしかったし、あんな事情、ほかのだれにも話す気になれなかった」

ジョディは首を横に振る。「それで、マークやみんなといっしょに行進して、診療所にピケを張ったの」

「ご両親にも、話せなかったんだね」ぼくはいう。自分がその手のトラブルを抱えたら、まず母さんに相談すると思ったからだ。

ジョディは、まるでぼくがハンバーガーではなでもかんだみたいな目をする。「そんなことしたら、ふたりとも死んじゃう。あたしを殺したあとに」それだけきけばじゅうぶんだ。「とにかく、あたしを好きでいてくれる人が欲しかったの。マークがそうだったけど、そのうちお互いそんなに好きじゃないってわかってきた。それでも自分は恐ろしいことをしてしまった、もうだれにも好きになってもらえないっていう考えに支配されて、世間はあたしをみただけで中絶したってわかる、そんな気がしてたの」自分の手をぼくの手に重ねる。「うちの家族は、マークの家族と同じ教会に通ってるの。レムリー先生のクラスは本当に新鮮だった。あたしが罪だと信じて育ってきたことに、疑問を投げかける大人がいるなんて、考えたこともなかったから。しかも先生は、あたしがずっと尊敬してきた人だった。あのクラスの議論をうちの親がきいたら、摩擦で椅子に火がつくほどの速さであたしを引っぱり出すと思う」

次に自分がいったことを、ぼくはいまになって後悔してる。ジョディのことだけを考えるべきだったのに、自分のためにこんなことをいってしまった。「ぼくを頼ってくれればよかったのに。ぼくならきみが何をしても、ブリテンみたいな仕打ちはしない」

ジョディは笑顔でありがとうといった。「あたしもそんな気がしてた。だからいま話してるの。あなたに何かしてほしいなんて思わないし、あなたをけしかける気もない。ただ、あなたならわかると思ったの。その……」

「はみ出し者の気持ちが？」

ジョディはにこっとする。「そう、はみ出し者の気持ちが」


というわけで、ぼくはいまベッドに寝転がって考えてる。ぼくにも彼女ができるんだろうか。そう、それがぼくのいちばん恐れてたことなんだ。レムリー先生のクラスみたいに、一歩さがってブリテンみたいなやつらをねらい撃ちしてるうちは楽でよかった。けどぼくとジョディがつきあうことになったら、もう一歩さがってなんかいられない。はっきりいってぼくは、前線で戦う兵士より狙撃手向きだ。サラ・バーンズとつるんでるときは、いつもあとからついていく立場だったし、エラビーとつるむようになってからは、男性ホルモン全開でしゃべりまくってるだけだ。クラスが中絶をテーマに議論してるとき、中絶をした女の子とつきあってる男が、はっきりした意見もいわずに一歩さがってるなんて許されるはずがない。

手遅れになる前に、母さんに真剣に相談したほうがよさそうだ。

10

レムリー・コーチが、ロッカールームの奥の乾燥機のそばでタオルをたたんでる。

「そういうのって、マネージャーの仕事じゃないんですか」ぼくはいって、二台の業務用洗濯機の隣の長いテーブルに寄りかかる。

「これはセラピーなの」コーチはいう。「わたしが日々していることで、ちゃんと結果が出るのはこれだけだから」

「結果ならぼくも出してるじゃないですか。エラビーも」

コーチは気のない顔で鼻をふんと鳴らすと、壁に設置した電話機まで歩いていき、「タオル、もっとおろしてくれない？」と受話器に向かっていう。「レスリング部なら、洗濯が必要なタオルがあるはずよ。バスケ部にもきいてみて」

ぼくは自分の胸板をぴしゃりと叩く。「ぼくの心も洗濯してもらえませんか？」

コーチは受話器をもとにもどす。「冗談でしょ？　何か悩みでもあるの、モービー？」

「世界平和、飢餓の終結、ホームレスに家を……」

「立派ね」

「……自分に新車を」

「ちょっと核心に近づいたみたいね。わたしの聖域に侵入してまで、話したかったことってなんなの？　さっさといいなさい」

「ぼくがブリテンの彼女とつきあうっていったら、どうします？」

コーチはたたみかけのタオルを、タオルの山にゆっくりもどしてぼくをみつめる。「ジョディのこと？」

「どう思いますか？」

「ブリテンもあなたも泳ぎが速くなると思う」

「それなら、ぼくもやるつもりです」

「ジョディの気持ちは確かめたの？」

「向こうから誘ってきたんです」

コーチはタオルの山に向きなおる。

「本当のところ、コーチはどう思いますか？」ぼくは食いさがる。

「わたしにはなんの関係もない問題。どんな事情があるか知らないけど、あなたがうっとりした目でジョディ・ミュラーをみていることくらい、三年前から気づいていたわよ。マーク・ブリテンに対するあてつけじゃないといいけど、もしそうなら、わたしも黙っているわけにはいかない」

「それならそれで気分が晴れそうだけど、本当の理由じゃありません」コーチはたたんでたタオルを置く。「モービー、あなたがだれとつきあおうとかまわないけど、エラビーといっしょになってブリテンにつらく当たるのを、少しひかえてみたらどう？」

ぼくは肩をすくめる。レムリー・コーチにいやなやつだと思われるのは、やっぱり避けたい。いやなやつにみえるときもあるかもしれないけど、コーチに悪く思われるのは正直つらい。

「ブリテンはあれでも、かなり自分を抑えているんじゃないかしら」コーチはいう。「決して譲れない信念をいくつも抱えているうえに、心にまったくといっていいほど余裕がない。お世辞にも健全な状態とはいえない」

「コーチ、正直いって、ブリテンが優秀なスイマーじゃなかったら、あいつが家の外へ自由に出られるっていう時点で、抑制が足りないと思います」

「あなたらしい意見ね。わたしは何もあなたに、ブリテンと同じ教会に通えなんていうつもりはない。攻撃の手をゆるめなさいっていっているの。ジョディ・ミュラーとつきあいたければつきあいなさい。ただあまり大っぴらにしないこと、いい？」

「大っぴらにいちゃつくな、ですね。ありがとうございます、コーチ」

ぼくは階段を二段飛ばしで引き返し、廊下に出る。

もうすぐ三時間目の授業が始まる。自分のロッカーがあるほうをみると、マーク・ブリテンと目が合う。どうみても不機嫌そうだ。ジョディと別れ話をしたに違いない。悪いのはぼくじゃない、と自分にいいきかせる。ふたりが別れる原因は、ぼくじゃない。堂々としてればいい。自分のロッカーを探ってると、手が肩にふれる。ぼくはゆっくり振り向いて、ブリテンと向き合う。「なんの用だ？」

ブリテンはいう。「いわなくてもわかってるだろう」

「整理整頓？」

「ジョディが、ほかの男とつきあいたいといいだした」

「そりゃよかったじゃないか」

「相手はきみらしい」

「やっと男をみる目ができてきたってわけだ」ぼくは軽い口調を心がける。けんかが弱いってことは、まだ知られたくない。

ブリテンはいう。「見損なったぞ、カルフーン。プールでぼくをマークすることと、ぼくの彼女にちょっかいを出すこととは話が別だ」

「ちょっかいなんか出してない」

ブリテンはあざけるようにいう。「ずっと前から、ジョディのそばへ来ちゃ物欲しそうに鼻をくんくんさせてたくせに。ジョディにつきあいたいといわれて、断る自信があるっていうのか？」

「違う、ぼくがちょっかいを出したわけじゃないっていってるんだ」

「ジョディから先に望んだなんて、ぼくが信じるとでも？」ブリテンはきき返す。「笑わせるな。きみみたいな脂肪のかたまりのどこに惚れるっていうんだ？」

「頭のいい男が好きなんじゃないか？」ぼくはいう。「それも笑い飛ばせるか？」ブリテン、おまえは敵を甘くみすぎた。ぼくが肉体的特徴をつつかれたくらいで、へこむとでも思ってるのか？　おまえなんかハーヴァード大学の毒舌学科を卒業しても、中学時代のぼくがあっというまにいわれ慣れた悪口のひとつでも、思いつくかあやしいもんだ。脂肪のかたまり？　話にならないよ、ブリテンくん。ぼくは身を引いて教室へ行こうとする。けどブリテンは胸を張り出して立ちふさがる。レムリー先生は、こういうことをいちばん恐れてたはずだ。

ぼくはブリテンに、どいてくれという。けんかは苦手でも、パンチを受け続ける耐久力にかけては記録保持者だ。それはデイル・ソーントンが保証してくれる。

ブリテンは引きさがらない。「けんかなんかしたら」ぼくはいう。「三日間の停学だ。うちの母さんはレモネードとピーナッツバター・サンドイッチを用意して、学校に残れるように努力しなさい、とぼくにいいきかせるだろう。おまえの親父さんならどうすると思う?」伝統的なアメリカの中流家庭で、厳しい父親とやさしい母親に育てられたブリテンのケツの皮は、きついお仕置に耐えられるほど厚くないはずだ。

ぼくらはつま先がくっつきそうな距離でしばらくにらみ合う。周りに人だかりができ始める。ここらで一発かましてみよう。「このままだと、おまえも恥をかくことになるぞ。きょうはこのへんにしとけよ、ブリテン」

ブリテンはぼくの実力をまだよく知らないし、上品さを装いたい気持ちも捨てきれないのか、やっとどいてくれた。ぼくは教室へ向かおうとする。

「最低の女だ」ブリテンは思わず、ぼくの背中に向かって吐き捨てる。

ぼくは立ち止まり、振り向く。このまま引き返して、あいつをぶっ殺してやろうか。「なんだと?」

「ジョディ・ミュラーさ。最低の女、救いようのない大嘘つきだ。かわいそうだから相手してやったんだ。ほんとだぜ、カルフーン。どうせ捨てるつもりだったのに、向こうから先手を打ってきた。あの女のことだ、これからきみにいろんなほら話を吹きこむだろうけど、これだけはいっておく。ぼくと同じように、きみもだまされる。たしかに見た目は悪くないけど、あの女には重大な欠陥がある。嘘だと思うなら、自分で確かめてみるんだな」

ぼくは引き返し、やつの数センチ手前で立ち止まり、いい返す。「もちろん、自分で確かめてみるさ」

ブリテンはすっかり理性をとりもどし、肩をすくめてみせる。「好きにしろ。あの女がきみのことをなんていってたか、きかせてやろうか」

ぼくは腕時計をみる。チャイムまであと三十秒もない。「それはレムリー先生のクラスで議論したほうがよさそうだな」

ぼくはチャイムと同時に席にすべりこむ。

コールドウェル先生が、きのうの宿題の解説を始める。けどぼくは、いまいち集中できない。最悪だ。何しろ宿題をやってこなかったし、先生の話についていければ授業が終わるまでに仕上げて提出できるけど、それもできそうにない。きょう、ぼくはブリテンと初めて対決した。これが最後じゃないことはわかりきってる。ブリテンがいつぶちキレてもおかしくないってことは前からわかってたし、あいつは腕っぷしも強い。中学時代はあいつを恐れてたけど、あのころのぼくはみんなを恐れてた。怖いのはあいつの体格がいいからなのか、いつでも相手になるぜ的な雰囲気をかもし出してるからなのか、いまだにわからない。本気でやり合ったら、勝敗は五分五分だ。あいつが勝つかもしれないけど、決して無傷じゃすませない。ぼくにとっては、ジョディ・ミュラーの名誉を賭けた聖戦だ。ブリテンがジョディにした仕打ちはわかってるし、本性もついさっきみさせてもらった。やつはペテン師だ。

「ちょっとでき過ぎじゃない？」母さんはいう。ぼくが、ジョディ・ミュラーとつきあうかもしれないと話したときの反応がこれだ。ぼくとしては、先行きが少し明るくみえるようなコメントを、主婦の立場からしてくれればよかったんだけど。カーヴァーはキッチンにいて、中立的立場ってやつを決めこんでる。

「どうして？」

「だって、宿敵の彼女とつきあうんでしょう？」

「ちょっと待って……」

「あなたとマーク・ブリテンは二年かそれ以上もやり合ってきたじゃない。あなたがわたしの前でブリテンをほめたことなんて、一度でもあった？」

「あれはぼくなりの、妥協なき真実の探求ってやつさ」ぼくはいう。「でき過ぎってどういうこと？」

「初めてできそうな彼女が、どうしてブリテンの相手じゃなきゃいけないの？　あなたの完全無欠の潔癖さを認めないやつの急所に、パンチをお見舞いするようなものといえなくもないわね」

「笑える」ぼくはいう。「ブリテンにも似たようなことをいわれたよ。ただ母さんもやつも、順番を間違えてる。ぼくが彼女をつくろうと思ってジョディを選んだんじゃなくて、ジョディがぼくを選んでつきあうことになったんだ」

母さんはうなずいて、考えこむ。「彼女がなんらかの事情で、ブリテンと対等に張り合おうとしているとは考えられない？　そのためにあなたを利用していないっていえる？」

ぼくは両手を高くあげる。「利用するならしてくれって感じ」

「本気なの、エリック？」母さんはいう。「わたしはあなたにアドバイスを求められたから、ちょっと慎重になりなさいっていっているだけよ」

カーヴァーが半歩前に出ていう。「ちょっとぼくにもいわせてもらえるかな？」

「ぼくの味方につくならね」ぼくは答える。

「わたしの味方につくならね」母さんもたたみかけるようにいう。

カーヴァーは、ぼくたち親子とのやりとりに慣れてきたみたいだ。「エリックには、せっかくめぐってきたチャンスに賭けてみる権利があると思う。相手がずっと気になっていた女の子ならなおさらだ。仮に利用されたとしても、エリックにとっては一生忘れられない教訓になる。利用されていなければ、長年待ち望んできた幸運をめでたく射止めることになる」

母さんは驚いたように、胸に手を当ててみせる。「あら、いつから人生相談なんか始めたの？　あなたが恋愛のエキスパートだなんて知らなかった」

「いやいや」カーヴァーはひるまない。「ぼくもかつてはティーンエイジャーだったからね。あのころのことを忘れなければ、だれでもエキスパートになれる。だがもっと最近になって、ぼくはきみとつきあうためにいろいろ手を回す、という貴重な経験もさせてもらった」

「手を回す？」母さんはきき返す。やばいぞ。カーヴァーは自分を崖っぷちに追いこんでしまった。「どんな手をどう回したっていうの？」

「息子さんの前でその話をしろって？」カーヴァーは笑みを浮かべて問い返す。

「そうよ、息子の前でその話をして」母さんはあっさり答える。

「十六か月間で六十五回はある週末のうち、五十回近くジャック・カラムを町の外へ出張させたのはだれだと思う？」

母さんはにらみ返す。本気で驚いてる目だ。

「そのとおり」カーヴァーはかまわずに続ける。「正当な理由なんてまったくない。ぼくは彼の上司だった。ぼくが自分で町を出る時間はたっぷりあったし、ジャック以外の監査官を派遣することもできた」

「それなのに、ジャックを行かせた」

「ジャックを行かせた」

「わたしの恋を終わらせようとしたのね」

カーヴァーはうなずく。ぼくは会うたびに、この人が好きになる。ジャック・カラムは図体が立派なだけで、頭は空っぽだった。

「わたしの恋をつぶすために、わざとあんなことをしたっていうの？」

カーヴァーはもう一度うなずく。ぼくはこの人をずっと、やさしいだけがとりえの男だと思ってきた。とんでもない。一本芯の通ったしたたか者だ。「ジャック・カラムは、きみには似合わなかった」

母さんは怒ってる。もうユーモアなんて入りこむすき間もないほど本気で怒ってる。「それを判断するのはあなたじゃなくて、わたしよ」

カーヴァーは一歩も引かない。「きみが自分で何を判断した？」

「ジャックは仕事優先で家に寄りつかない。わたしより仕事のほうが大事なんだって判断したわ」

「ジャックはきみが思っている以上に仕事の虫だった」カーヴァーはいう。「出張を命じられて、文句をいったことは一度もなかった」

「それはあなたが、わたしから遠ざけるためにしていたことでしょう?」

「ぼくがきみに近づくすきをつくるために、していたことだ。もう一度いう。あいつは仕事の虫だった。いまでもそうだ。こんなことはいいたくないが、きみはあの体に惑わされて、少し判断力が鈍っていたんじゃないか? たしかにあいつは、ボディビルコンテストの西海岸代表に選ばれてもおかしくない体のもち主だった。だがそれにつり合うだけの脳みそをもっているとは、とても思えない」カーヴァーのいうとおり、ジャック・カラムは本物のボディビル・オタクだった。だけど、世界まじめ人間協会なんていうものがあるとしたら、間違いなくキャンペーンポスターのモデルに選ばれそうな男でもあった。「きみとあいつがキャンドル越しにどんな会話をしながらディナーを楽しんでいるのか、ぼくには想像もつかなかった」

母さんはいう。「カーヴァー、これだけは覚えておいて。わたしは自分の知らないところでだれかが手を回して、プライベートな問題に干渉してくるのが何より嫌いなの。それだけは許せない」少し黙って考えこむ。「この一件で、わたしたちの関係にもひびが入るかもしれないわね」

カーヴァーは肩をすくめる。「それならそれでしかたがない。ぼくはきみを愛していたし、いまでも愛している。ジャックがもっとましな男だったら、ぼくは潔く身を引いていた。だがきみほど魅力的な女性があんな男とつきあっているのを、指をくわえてみているわけにはいかなかった」

母さんはまだカーヴァーをにらんでる。この人を本気で怒らせるのはかなりむずかしい。けど自分がだまされたことを、だました張本人に知らされれば話は別だ。

「とにかく」カーヴァーはいう。「エリックとジョディという女の子は、互いに何かひかれ合うものを感じた。その何かの正体を見極めようとするのは、当然のことだ。ふたりはまだ子どもだ。人と人との関係について、学ぶべきことはたくさんある」

「あなたも学ぶ必要がありそうね」母さんの声は落ちつきをとりもどし、怒りが少しはおさまったようにきこえる。けどカーヴァーは当分、母さんに相当気を使うことになりそうだ。まあどうってことないか。もともと母さんに気を使ってばかりだったし。そんなカーヴァーが、母さんに立ち向かう姿も悪くはなかった。面と向かってはいえないことだけど、母さんはときどきひどく傲慢にみえることがある。まあ有名な記者で、新聞のコラムの横に写真も載ってるせいで、よく町中で人に気づかれるご身分だからしょうがないけど。

母さんはカーヴァーに、いいレストランへ夕食に連れていくようにいう。ウサギをこらしめようとイバラの茂みに投げこんだら、そこはウサギの家だった。そんな昔話を思い出すくらいカーヴァーにとってはお安いご用、お仕置にもなんにもならない。家を出るとき、母さんはまだカーヴァーに何か文句をいってたけど、そんなに厳しい口調でもなさそうだった。愛するあまり自分をだますほどの男がそばにいてくれるのは、母さんにとってまんざらでもないんじゃないか、とも思える。ふたりが出かけてから、ぼくは気づいた。ちょっとカーヴァーに冷たすぎたかもしれない。見た目は悪くないし、ジムで体を鍛えてばかりの男でもない。魅力をひけらかすタイプでもないし、母さんに対してはひたすら紳士的だ。キャンピングカーを欲しがってることや、ときどき短パンに黒い靴下を合わせてくるセンスの悪さは大目にみよう。男がいるくらいでわたしの人生は何も変わらない。そんな母さんのセリフを何度もきかされたせいか、ぼくもいつのまにか母さんの恋人を、知り合いになる暇もなく縁が切れるどうでもいいおじさんたち、としか思わなくなったのかもしれない。けどカーヴァーおじさんは特別だ。自分の思いどおりにならない男とつきあってる母さんは、いつもと違ってちょっと弱気にみえる。

自分の部屋をこんなふうに使うのは、ぼくだけだろうか。ちょうどいまみたいに、問題山積みでどうにもならなくなったら、ここに逃げこむ。まだ小さかったころ、ぼくは母さんと約束した。腐るものを、固体から液体に変わってガスが発生するまで置きっぱなしにしないかぎり、部屋は自由に使っていい。洗濯の日に、汚れ物を洗濯機の半径三メートル以内に置いておけば、洗ってもらえる。置いておかなければ、その汚れ物はぼくが自分で洗うまで汚れ物のまま。ぼくが呼ばないかぎり、母さんはぼくの部屋に入らない。ぼくが立ち入り禁止にした覚えはまったくないけど、息子のプライバシーを尊重したいという母さん自身の考えで、部屋は完全な聖域になった。その特権に、いまほど感謝したことはない。

午後の練習が終わるとすぐ、ぼくはサラ・バーンズに会いに精神科病棟へ行った。けど何も話せなかった。父親がいた、っていうよりつきまとってたからだ。ぼくは遠くから、父親がサラ・バーンズに話しかけるのをじっとみてた。どんなに小声で話そうと、興奮は隠せなかった。サラ・バーンズの顔はみえなかった。みえたのはぴくりとも動かない後頭部だけだったけど、何も答えてないことはわかった。ヴァージル・バーンズは、何かあやしいと感づいたんだろう。でなきゃあんなにしつこくするはずがない。ぼくに気づいて、胸にこぶしを叩きつけるような視線を投げかけたかと思うと、すぐに娘に視線をもどし、話し続けた。それをしばらくみていた看護師が、カウンセラーのローレルを呼びにいった。ローレルは現場をみてすぐに歩み寄り、ヴァージル・バーンズの肩にそっと手を置いた。

バーンズはその手を払いのけ、「ここにこれ以上預けといても無駄だ」といった。「この小娘の頭がなおらないなら、おれが引きずってでも家に連れもどし、なおしてやる」

ローレルは、落ちついてください、それができないならお帰りくださいといった。バーンズはソファから、獣が襲いかかるような勢いで立ちあがった。肩をいからせ、ローレルを見おろす。ぼくはローレルが殴られるんじゃないかと思った。けどローレルは一歩も引きさがらなかった。

ぼくは心臓がのどまであがってきそうな気がしながら、その場へ歩きだした。聖心会病院がこういうときのための対処法を用意してますように。もしローレルが殴られたら、ぼくも黙ってるわけにいかない。けどヴァージル・バーンズと取っ組み合うのは、マーク・ブリテンとやり合うのとはわけが違う。いや、デイル・ソーントンにぶちのめされるほうがまだましかもしれない。バーンズにぶちのめされたら、二度と立てなくなってもおかしくない。あいつは狂ってる。その確信はさらに深まった。あいつがぼくの親友に何をしたか、知ってしまったからだ。

プロレス団体から派遣されたような看護師ふたりに後ろから追い抜かれて、ぼくは心底ほっとした。ひとりはバーンズの背後に回り、もうひとりはローレルとのあいだに割って入る。体のでかいほうがいった。「残念ですが、お帰りいただくしかないようです」

「なんとでもいいやがれ。おれは、この小娘の父親だ。おれに帰れっていうなら、こいつもいっしょに連れて帰る」

「それはできません」シュワルツェネッガー一号がいう。

「おれが望みもしないのに、娘をここにおいとく権利がおまえらにあるか」

ローレルが割って入る。「それは間違いです。この子には明らかに助けが必要です。あなたが無理やり連れ出せば、児童保護局に電話して、度を越した精神的虐待とネグレクトを報告しなければなりません。ふつうならシェルター・ケアの聴聞会で退院の決定をくだすこともできますが、あなたの娘さんは、完全な無応答状態ですからそれもできません」

ヴァージル・バーンズが、少しずつ冷静さをとりもどしていく。けどいま思えば、あの騒ぎでいちばんぞっとした場面はそのあとだった。バーンズは顔から表情を消し去り、かすかにうなずいて、「いいだろう」というと、娘のほうを向いた。「お嬢さん、せいぜい頭を冷やすんだな。さもないと、途方もない代償を支払うことになるぞ」

バーンズは急に向きを変えて、出口に向かう。運悪く出口の前にいたぼくに向かって、うなるような低い声でいう。「どうしてこういうことになったか、おまえにはよくわかってるはずだ、カルフーン。間違っても首を突っこもうなんて思うなよ、わかったな？」

「はい」ぼくは返事をしてすぐに口をつぐんだ。迷ってる暇はなかった。

バーンズはうなずく。「お利口さんだな。うちの子がおまえの話をきいてるようなら、早く帰ってきたほうが身のためだと伝えてくれ。これは家族の問題だ」

ヴァージル・バーンズは去っていった。

ぼくとサラ・バーンズがふたりきりになれたのはほんの束の間で、会話らしい会話もできなかった。ただサラ・バーンズにすれば、きょうはあのまま無反応を押しとおすしかなかった。父親が与えた恐怖の中味は、言葉に置き換えられるようなものじゃない。

で、ぼくはいまベッドに横になってる。イヤホンからきこえるピーター・ポール＆マリーの歌みたいに、もしハンマーがあったら、ヴァージル・バーンズの背後から忍び寄ってガツンとぶん殴る。だれかがとっくの昔にやっておくべきだったことをやるだけだ。

だれもが問題を山ほど抱えながら生きてる。ぼくもぼくで、サラ・バーンズの周りに起きてることだけでも手いっぱいなのに、ジョディのこともあるし、地区大会までにタイムを縮めておかなきゃならない。けど結論はひとつだけ。ぼくはただ、本当にやるべきことをやりたい。けどそれってどんなことだ？　サラ・バーンズの苦しい立場をどうにかするのに、手を差しのべてくれそうな人はいる。たとえばレムリー先生とか、母さんもそうだ。けどぼくは、だれにもいわないって約束した。約束しといて人に相談するなんて許されることなのか？　それとも約束を守り抜いたほうがいいのか？　どちらを選んでも、危険な賭けだ。ヴァージル・バーンズと目を合わせて一秒とたたないうちに、だれもがそう思い知る。

　ジョディとのことはどうする？　本音をいえば、自分から事を起こすのは死ぬほど怖い。ジョディがブリテンの元カノだからじゃない。情けないけど意気地なしのオタク系だったころに自分がしてきたことを思い出すと、目立つのがいやでしょうがない腰ぬけのデブガキが、いまでもぼくのなかにいることは確かだ。もしだれかとつきあうなら、人目につくことは覚悟しなきゃならない。それも危険な賭けだ。ジョディとつきあいたいっていう夢がせっかくかないそうなのに、正直、心から喜べない。軽い気持ちでたいして好きでもない子とつきあって、適当に経験を積んでから本命っていうのがベストだったのに。不安を抱えながらスタートしたくない。無理に冷静を装うなんてごめんだ。こんなとき父親がいてくれたら。おかしな話だけど、そんなことを思ったのは生まれて初めてだ。そういうときにかぎってそばにいない父親は、やっぱり最低だ。

11

ぼくはレムリー・コーチにいわれたように、いままでとは違った目でブリテンをみるように努力した。実際プールの外では、一度もあいつにちょっかいを出してない。かといってずっとこのまま何もしないんじゃ、生きてる意味がない。ジョディとつきあいだしてから、あいつには何かといやな思いをさせられた。だからきょう、ぼくとエラビーは、二百メートルを何本も泳ぐトレーニングできっちり恥をかかせてやることにした。二十五メートル七本までは先頭を譲って、八本目で追い抜く。二百メートル二十本目まで、そんな感じだった。練習が終わると、ブリテンはシャワーも浴びずに帰っていった。一時間後には体に残った塩素のせいで、アリ塚につながれたみたいにかゆくなるだろう。

サラ・バーンズにもようやく光がみえてきた。完全に森を脱け出したわけじゃないけど、地平線の向こうから騎馬隊が押し寄せてくる、そんな状況だ。よかった。これほどの重荷をひとりで運んでいけるほどの体力も知恵も、ぼくにはない。

次に聖心会病院を訪ねたとき、サラ・バーンズとは何も話せなかった。父親がいたからだ。ヴァージル・バーンズは、まるでストーカーみたいにぼくらを見張ってた。その次の面会では、ぼくらが外へ出ようとすると、父親も外階段の踊り場までついてきて、そこから見張りを続けた。これじゃサラ・バーンズが何もしゃべれないと思ったぼくは、ついに手をとっていった。「イエスなら一回、ノーなら二回握り返して。親父さんは、きみが演技してることを感づいたと思う？」

サラ・バーンズはぎゅっと三回握り返した。

「三回？　ああ、『わからない』ってことか。じゃあ、『わからない』は三回ってことでいい？」

一回。

「家に帰る気は？」

きつく二回。

「わかった。じゃあ、きみを助けてもらえるように、だれかに相談してもいい？」

二回。今度もきつくだった。

「頼むから」ぼくはねばる。「最後まできいてくれ。きみがちゃんと保護してもらえるように、ぼくが動くっていったら？　できるかどうかわからないけど、もし無理そうだったらそれ以上何もしない。けどできそうだったら、それでいい？」

二回。

だれも信用してないんだ。〝助け〟は前にもきて、結局無駄だったからだ。それでもこんなこんがらがった状況のまま、放っておくなんてできそうにない。だからってサラ・バーンズを裏切ったら、もう二度と信用されなくなる。

「こうしよう」ぼくはいう。「きみの病室にこっそり、ノートとペンを置いていく。マットレスの下にしよう。そこに、きみがぼくにしてほしいことや、せめてきみがどうしたいのか書いてほしいんだ。きみにも何か考えがあるはずだ。このまま先がみえないなんて、ぼくも耐えられない。いいね？　ノートを置いていくから、ちゃんと書きこんでくれよ」

一回。

階段ですれちがうとき、ヴァージル・バーンズはいった。「何かわかったか、小僧？」サラ・バーンズはまっすぐ前をみてる。

「いいえ。いつもと同じように振る舞ってくれって病院の人にいわれたんで、いろいろ話しましたけど、返事はありませんでした」

「嘘をつけ」ヴァージル・バーンズはいう。視線はぼくを通り越してサラ・バーンズに向いてる。「こいつはおまえの話をひと言もらさずきいてる。おまえもそれを知ってるはずだ、カルフーン。いいか、もしおれの思ったとおりだとわかったら、おまえもどんな目にあうかわからないぞ。この病院がいつまでも娘を守れるわけじゃない。おまえもだ。おれが知りたがってることを知ってるなら、吐き出したほうが身のためだ」

ぼくは足を止めて、男の目をまっすぐみる。「バーンズさん、あなたに何をされるかより、サラ・バーンズが何も話さないことのほうが、ぼくにはずっと心配です。もし何か話してくれたら、世界じゅうに知らせたいくらいだ」

嘘だ！　とばかりにぼくの鼓動が激しくなる。この音がバーンズにきこえたらどうしよう。けど本人はぼくの目をにらみ返しながら、「なるほど」とだけいった。死ぬほど怖い。

サラ・バーンズの病室は立ち入り禁止じゃないから、バーンズが看護師と話してるすきに、ぼくは簡単に部屋に入って、マットレスとスプリングのあいだにノートをすべりこませることができた。けど二日後に病室に行ってみたら、バーンズ親父がいたので、ノートを読むことはできなかった。ぼくとサラ・バーンズはまた庭を散歩した。もちろん父親の厳しい監視つきだ。春みたいな陽気だけど、まだ二月だし、この暖かさが長く続くとは思えない。ぼくはコートを腕に引っかけて外に出た。「ノートに何か書いた？」

一回。

ゆっくり楕円を描くように歩きながら、ぼくはレムリー先生のクラスのことや、エラビーとブリテンのこと、カーヴァーが母さんと対等にわたり合ったことをしゃべりまくった。ヴァージル・バーンズの根気をなえさせるような話題なら、なんでもよかった。けど敵は階段の踊り場に立って、獲物をねらうワシのように監視を続けた。

ぼくはジョディの話をした。しかも、全部包み隠さず話した。ジョディといっしょにいるとどんなに楽しいか、ジョディがぼくに会いたがってくれるだけでどんなにうれしいか、そして、いつのまにか中絶のことも話してた。ジョディには秘密にすると約束したけど、ぼくは話し続けた。中断しようなんて考えもしなかった。話が終わると、サラ・バーンズの頬を涙が伝った。初めてみる涙だった。肌がなめらかならまっすぐ流れ落ちるはずだけど、やけどを負ったしわだらけの顔だから、やっぱり曲がりくねって流れるんだなあ。ぼくは、そんなことをぼんやり考えながら眺めてた。どうして泣いてるんだろう。とにかくぼくは話をやめて、サラ・バーンズをみつめて、抱きしめた。サラ・バーンズは抱きついてこなかったけど、張りつめた神経を少しゆるめて、そっとぼくに身を預けて、さらに泣き続けた。涙が流れきるのを待って、ぼくはサラ・バーンズを連れて階段をあがった。ヴァージル・バーンズのそばを通り過ぎながら、「何もありません」といったけど、相手が信じないことはわかりきってた。

バーンズ親父のレーダーは常時作動中だ。ぼくはしつこくつけ回されて、ノートをとりにいくこともできなかった。翌日また病院に行くと、サラ・バーンズはグループセラピーに出て、何もいわずにすわってた。ぼくは看護師に、宿題のノートを病室に忘れたといった。

ここではだれもが、ぼくをスタッフと同じくらい信頼してくれる。

親愛なるエリック

なんでもいいから書けっていうのは、ここに入院してから病院のスタッフにもさんざんいわれてきた。みんな、あたしがきいてるかもしれないと思ったみたい。やっとみんなの願いがかなうわけだけど、病院の人はだれも読めない。あんたがこれをだれかにみせたら、あたしがあんたの腹を裂いて腸を引きずり出して、その腸でしめ殺すから。いままでだれかを完全に信用したことなんて一度もなかった。あんたも例外じゃない。いまも信じてないかもしれない。でもこのノートをびりびりに破かずにあんたに渡せば、信じてるってことになるかな。ほら、渡したよ。

家にはもう帰れない。父親はどんどん凶暴になるし、前にもいったけど、どんな残酷なことでも、やると決めたらとことんやる人だから。それだけは信じて、エリック。児童保護局や警察に通報するなんてバカなまねも、絶対しないで。やつらは事件が起きるまでなんにもできないし、やつらの脅しなんて父親にとっては屁でもない。

あたしがここに入ったのは、自殺に追いこまれそうだったから。それがどんなにいい考えに思えても、やっぱり怖くてできなかった。本当に自殺できるのか、するべきなのか、どこか安全な場所で考えて決めようと思ったの。逃げることも考えたけど、やっぱり現実から目をそらすことはできなかった。つまり父親から逃げても、あたしみたいに醜い人間の人生は、結局どこにいても変わらない。父親にされたことからは、永久に逃げられない。あたしは長いあいだ、父親に負けないほど残酷になることが、生きる知恵だと思ってきた。ひどいことをしたやつらには、こっちもめいっぱい残酷になって仕返しする。そのためには父親といる必要があった。残酷の見本が身近にいれば、あたしも同じ残酷さをキープできるから。

でも入院してから、いろんなことが変わってきた。ここは心のケアをするところ。ここで会った子のなかには、あたしよりずっと深い傷を負った子もいる。ただし、目にはみえない傷だけど。ある男の子は、三歳のとき、自分の部屋のクローゼットに閉じこめられた。継父に殺された子犬の死体もいっしょだった。一日じゅう閉じこめられたっていうけど、実際はもっと長かったはず。こんな女の子もいる。まだ小さかった弟が父親にけり殺されるのを、階段の下に身を隠してずっとみてた。その子は父親を止められなかった自分をいまも責め続けてるけど、そのときはまだ六歳だった。あたしはグループセラピーに出席して、何もきこえてないふりをしてた。でもその子は、自分の話をしてる途中でいきなり叫んで走りだして、グループの円を横切ってあたしに抱きついて、こういった。『あきらめないで。あたしの心のなかも、あなたの顔や腕と同じだけど、あなたがあきらめたら、あたしもやっていけない。心の傷を負った人たちは、支え合わなきゃいけないの』あたしも声に出して、あきらめずに頑張っていいたかったけど、できなかった。だって口をきいたら、病院はあたしがなおったと思って家に帰すから。あたしは心に深い傷を負って、もう生きていけないと思った。それで自殺ばかり考えるようになったけど、いまは違う。ここにはもっとひどい目にあった子たちがいる。ただこうも思う。できればあたしの傷も、目にみえない傷ならよかった。だれにも知られたくないときも、たまにはあるから。

こんなことを書けるのも、ノートをあんたに渡す渡さないはあたしの勝手だと思ってるから。とにかくあの女の子に抱きつかれてわかったのは、傷ついてるのは世界に自分ひとりじゃないし、もっと深い傷を負った人もいるってこと。最悪の傷を負った人が頑張ってるなら、あたしも頑張れる。

じつは、最近みるようになった夢があるんだけど、それは、お母さんがまだそばにいたころのこと。あたしはかわいかったんだ、エリック。ほんとにかわいかった、それこそみんなにいわれるくらい。夢のなかに出てくるあたしも、まだかわいかったころのあたし。お母さんは夢のなかでもすでに様子が変なんだけど、感じる愛情はあのころのまま。夢っていうより思い出かな。グループセラピーのカウンセラーも、思い出は大事だっていってた。これから生きる新しい人生につながるものだからって。

あたしがまず思い出すのは、お母さんが父親に殴られたあと、ふたりでよく暗闇で抱き合って隠れてたこと。でもそんな記憶だけじゃない。父親が留守のときはお母さんもよく笑って、あたしと遊んでくれた。お母さんはお母さんなりに、あたしを愛してくれてたんだよ、エリック。あたしは愛されてた。あのときの気持ちを思い出したら、いつまでも残酷でなんかいられない。ここに来て、自分の過去から小さな愛をひと粒ひと粒、掘り出そうとしてる子たちをみるまですっかり忘れてた。でも、本当に掘り出せるんだってわかってから、あたしも自分の思い出を探し始めた。あの子たちには本当に感謝してる。いつか退院するときがきたら、その前に話がしたい。あたしが元気になったのはあの子たちのおかげだっていいたい。それに、みんなのことといて自分のこと話さないなんて失礼でしょ? だから、自分の過去もちゃんと話したい。

でも、お母さんに愛されてたころの思い出に浸るのも、ほどほどにしないとね。つらくなるだけだし。お母さんがいまのあたしを救えるとすれば、方法はただひとつ、帰ってきて真実を話すこと。そして、あのクソ親父を永久に遠ざけること。

ここからインクの色が変わるのは、日付が変わったから。あんたにはわからないと思うけど、きのうあんたが病室からノートを持ち出せなくて、正直ほっとした。でもいつまでもうじうじしてられないし、ベストの選択肢なんてない。そこであんたが浮上したってわけ。いまより子どもだったころにあんたとつるんでたのは、気が楽だったから。でも入院して、あの女の子に抱きつかれてわかったの。あたしに何か救いがあるとすれば、自分を好きになってくれる人がいたってこと。あんたに救われたんだよ、エリック。水泳部に入ってどんどんやせてったとき、あんた気にしてくれたでしょ？　あたしがさびしがるんじゃないかって。それでブタの餌一人前、じゃなくて一頭前は食ってたあんたが、二頭前も食い始めた。あたしのためにデブでいてくれようとしてるって知ったとき、あたしは家に帰って泣いたよ。だってあたしのためにあそこまでしてくれる人、初めてだったんだもん。次に泣いたのは、こないだあんたがジョディっていう女の子の話をしてくれたあと。理由はわかるでしょ？　あんたがあたしのそばから離れていくんじゃないかと思ったから。エリック、いまのあたしはかわいくもなんともないけど、このやけどのあとの下にいるのは、普通の女の子。べつにあんたに対して恋愛感情とかあるわけじゃないし、もちろんジョディの代わりになりたいとも思わないけど、やっぱりあんたを失うのは怖い。あと、中絶の話にも泣いたな。あたしなんか生まれてこなければよかったって、何度思ったかわからないから。

ここに入院してる子たちは、この世に怖いものなんかないみたいに振る舞ってる。あたしもそう。でもあたしも含めて、みんなの強さの下にあるものを初めてみた気がする。あたしは怖い。これから先も生きていくなら、生き方を変えなきゃならない。でもそれをやり抜く自信がない。

だからまず手始めに、あんたにこのノートを渡すけど、絶対にほかの人にはみせないで。それともうひとつ、あたしがまたしゃべるようになっても、このノートに書いてあるように、前よりやさしくなるなんて期待しないで。そんな気毛頭ないから。


「ちょっと相談があるんですけど。オフレコで」真夜中過ぎに、レムリー先生の自宅のポーチに立って、ぼくはいう。

「そこでずっと寒い思いして突っ立ってるつもり?」先生はいって、ガウンの前を閉じる。

「それともなかに入る?」

明かりの下で、先生はぼくの目の周りが赤くなってることに気づいた。「モービー、どうしたの?」

「ご主人は、大丈夫なんですか?」

先生はほほ笑む。「主人は毎朝五時に出勤だから、真夜中にだれが訪ねてきても起きないわよ。さあ、相談って何？」

ぼくの目から、急に涙があふれ出す。

先生はぼくの背中に手を添えて、ソファまで連れていく。「すわって。いったい何があったの？」

「もう、心臓が張り裂けそうです」

「ジョディと何かあった？」

ぼくは首を横に振る。「そのほうがよっぽど楽だった」

「話して」

「絶対オフレコにしてください」

「約束する。わたしの胸の内に留めておいていい問題なら、だれにもいわない。でもモービー、もし外部の助けが必要な場合は、それも念頭におかざるを得ないわよ」

ぼくは先生の顔をじっとみる。

「とにかく、話してみて」

先生に話したのは、だいたいこんなことだ。ぼくよりずっと頭のいい人に相談したかった。というのもサラ・バーンズが父親を遠ざけ、あのノートに手紙を書いてるうちにみえてきたような新しい人生をスタートさせるには、だれかの助けが必要だ。このまま放っておけば、サラ・バーンズは父親に家まで引きずりもどされるか、ひとりで逃亡するか、ふたつにひとつ。手紙の中味ははっきりしてる。ちょっと怖いけど、サラ・バーンズの友だちはぼくひとりだけ。だけど、このままたったひとりでサラ・バーンズに好かれてるより、恨まれて嫌われたほうがよっぽどましだ。

というわけで、ぼくは先生にノートを渡した。

先生はそれを読みながら、大粒の真珠みたいな涙を流し続けた。先生ならきっとなんとかしてくれる、とぼくは思った。先生もぼくと同じ気持ちなんだから。先生はノートを一度読みなおすと、いった。「サラ・バーンズのいうとおりね、モービー。この問題を解決できるのは母親だけ。まずは母親を探しましょう」

12

「まったく」エラビーはいって、十字路の赤信号で車を停める。ここを右に曲がってコンプトン通りを行くと、エディソン地区に入る。「よく親父がいってる神の言葉ってやつを、おれも覚えたほうがいいのかな。でなきゃ大事なクリスチャン・クルーザーで、またこの界隈に来るなんて怖くてできねえよ」ちょっと間をおいて、続ける。「ちょっと待てよ。おれたちはべつに、デイル・ソーントンに神のお告げと光を与えにきたわけじゃないよな？」

「おまえと友だちでよかったよ、エラビー。その勘のよさはもう天才の域だね」

「じゃあ、何を与えにいくんだ？」

「質問」

「簡単なやつにしてくれよな。あいつがキレると面倒だからさ」

「気をつけるよ」

エラビーはクルーザーを、空っぽの駐車場の端の、ひび割れた縁石に乗りあげる。筋向いにソーントンの家がみえる。ぼくは大きく見開いた目で、寒々しい通りの向こう側に続く私道をたどり、デイルのガレージをみつける。いまのぼくとデイルの力関係は、中学時代とは明らかに違う。ぼくのほうが体がでかくて、昔の自分に脅えなくなったからか？　いや、ぼくはいまもエラビーと同じように、デイル・ソーントンだけは敵に回したくないと思ってる。昔と変わらない怖いもの知らずの目をしたあいつには、いまだに気を許せない。けどぼくの質問に答えられるのは、あいつだけだ。

「ここで待ってて。あいつの車が停まってる。そう長くはかからない」

エラビーは自分の好みでスポーツカー仕様にしたバケットシートにもたれかかると、車から降りようとするぼくにたずねる。「おまえが殺されたら、どうすればいい？」

「ぼくが死んだと思ったら、逃げてくれ」

デイルのガレージのドアは半開きになってる。近づくにつれて、金属と金属のぶつかり合う音がきこえてくる。二回ノックしてから、ドアを押し開ける。それでもデイルはぼくに気づかずに、回らなくなったボルトをハンマーで叩いてる。ふと目をあげて、また作業にもどる。ようやくボルトがゆるむと、背筋をのばしてうなずく。「よおデブ、なんか用か？」

「やあ、デイル」ぼくは恐る恐るあいさつを返す。「ちょっとききたいことがあって来たんだ」

「警官もいっしょか？」

ぼくは笑う。「職務質問じゃないから」

デイルはぼくをじっとみてる。

「あのさ、どう思う？」ぼくは問いかける。

「それが最初の質問か？」

「いや、こんなことをきみにきくのは、気が引けるんだけど……」

デイルは、ずっとそのままそこにあったような布でグリースまみれの手をふくと、ステーションワゴンの後部に寄りかかる。「火ぶくれ女のこと、だろ？」

「ああ」

デイルは手をふいた布をもとにもどす。「あいつのことは何も話さないって、ずっと前に約束した。そのわりにずいぶんしゃべっちまったけどな。もうネタはそんなに残ってないが、嘘はつかねえ」

「薪ストーブのこと、本人からきいた。だからその一件をばらしたことを、きみがやましいと思う必要はない」

デイルは疑わしそうな目でぼくを見返す。サラ・バーンズとの約束を破ったことを、ずっと後悔してたんだろう。「これだけはいっとく」デイルは警告するようにいう。「おまえみたいないい子ちゃんは、気をつけたほうがいい。だれかを助けようと思えば助けられると、本気で信じてる」

「これ以上きみに秘密を明かしてもらうつもりはないんだ、デイル。嘘じゃない、サラ・バーンズはぼくにも全部教えてくれた。きょうは、サラ・バーンズから母親のことを何かきいてないか、思い出してほしいんだ。母親がどこに行ったとか、行き先の見当はなんとなくついてるとか、いってなかった?」

「あいつのお袋の行き先なんて、知ってどうなる?」

ぼくは答える。「わからない。けどサラ・バーンズがいうには、父親がどんどん凶暴になってる。やけどさせられたときと同じくらい凶暴だから、また何かひどいことをされそうな気がするっていうんだ。それを止められるのは、母親しかいない」

「火ぶくれ女は、なんにも話さねえんじゃなかったっけ? 精神病院に入ったまま、黙りっぱなしなんだろ?」

「まだ入院してるけど、少しずつ話し始めてる。ぼくにしか話さないけど」

「頭いいな、さすが火ぶくれ女だ。仮病ってことだろ? 話そうと思えばいつでも話せたんだ」

生きのびる知恵にかけては、デイル・ソーントンにはかなわない。「ああ、きみのいうとおりだろう。それで、何かきいてないか? サラ・バーンズはきみに、母親のことを何か話さなかったか？」

「親父が娘の顔を焼いたすぐあと、お袋は逃げ出した。それっきり娘にはなんの連絡もねえってよ。親父に殺されたんじゃないかって疑った時期もあったらしいぜ」

「殺されてなければあそこに逃げたかもしれないとか、そういう話は？」

デイルは上体を反らす。「逃げるとしたらあそこだとかいってたな、そう、リノだ」

「リノって、ネヴァダ州の？」

「ネヴァダの外にも、リノがあんのか？」

「いや、ないと思う」

「じゃあ、ネヴァダのリノだ。なんだよ、おまえ頭いいって評判だったじゃん、デブ」

「そういうふりをしてたんだ。いまじゃだれもそんなことといわないよ」

「だと思ったぜ」

「けど、なんでリノに？　リノについて、サラ・バーンズは何かいってた？」

「お袋は、ずっと歌手だかダンサーだかになりたかったんだ。前にリノのカジノのステージに出てるその手の女をみて憧れたんだってよ。あの親父と結婚してなきゃそうなってたのにって、娘にも話したのさ。火ぶくれ女もいってたぜ。お袋はそんな話ばっかりしてたって。あれはもう、キョウジャクカンネンだとかなんとか……」

「強迫観念」

「そう、それだ」

「母親は本気だったのかな?」

「なんで?」

「たとえば、ぼくは大人になったらスタンダップコメディアンになりたいなとか、そういうただの夢じゃなくて、本気だったのかな?」

デイルは首を横に振る。「おれにわかるわけねえだろ。あいつのお袋に会ったこともねえのに。火ぶくれ女がおれにお袋の話をしたのは一回か、せいぜい二回だ。だいたい、あいつはなんでいまごろになってお袋に会いたがるんだ? 娘をおいて逃げたんだろ? 火ぶくれ女もおれみたいに、お袋なしでじゅうぶんやってけるはずだ。おれなら、自分をおいて逃げ出すお袋なんかいねえほうがましだ」

デイルのいうとおりかもしれない。「おい」デイルはそういって、作業台のそばへ引き返す。「こんな法廷ドラマみてえな話はもう終わりだ。こっちへ来て、ここを押さえててくれねえか? ボルトをしめなおしたいんだ」

きょうの四時間目と昼休みのあいだに、モーツが廊下で手を振って、ぼくにおいでおいでをした。そうやって呼ばれると中学時代を思い出すけど、いまのところやましいことは何もない。「カルフーン、ちょっと話があるから来てくれないか？」

なんて答えよう。いやです、とか？　ぼくは教科書をロッカーに詰めこむと、モーツのほうへ歩いていく。ぼくも背がのびたけど、モーツの体格はいまもモンスター級だ。「はい、なんですか？」

「昼食をいっしょにどうかと思ってね」モーツはいう。「副校長室で」

「ぼく、何かしましたっけ？」

モーツはにやりとする。「そういうことじゃない。ただ、きみと話したいことがある」

ぼくはロッカーの横に立ってるジョディにちらっと目をやる。「じつは先約が……」

「おいおい、色男くん、彼女とのランチを一度キャンセルするくらいどうってことないだろう」

断れそうにない雰囲気だ。「わかりました、すぐ副校長室に行きます」といってぼくは、ジョディのそばへ行く。「きみを長く待たせることになりそうだ」

「王様とランチ？」ぼくとモーツの話がきこえたらしい。

「そういうこと。弁当は食べる直前までポリ袋に密封しといたほうがよさそうだ。汚染されないように」

「外のテーブルにいるから」ジョディはいう。「話が早くすんだら、来て」

「やあ、エリック」副校長室の戸口で、モーツがいう。「昔を思い出すな」

「ええまあ、ただ、いまは、学校の許可なしで新聞を出そうなんて思ってません」

「それはいい心がけだ」

「あれ、いい新聞だったなあ」といって、ぼくはにやりとする。「方向性はともかく、文法は正確だし、文章も簡潔でした」

モーツは笑わない。あの新聞の廃刊は、モーツの希望よりずっと遅かった。この人の前で昔ほど萎縮しない自分にちょっとびっくりだ。「きょうは、不見識なジャーナリズムについて議論するつもりはない」モーツはそういって、自分のデスクの向かいに置いた椅子をぼくに勧める。昼食がデスクの上に、静物画のオブジェみたいにきれいに並んでる。ぼくは紙袋を開けて、サンドイッチをとり出す。「今年の学園生活は、どうだ?」

ファイルをみろよ、と思いつつ、ぼくは答える。「順調です」

「そうか。いまの成績で、いい学校に行けそうかね?」

ぼくは、大学なんて選び放題ですよと答える。

「そうか」モーツは繰り返す。「中等教育も侮れないぞ。いい仕事に就くには、いい教育が不可欠だ」

その問題はむずかしすぎて議論できません、とぼくはいおうとしたけど、モーツは先を続けた。「現代アメリカ思想のクラスについて、きかせてくれないか」

落ちつけ、エリック。モーツの話に面倒はつきものだ。「いいクラスですよ」ぼくは答える。「何が知りたいんですか?」

「どんな問題を議論している?」

「社会問題です。学期の始めに生徒がカリキュラムを決めて、みんなの希望するテーマが議論されるように時間を割り振るんです」

「どんなテーマだ?」

「いろいろです」

モーツはにやりとする。「質問をはぐらかそうとしていないか、エリック?」

「どういうことですか?」

「どうもこうもない。わたしはレムリー先生のクラスで何を議論しているのか質問しているのに、きみはまじめに答えようとしない」

「レムリー先生に直接きいてみたらどうです?」

「わたしはきみにきいている」

久々にきたぞ、このいやな感じ。モーツはぼくをランチに誘っておいて(おごってくれないのはともかく）、先生にきけばわかる授業の内容を、ぼくからきき出そうとしてる。いいかげんにしてくれ。「モーツ副校長、まずあなたが何を知りたいのか、なぜそれを知りたいのかはっきりいってください。それでぼくにお役に立てることがあれば、協力します」

「きみはあまり変わっておらんようだな、エリック」

「でしょうね」ぼくは自分の腹を見おろす。「ちょっとやせましたけど、一方的にあれこれ指図されるのはいまも嫌いだし、はめられるのも嫌いです」

「はめられるとは、どういうことだ？」

「あなたの質問に答えることです。レムリー先生の授業の中味はレムリー先生にきけばいいのに、なぜぼくにきくのか。その理由を説明してください」

モーツは椅子にもたれて体を前後に揺らす。ぼくをみて、人さし指で腰を軽く叩き続ける。「いいだろう」モーツはようやく口を開く。「率直にいおう。あのクラスに関する好ましくない噂を何度か耳にして、わたしは心配している。きみと、きみの友人のエラビーのこともだ」

すぐに言葉を返してもいいけど、ちょっとじらしてやろう……。「噂ってなんですか？」

モーツはまた黙りこむ。どこまで手の内をみせるべきか、迷ってるんだろう。しばらくして、もう降参とばかりに口を開く。「まずひとつは、キリスト教の尊い価値観がけがされている、という噂だ。だがそれは、わたしとレムリー先生で話し合えばいい。もうひとつは、きみと友人のエラビーが、マーク・ブリテンを辱めるべく卑劣な策略を実行しているという噂だ」

なるほど、ブリテンか。今度はぼくがにらみ返す番だ。

「どうだ、本当なのか？」

ぼくは少し間をあけて、答える。「わかりました。本当のことをいいます。マーク・ブリテンを辱めるために多くの時間を割いたり、知恵をしぼったことはありません。ブリテン本人はなんの問題もない優等生です。彼を好きじゃないことは認めますし、彼が水泳部のメンバーじゃなければ、相手をする気もありません」

「ブリテンの、ガールフレンドのことはどうだ？」

「ジョディですか？」

モーツはうなずく。「ブリテンがわたしに話したところによれば、きみは彼女に、ブリテンの悪口を吹きこんだそうじゃないか」

「まずひとつ、ジョディはもうブリテンのガールフレンドじゃありません。もうひとつ、マーク・ブリテンの悪口をいうより、ぼくにはやるべきことがたくさんあります。さっきもいいましたけど、とっくに始まってうまくいってることに、ケチをつけてなんになるんですか？」

モーツは身を乗り出す。中学時代の記憶がフラッシュバックする。けど、あのころといまとじゃ状況が違う。ぼくはなんにも悪いことをしてない。「正直にいおう、カルフーン。わたしはマーク・ブリテンを、特別な生徒だと思っている。彼の道徳観には一分のすきもない。ほとんどの生徒が、無論きみも含めてだが、つい屈してしまう誘惑にもまるで屈しない。そこで今朝、彼のお母さんと会って話したのだが、とても心配しておられるようだ。お母さんがおっしゃるには、マークは深刻なストレスに悩まされ、すっかり落ちこんでいるようだ。マーク・ブリテンに何もするなときみに命ずることはできないし、命ずるつもりもない。しかし、彼にもう少し、やさしくしてやるわけにはいかないものかな？」

ぼくは室内をじっくり見回す。非の打ちどころのない整理整頓ぶりだ。本は整然と棚に並び、机の上はほこりひとつなく、スケートができそうなほどツルツルだ。本棚のまんなかの、大きな十字架が目にとまる。その中心には、ブリテンの車のリアウィンドウに貼られたステッカーと、同じ図柄の細工がしてある。「ブリテンと同じ教会に通ってるんですね」

「それがどうした？」

「いや、ただ、さっきからどうも不自然な話が続くなと思ってたんで」

「余計なことを気にするな。わたしがどこの教会に通おうと、きみに気兼ねなどする必要はない」

　ぼくは椅子にもたれかかり、ため息をつく。

「ブリテンと通っている教会が同じだから、なんだというんだ?」

「なんでもありませんよ。ただちょっと気になっただけです。もう行ってもいいですか?」

「わたしが頼んだことは、どうなる?」

「ブリテンのことですか?　そっとしときますよ。ぼくが地球上にいるってことも忘れるくらい」

「彼のガールフレンドとのことは?」

「ブリテンに新しい彼女ができたら、その子には話しかけもしないと約束します」

　モーツの顔が真っ赤になる。けどどうにか感情を抑えていう。「わたしがいっているのは、ジョディ・ミュラーのことだ」

「ジョディにもいっときます。ブリテンをそっとしといてやれって」

　モーツはぼくを指さす。顔の血管が、放水寸前の消火ホースみたいにぱんぱんだ。「本気でいっているのか、カルフーン?」

「ジョディ・ミュラーとのことを、どうしてあなたに指図されなきゃいけないんですか、モーツ副校長?」

「きみに少しでも哀れみというものがあるなら、彼女とつきあうのをやめるべきだ。少なくとも状況が安定するまでは」

「マーク・ブリテンの精神が安定するまでは、でしょう？　そんなの待ってたら、ぼくの臓器ドナーカードが満期になっちゃいますよ。あいつはまともじゃない」ぼくは立ちあがる。「ブリテンには手出ししません。けど、ジョディ・ミュラーと別れるつもりもありません」出口に向かって歩きだす。

「待て」モーツはいう。「カルフーン、前々からきみの道徳観には少し問題があると思っていた。それは認めよう。だが、残酷な人間だとは一度も思わなかった。しかしそれもきょうかぎりだ」

モーツのお気に入りの少年聖歌隊員が恋人の妊娠を知って何をしたか、もう少しでいいそうになったけど、ジョディのために思いとどまった。「ひとつきかせてください、副校長。ジョディ・ミュラーの気持ちは、どうしてこうも軽くみられるんですか？　ジョディには、つきあう相手を選ぶ権利もないと思ってらっしゃるんですか？」

「彼女は惑わされているんだ。きみのずる賢いやり方に」モーツは冷めた口調で答える。

「わたしはそう思っている。きみがジョディ・ミュラーを選んだのは、マーク・ブリテンのガールフレンドだったからだとも思っている。まったく残酷としかいいようがない」

あきれてものがいえない。けど、それでこそモーツだ。

その日の午後は、プールでブリテンをいじめたりしなかった。エラビーと組んでレースをしかけてだますようなまねはやめにして、正々堂々と負かしてやった。ブリテンがモーツに泣きつくところを想像するたびに力が湧いてきて、がむしゃらに泳いだ。あいつがその調子で何かやらかし続けてくれれば、地区大会が始まるころ、ぼくはスイマーとして最高の状態に仕上がってるだろう。

ほかのチームメイトがシャワールームを出て少ししても、ぼくは帰らなかった。

「何か用、モービー？」プールサイドを離れてすぐの事務室までついてきたぼくに、レムリー・コーチはたずねる。

「気をつけたほうがいいですよ」ぼくはいう。

「何に？」

「モーツ副校長です。きょう、CATクラスのことをぼくにあれこれきいてきました。コーチに関して何か情報をつかもうとしてるんです」

コーチは不思議そうな顔でぼくをみる。「情報って、どんな？」

「よくわからないけど、そんな気がしたんです」と答えてから、ブリテンについてモーツからいわれたことも話した。

コーチは注意深く耳を傾けて、ちょっと困ったような、じれったそうな顔をした。「いっておくけど」ぼくの話が終わると、コーチはいった。「あなたはいつもどおりの学園生活を送りなさい。何も心配しなくていいから。わたしもモーツ副校長も、あるひとつの点に関しては同じ意見よ。あなたとエラビーは、ブリテンに対して少し寛大になったほうがいい。もともとしゃれの通じない子だし、いま刺激すると二重の苦しみを与えることになる。恋人との別れは、いつ起きようとつらいものよ。だれだって傷つくわ、モービー。それだけは忘れないで」

「ブリテンにはもうちょっかい出さないことにしました」ぼくはいう。

「偉大なるエラビー神父にも、そう決心するようにいってみてくれない？」

ぼくは了解すると、話題を変える。「サラ・バーンズの母親のことで、あてになりそうな情報があるんです」

「本当に？　どんな情報？」

「じつは、サラ・バーンズの古い友だちと話をしたんですけど、母親はよく、リノへ行ってカードディーラーか、ダンサーの修業をしたいっていってたそうです。ほら、リノといえばカジノで有名だから」

「信用できそうな話なの？」

ぼくはデイルの名前を明かして、サラ・バーンズにとってどれほど気を許せる相手だったか説明した。

「デイルを信用しているのね」

「嘘をつくような男じゃありません」ぼくはいう。「嘘をついてまで守るものも、たいしてもってない」

コーチは眉間の下をマッサージしながら考える。「少なくとも十四年前は、リノへ行きたかったんでしょうね」

ぼくはうなずく。

「リノでみつかったらラッキーね。そんなに長く続けられる仕事じゃないから。カードディーラーにしてもダンサーにしても」

ぼくは肩をすくめる。「デイルからきいた話がすべてです」

「サラ・バーンズは、わたしと話をしてくれるかしら？」コーチはたずねる。「あなたといっしょに病院に行けば、信用してくれると思う？」

さあ、どうだろう。サラ・バーンズには予想を裏切られてばかりだからなあ。素直になるか、ぼくの首を切り落とすか、なんともいえない。ぼくはコーチにそう伝えた。

「じゃあ、確認してみて」

やってみますとぼくが答えると、先生は椅子を勧めてくれた。ぼくは椅子がぬれないように、クッションの上にタオルをかぶせてからすわった。

「きいて、モービー。サラ・バーンズがあなたに大きな影響を与えてるのはいうまでもないけど、最近彼女の名前を何度もきいたせいか、わたしも赤の他人とは思えなくなってきたの。ときどき思うんだけど、教師をしていていちばんつらいのは、特殊なむずかしいケースを後回しにして、多数派の要求に応えざるを得ないこと。良心的な教師は、まずそれを嫌う。サラ・バーンズの存在は、いつのまにかわたしの一部みたいになって、もう切り離せそうにない。だからどうしても力になりたいし、そのためには、母親をみつけて連れもどして、真実を話してもらうしかないと思うの。でもわたしは、あなたの意見に従うしかない。彼女がだれかを信頼するとすれば、あなた以外に考えられないから。彼女にいつ話を切り出すかは、あなたの判断に任せる。わたしはできるだけのことをするつもりだし、金銭面での協力も惜しまない。でも彼女がそれを望まなければ、状況は何も変わらない。彼女に話をする前に母親をみつけて、娘の力になる気があるかどうか、確認したほうがいいのかもしれない。どうすればいい？」

ぼくは、サラ・バーンズと過ごしたすべての時間を思い返し、反応を予想しようとする。

「ひとつだけいえるのは」ぼくはなんとか答えを出した。「サラ・バーンズが何よりも嫌うのは、隠し事をされることです。ぼくらがしようとしてることをすべて、了解してもらわなきゃならない。そのためにはまず、ぼくが先生に洗いざらい話したことを、許してもらわなきゃなりません」

「さっそくとりかかって」

「裏切り者」サラ・バーンズは歯を食いしばったまま、吐き捨てる。「相手は教師だよ？ 何考えてんの？ 児童保護局に電話するに決まってるじゃん」

「それはしないって、先生はいってた」ぼくはいう。「信用していいと思う」

「でも相手は教師だよ？」サラ・バーンズは繰り返す。「どうせ、しゃべらないと罰金だとか脅されたんだろ？ まさか刑務所行きとか？ ばっかみたい」

レムリー先生はそんな人じゃない。「きいてくれよ、ぼくは先生をここに連れてきたいんだ。そしたら中庭を散歩しながら、自分の目で確かめてみればいい」

サラ・バーンズは、焼け野原の割れ目みたいな目でぼくをみる。これからぶん殴るぞといわんばかりの目だ。「あんたは信用できると思ってたのに」サラ・バーンズは悔しそうにいう。「この世であんただけだったのに、エリック。ちくしょう」向きを変えて立ち去ろうとする。

ぼくが腕をつかむと、サラ・バーンズは振りほどこうとするけど、放すもんか。「ちょっと待てよ。こっちだって頭にきてるんだ。ぼくにさんざんしゃべっといて、勝手に味方だとか期待して、あとは何もせずに放っておけって？　ふざけるな。エラビーのいったとおりだ。一度知ってしまったことは消えないし、知らなかったことにもできない。知ってしまったことに対して、責任があるんだ。だれに話すか、ぼくは慎重に考えた。レムリー先生なら大丈夫、間違いない。それがだめなら、ほかにどうすればよかったんだ？　きみはぼくに、できもしないことを押しつけただけじゃないか。ずっとここにいるわけにいかないだろ？　かといって家にも帰れない。ほかにどんなアイディアをしぼり出したってうまくいきっこない。その理由はきみだって……」

サラ・バーンズはぼくの手を強引に振りほどいて、「あんたに何がわかる！」と大声をあげる。看護師が驚いて顔をあげる。「あんたに何がわかる！　あたしから離れて人生上向きのあんたに！　そりゃレムリー先生は立派な人でしょうよ。あんたの水泳のコーチだもん。あんたの救世主なんだから信用してあたりまえ。でもあたしをみなよ、エリック。みろったら！　あたしの人生は上向きになんかならない！　永久に！」

二か月くらい前のぼくなら、ここで引きさがっただろう。けどあのとんでもない父親に会って、サラ・バーンズがこの先どんな目にあうかわかったいま、放っておけるわけがない。それだけはできない。このまま手をこまねいてたら、なるようになるだけだ。それも最悪の結果に。「違う、サラ・バーンズ、きみは間違ってる。その顔は決してきれいにならない。それはきみのいうとおりだ。けどそんなこと、前からわかってたことじゃないか。父親に顔を焼かれた次の日から、ずっとわかりきってたことだ。それでもきみの未来は明るい。信じろ、明るいんだ！　きみがぼくにいったように、デブは自分でなんとかできる問題だった。けど前にそういわれたときは、違うと思ってた。なのに、なんとかできるとわかってからも、ぼくはわざとデブのままでいようとした。ぼくがスリムになってきみを見捨てるなんて思われたくなかった。デブが友情の証だったんだ。ほんとはデブなんていやなのに、きみを失わないためにはデブでいるしかなかった。けどそうすることできみが、火ぶくれ女以外の何かになれないなら、デブなんてなんの意味もない。少なくともぼくにとっては」ここでひと息つく。ぼくの顔もサラ・バーンズの顔も、いつのまにか涙でぬれてる。ぼくはサラ・バーンズの腕をつかんで、抱きしめる。彼女は抱きついてこなかったけど、押し返そうともしなかった。

自宅。自室。ベッド。ＣＤプレーヤーから流れるサイモン＆ガーファンクルの歌は、風が木立を吹き抜ける音と、固い雪が窓ガラスに当たる音にさえぎられて、ほとんどきこえない。いまは人生最高の時だ。それがぼくには怖くてしょうがない。ぼくはサラ・バーンズに約束した。必ず助ける、レムリー先生も力になる、と。けど、何が助けになるのかもわからない。サラ・バーンズは大切な人だけど、ときどき、出会わなければよかったとさえ思ってしまう。そんなぼくはきっと、たいした友だちじゃないんだろう。ただ練習に集中して州大会に出場してジョディとデートして、エラビーとハンバーガー六個を平らげながら宇宙の成り立ちを論じたりなんてことを考えてると、やっぱり自分がいちばん望んでるのは、もっと単純な人生なんだとしか思えない。けど、それは夢のまた夢ってやつだ。

13

三日前から、サラ・バーンズはレムリー先生の家のガレージの、二階に下宿してる。精神病棟は、看護師に口がきけるのがばれてから二十四時間以内に脱け出した。まずぼくは病棟に行って、カウンセラーのローレルにいった。サラ・バーンズはもう大丈夫です。けど、彼女の居場所は知らないほうがいい。その理由は、あなたにも察しがつくはずです。

「父親ね?」ローレルはきき返した。

サラ・バーンズはぼくにいった。父親のことはいっさいローレルにしゃべるな。あの人には、児童保護局に報告する義務がある。児童保護局がいろいろききにきたら、父親はすぐさま娘を探し始める。いずれ探し出すとしても、強引なやり方はできにくくなる。ぼくはいった。「憲法修正第五条にのっとって、黙秘します」

ローレルはにやりとした。「彼女が安全だとわかって安心したわ、エリック。ありがとう」

サラ・バーンズをレムリー先生の家に下宿させるのは、思ったより簡単だった。けど病棟を出るとき、サラ・バーンズはまだ、レムリー先生に何もかもばらしたことでぼくを責め続けた。仮病がばれるとすぐぼくは病院から追い返されたけど、結局次の日の午後に、駐車場で待ち合わせすることになった。まず追い返されてから三十分後にサラ・バーンズから電話があって、いますぐ迎えにこいといわれた。病院は責任をとらされたくない一心で、父親に娘さんが口をききましたとチクるに決まってる。そんな連中は信用できないというわけだ。電話はそこで強引に切られた。母さんの車が使えなかったので、エラビーに電話すると話し中だった。そこでぼくは、家から聖心会病院まで二キロ半近く走るはめになった。サラ・バーンズが駐車場に出てきて、だれもいないことにぶちキレてひとりで逃げたりしないか、気が気じゃなかった。

サラ・バーンズはなんの苦労もなく病棟を脱け出した。バッグに荷物を詰めて、見張りがいないときを見計らって、裏口から駐車場まで歩いておりてきた。ぼくは駐車場の隅の電話ボックスからエラビーに電話して、やっとつながって、急いで来てくれといった直後に、サラ・バーンズと合流できた。

「タクシーでも呼びますか、お客様?」ぼくはきいた。

サラ・バーンズはいった。「ふざけてないで、さっさとここから出して。父親がすぐに捕まえにくるから」

「ぼくにキレたきゃ好きにしろ」ぼくはいう。「ほかにやりようがなかったんだ。レムリー先生はまだ一枚かんでる。けどまだ児童保護局には通報してない。それが信用できないっていうなら、どうしろっていうんだ？」

「レムリーになんか死んでも会うもんか」サラ・バーンズはいった。「ここまで助けてもらえば、あと五年はひとりでやっていける」

「へえ、そうかい。けど賭けてもいい。きみにはまだ人の助けが必要だ」ぼくがいうと、クリスチャン・クルーザーが角を曲がってきた。スモークガラス越しに、運転席で身を低くして、つばの広い帽子をかぶったエラビーの姿がみえた。エラビーはぼくらの前に車を横づけすると、すばやく左右を確認し、車を降りて後部ドアを開け、「乗れ」といった。

サラ・バーンズは、こんないかれたやつに頼っていいのかといわんばかりの目でエラビーをみて、ぼくをみた。ぼくは肩をすくめて、「乗って」といった。

黒っぽい車が、エラビーが来たのと同じ方向からやってきた。窓が色つきガラスの、かなり型の古いオールズモビルだ。サラ・バーンズはそれをひと目みると、急にあわてだして後部座席に飛びこみ、身を低くして、「車を出して」といった。ハンドルの向こうの不気味なシルエットがヴァージル・バーンズだってことくらい、バカでもわかる。やつにぼくの姿はみえなかったはずだし、エラビーの車をみるのもきょうが初めてなんだろう。その証拠にオールズモビルはゆっくり駐車場に入ってきて、空きスペースを探してる。

エラビーは運転席に身を沈め、ぼくは助手席にすべりこむ。「どちらのホテルまでお送りしましょうか？」エラビーがたずねる。「シェラトン？　マリオット？　いやヒルトンかな？　ちょっと待った、わたしの勘違いでした、この街にヒルトンはありません。お詫びにチップ五ドル負けときますよ」

「出して！」サラ・バーンズは歯ぎしりしながらいった。

エラビーは車をゆっくり通りに出すと、ヴァージル・バーンズのいかつい紺色の愛車と、一メートルそこそこの距離ですれちがう。「悪趣味な車」とエラビーはいい、すれちがいざまに短くクラクションを鳴らす。バーンズ親父がこっちをみたので、ぼくはあわてて顔を背ける。

「おもしろがるのはまだ早いよ」サラ・バーンズはエラビーにいった。「これが逃亡用の車だって、あの男が気づいてからが本番だから」

サイドミラー越しに、オールズモビルが駐車場の奥に入っていくのがみえた。あと二、三分後に、ゲームの本当の幕が切って落とされる。

「どこへ行く？」エラビーがもう一度たずねた。

ぼくは後部座席のサラ・バーンズをちらっとみて答える。「レムリー先生の家」

サラ・バーンズが文句をつける、いや窓ガラスを蹴破るんじゃないかと思ったら、まっすぐ前をみたまま何もいわなかった。

「先生も了解ずみだ」ぼくはエラビーにいう。

サラ・バーンズはうんざりしたように首を振って強がってみせる。父親の姿をみて冷や汗もんだったくせに。

ぼくらが到着するとすぐに、レムリー先生はぼくとエラビーを車内にもどした。「男の子だけで、しばらく時間をつぶしていてくれない？　用ができたら電話するから」

サラ・バーンズは不安そうな顔で、追いつめられた獣みたいに警戒しまくりだったけど、何もいわなかった。よかった。いま逃げ出せば、サラ・バーンズに人気のないところへ呼び出されて、手足をばらばらにされる心配はない。

というわけで、いまはレムリー先生の授業が中盤に差しかかったところ。おまけにきょうは、サラ・バーンズが初めてクラスに参加した日でもある。ヴァージル・バーンズが娘を探しにくるとすればまず学校だろうから、普通なら考えられないことだと思うけど、バーンズはあれからまだ一度も学校に来てない。ぼくはぼくで、サラ・バーンズとほとんどしゃべってない。彼女が落ちつくまでそっとしておいて、とレムリー先生にいわれたからだ。

モーツも教室にいる。授業には参加せずに、レムリー先生の教卓の後ろの壁に寄りかかってる姿は、まるで見張りの兵隊だ。熱心な発言はいつも以上に避けたほうがいいかもな、とぼくは思う。中絶について議論するのは今回が最後だ。レムリー先生はメンバーに頭を冷やさせるために、あえて数週間のブランクを設けた。マーク・ブリテンは、代わりばえのしないたわごとを得意そうに並べ立てて、乱れた世間の糾弾とやらに励んでる。エラビーもぼくの忠告に従って、発言をひかえてる。もちろん、モーツの命令に従ってブリテンから手を引いたわけじゃない。バカな人間と利口な人間の議論を端でみてると、どっちがバカでどっちが利口かわからなくなってくる、とレムリー先生にいわれたからだ。

ぼくらは輪になってすわってる。ブリテンの演説が続くあいだ、ジョディは平らな机の表面をじっと見おろしてる。サラ・バーンズは、ぼくとジョディの真向かいの席で、居心地悪そうにもぞもぞと姿勢を変え続けてる。ぼくにはおなじみの反応だけど、ブリテンもそれを知ってれば、すぐに演説を中断するだろう。ところが残念なことに、五段階評価で平均四のブリテンだけど、洞察力でAをもらったことは一度もない。そんなわけできょうの演説も、まるで迫害された福音伝道師の逃亡列車がスピードをあげるように、どんどん勢いづいていく。しかも今回はぼくとエラビーに障害物を投げこまれて、脱線する心配もない。「神の法により」ブリテンはいう。「人は例外なく向上心をもち続け、自分の行動に責任をもたなければならない。すべての生命は神聖なものであり、仮にひとりの女が姦淫という過ちを犯し、妊娠したとしても、子どもを出産まで生かし続ける義務がある」

子どもを出産まで生かし続ける？　おいおい、ブリテン、医療ドラマの見すぎじゃないか？

「キリスト教のモラルがすべてじゃないでしょう、ブリテン」レムリー先生がいう。「そういう議論はもう、みんなきき飽きたんじゃないかしら。先を続けて」

「どう考えても」ブリテンは反論する。「キリスト教のモラルがすべてです。そうではないと信じたとき、ぼくらは道を誤るんです」

先生はため息をつく。「わかったわ、あなたにとってはキリスト教がすべてなのね。でもほかの視点もあるはずよ。だれかそれをきかせて」

「キリスト教の視点で、もう少し議論したいんですけど」だれかが低い声でいった。クラスじゅうがいっせいに顔をあげて、声の主に注目した。サラ・バーンズは机を数センチ前にずらすと、円の向こう側にいるブリテンをまっすぐにみた。「すべての命は神聖なものだって、本気でいってるわけ？　平等だって？」

サラ・バーンズの執拗な問いかけに、ブリテンは椅子にすわったままであとずさる。けどすぐに気をとりなおして、「本気だ」と答えた。

「あたしの命も、レムリー先生や、そこにいるモーツ副校長や、あんたの命と同じくらい神聖なもの？」

「もちろんだとも」ブリテンは答える。けどその声に上から目線丸出しの響きがあったのを、ぼくはきき逃さなかった。まずいぞ、ブリテン。

サラ・バーンズはすっと席を離れ、まっすぐ前に歩きだす。ナイキのスニーカーは、かちかちに乾いた泥道をモカシンの靴で歩いてるみたいに、音ひとつ立てない。サラ・バーンズは、ブリテンの前でひざをつく。ブリテンは机を見おろしてる。サラ・バーンズは低く穏やかな声でいう。「あたしをみて」

ブリテンは目をあげる。けど、すぐに机の上に視線をもどす。ぼくも含めて、クラスじゅうがそわそわし始める。

「だめ」サラ・バーンズがいう。声は穏やかなままだ。「あたしをみて、視線をそらさずに」

ブリテンは目をあげる。額にひと粒の汗が浮かんだような気がした。モーツがレムリー先生のほうをみる。けど先生はぴくりともせずに見守ってる。

「あんたはどう思う？」サラ・バーンズは続ける。「子どもをこんな顔にするような男と結婚した女が妊娠した場合でも」自分の顔にふれて問いかける。「やっぱり産むべきだと思う？」

ブリテンは答えに詰まる。サラ・バーンズがそんな顔になったいきさつを知らないんだからしょうがない。

サラ・バーンズは念を押す。「本気でそう思ってる？」

「それは、もちろん、産むべきだと思う」

サラ・バーンズは床にぺたんとすわりこみ、口元にかすかな笑みを浮かべ、モーツがいるほうに目をやると、また前に身を乗り出してブリテンの机に両手をつく。「もう一度きくよ。子どもをこんなひどい顔にしたあげく、いつ殺しても不思議じゃない男と結婚して、おまけに男と別れる勇気もない。そんな女でも、子どもを産むべきだと思う？」

ブリテンは落ちつきをとりもどして、答える。「生まれたあとのことなんて、だれにも予想できない。すべての命は神聖だ。生まれてくる権利も平等にある」

「生まれて、こんな顔になる権利が、あんた欲しいわけ？」サラ・バーンズは自分の顔を指さして、きき返す。

「選べるなら、そんな権利は欲しくない」ブリテンはいう。「けど……」

「あたしだって選んだわけじゃないよ」サラ・バーンズは一蹴すると、立ちあがり、自分の席のほうへ引き返し、教室のまんなかで振り返る。「あんたとモーツ副校長、同じ教会に通ってるんだよね？」

ブリテンはモーツに目をやる。モーツはかすかにうなずく。「ああ」ブリテンは答える。

「けど、それがどうしたって……」

「その教会に集まる人はみんな、すべての命は神聖だと思ってるんだ?」

ブリテンはいう。「もちろんだ」

「他人の命も、神聖なものとして扱うんだ?」

ブリテンは安心しきって答える。「あたりまえじゃないか」

サラ・バーンズは自分の机のほうへ二歩引き返す。将来はきっと切れ者弁護士だな、と思ってみてると、すばやく向きを変え、ブリテンと向き合う。「マーク・ブリテン、あんたとは小一のころから同じクラスだったけど、あたしに話しかけてくれた回数なんて、片手で数えても指があまるどころか、指を全部切り落としたって数えられる。ゼロだもん。あたしの目をまっすぐみてくれたこともなかったよね。あたしの命もあんたのと同じくらい神聖?　ジョディ・ミュラーの命は?　少なくとも偉大なるエリックに彼氏の座を追われる前までは、神聖だと思ってた?」

ブリテンは何かいおうとして口を開くけど、サラ・バーンズは急に向きを変えてモーツを指さし、まくし立てる。「そしてこの人は、ブリテンと同じ教会に通うこの人は、何度敬意のある言葉を、ていうか言葉といえそうなものを、あたしにくれたと思う?　ゼロ!　皆無!　でも、あたしのいまの成績は入院しようと何をしようと三・五。信じられる?

中学時代はどれだけ悪さしてもオール四だった。あのころこの人にできたことっていえば、あたしの友だちを叱りつけただけ。自分には理解不能で、まったく読むに値しない新聞を許可なく発行した罪で。あたしには、不愉快そうににらむ程度の敬意も払わずに、エリックの口から注意させただけだった」

モーツが何かいい返そうとしたけど、サラ・バーンズはすばやくブリテンに向きなおる。

「なんであんたたちは、まだ生まれてもいない人間ばかり大事にして、とっくに生まれてきた人間のことは鼻にもかけないわけ？」

モーツがようやく割って入る。「レムリー先生、いつまで放っておくつもりですか？　もっと冷静に議論できるよう、少しはクラスをコントロールしていただきたい」

「サラ・バーンズは、じゅうぶん冷静にみえますけど？」レムリー先生は切り返す。「もっと荒れ模様の日にいらしてみてください」

けどブリテンはとっくに傷ついてる。きょうも荒れるんじゃないか？　ブリテンの顔は真っ赤で、首の血管はぱんぱん。襟が窮屈そうだ。「甘ったれるな」ブリテンはいう。「つらい人生なんて、だれでもいやに決まってる。きみは子どものころからあらゆるマイナス点を引き合いに出して、自分は醜いという事実を盾にとってきた。そんな言い訳はもうき飽きた！　いいかげんにしろ！　この状況を脱して、やるべきことをやったらどうなんだ！　自分がいま生きて、神に愛されてることを感謝すべきだ！」

「おいおい、ブリテン」エラビーが口をはさむ。「なに興奮してんだよ。落ちつけったら」

「黙れ、エラビー！　地獄へ落ちろ！　おまえは悪い見本の殿堂入りだ。彼女よりひどい。カルフーンのほうがまだましだ！　この悪魔め！」

レムリー先生はモーツに目をやる。「やっと荒れてきたようですね」そして生徒に向かって冷静な口調で、「もういいわ、みんな、ちょっと休憩を……」といいかけた。

けどブリテンが、先生に怒りをぶちまけようと振り返る。ところが口を開いたとたんに、ジョディに割りこまれる。「マーク・ブリテン、黙って」ブリテンは、口に爆弾でも詰められたみたいに絶句する。「あなたのひとりよがりなたわごとは、もううんざり。あなたを特別だと思ってたころもあったけど、いまは吐き気がするだけ」

「おい、いったい何を……」

「うるさい！」ジョディはクラス全員に向かって続ける。「人はそのおこないによって評価されるべき。この言葉をマーク・ブリテンの口からきけばきくほど、嘘くさく思えてくるんです。というわけで、いまからマーク・ブリテンのおこないについて話します。ほんの一年近く前、あたしのおなかには、妊娠六週目の胎児がいました。マーク・ブリテンとあたしのおこないが招いた結果です」ジョディの目に涙がたまる。

ぼくは椅子をずらしてジョディに寄り添う。ジョディはぼくの手をとる。「あたしは産みたかった。でもマークはだめだといいました。でもあたしはどこか遠くで、ひっそり産みたいといいました。それほど必死だったんです。自分がマークとしたことを、心から後悔してたし。それで、マークはなんていったと思いますか？　マークはこういったんです。非嫡《ひちゃく》出子《しゅっし》という存在につきまとわれたら、ぼくは自分がこの世でなすべきことを実行できなくなる。だから堕ろしてくれ」

「嘘だ！」ブリテンが怒鳴る。「つくづく性悪な女だ、ミュラー。まあ、きみが捨てられた腹いせに男を誹謗中傷する女だってことくらい、とっくにお見通しだけどな」

ジョディはひるまずに続ける。「あたしはマークに、教会が中絶なんて認めるのかとききました。するとマークは、たった一度の判断ミスより、ぼくが世界に向けて発するべきメッセージのほうが大切だといいました。たった一度の判断ミス、彼はそういったんです。自分を守るために避妊する常識もない女とセックスしてしまったことは、判断ミスとしかいいようがないって。姦淫とは呼ばずに、判断ミスと呼んだんです」

「それであたしが何をしたかって？　中絶です。本当にバカでした。手術にはひとりで行きました。マーク・ブリテンともあろう者が、診療所の前にいるところを人にみられるわけにいかない。だから、あたしは越えたくなかった一線を越えて、診療所までたったひとりの行進をしました。中絶手術を受けるために」ジョディはブリテンに向かって先を続ける。「すべての命が神聖かどうかなんて、あたしにはわからない。でもマーク・ブリテン、これだけはいえる。サラ・バーンズにあんなことをいう資格は、あなたにはない。あたしにあんなことをいう資格も、ない。だから二度といわないで」

ブリテンは教科書をまとめて、教室の戸口で立ち止まる。「いまジョディ・ミュラーの口から出た話は、全部でたらめだ。高尚かつ険しい道を選んだ者だけに与えられる、過酷な試練の一例に過ぎない。信じたいやつは信じればいい。けど、全部でたらめだ」

「そうかい」エラビーがいう。「おれはもう、みんなの前で恥をさらすのやめるよ。おまえには勝てないもん」

14

ふう、きょうは一気に状況が変わった。まずモーツが、レムリー先生のクラスに怒鳴りこんできた。マーク・ブリテンが昨夜自殺を図ったらしい。モーツはまず先生をにらみつけて、次にぼく、続けてエラビー、最後にジョディをにらみつけた。つまり、おまえのせいだといいたい相手をひととおりにらんだわけだ。

「昨日この教室で起きたことは、決して好ましいとはいえない」ブリテンのニュースを伝えたあと、モーツはいった。「このクラスについては、前々からよくない評判を耳にしていた。ひとりの繊細な少年を……」

「そこまで！」レムリー先生がいった。その迫力には、さすがのモーツも一瞬でたじろいだ。「自殺に関するあなたの個人的な見解は結構です。マーク・ブリテンが自殺を決意した責任をクラスの生徒に押しつける権利も、あなたにはありません」

「レムリー先生」モーツはすぐに切り返した。「あなたはどうも事態の深刻さを理解していないようだ。マーク・ブリテンは薬物の過剰摂取のため、聖心会病院で昏睡状態に陥っている。子どもが大人の関心を引きたくてやることとはわけが違う」

「わたしも、あなたと同じように心を痛めています」レムリー先生はいう。「お忘れのようですが、ブリテンはわたしの水泳チームのメンバーでもあります。もちろん生徒としても大切な存在です。ですが、あなたはこのクラスの指導者ではありません。もし出ていかないのなら、ワシントン州教育委員会に正式に抗議します」

モーツの目が怒りに燃えた。「レムリー先生、わたしは、この学校の副校長だ。わたしは……」

「そのとおり」レムリー先生はさえぎる。「あなたはあくまで副校長、生活指導担当の副校長です。生活指導でご助力いただきたい場合は、こちらからお願いします。いまは、どうか出ていってください。出ていかないなら、校長室からパタースン校長を呼んで、事態を収拾してもらうことになりますよ。わたしにお話があるなら、休憩時間にお願いします。三時間目が空いていますから」

「このままだとあなたは、相当苦しい立場に追いこまれることになる」モーツはいう。けど自信がなさそうだ。レムリー先生の勝ちか？

「教室から出ていっていただけませんか？」先生は繰り返す。モーツは向きを変え、出口に向かった。

モーツなんて気絶しちまえばいい。やつはぜんぜんわかってない。ブリテンの自殺未遂が、ぼくらにとってどれほどショックだったか。クラス全員が、同時に腹をけられたみたいに息を詰まらせたっていうのに。

「ごめんなさいね、急にあんな話をきかせてしまって」モーツが後ろ手にドアを閉めると同時に、先生はいった。ぼくらはうつろな目で先生を見返す。「きょうのテーマは、自殺にするしかなさそうね」

先生は一分くらい間をおいて、静かにいった。「さあ、始めましょう」

「ああ、どうしよう」ジョディがわっと泣きだす。「マークは、本当に死ぬ気だったのよ。そういう人だもん。本気だったんだわ。みんなあたしのせい」ジョディは机につっぷした。ぼくが手を握ろうとすると、その手をどけた。

「そっとしておきなさい」先生はぼくにいうと、ジョディに向かって話し始めた。「あなたが自分を責める気持ちはわかる。傷ついたでしょうね。だれでも傷つく。それを止めることはだれにもできない。でも、あなたのせいじゃない。マーク・ブリテン自身がいっていたように、人は自分の行動に対してすべての責任を負わなければならない。これは彼の責任よ。ジョディ、あなたの責任じゃない」

「でも、あたしがもっと気をつけてれば……マークの性格は知ってるはずなのに、あたしは……」

エラビーがさえぎる。「きみが罪を認めたからって、すべての罪を背負うわけじゃない。おれなんか、二年前からさんざんあいつをいじめてきたからな」

「だとしても」ジョディはさらに涙を流す。「あたしは彼に恥をかかせた。いちばん耐えられないのよ、辱められることが。あたしは二年半もつきあってたから、よくわかるの」

ぼくののどに、怒りがこみあげてきた。本当に首をしめないと、この言葉が出てきそうだった。「マーク・ブリテンを辱めたのは、あいつ自身だ」ブリテンのバカ野郎。さんざん自分勝手な思想を押しつけといて、いざ自分の化けの皮がはがされたら、今度はみんなをこんな気持ちにさせやがって。

先生は座席を円形に並べたぼくらの周囲をゆっくり歩き続ける。「きいて、自分で自分の命を奪おうとするのはとても悲しいこと。みんな、きっとブリテンに何かいってあげたいと思っているんでしょうね。でも、何も思いつかない。モーツ副校長は、たぶんわたしが責任を負うべきだと考えている。議論のテーマを決めるのはわたしだから。でも、くれぐれも誤解しないで。マークが自殺を図ったのはわたしのせいでもなければ、ここにいるだれのせいでもない。自殺は個人的なこと。それを理解せずに、みんながきょうこの教室を出ることをわたしは認めない。マーク・ブリテンは助けを必要としている。これをきっかけになんらかの助けが得られるといいわね。ブリテンはみんなに理解を求めている。放っておかれることは望んでいない。でも、あなたたちが罪悪感を抱くことはブリテンに、自殺は自分が選んだ手段じゃないと誤解させてしまう」

先生は足を止める。「残酷なことをいうつもりはないし、みんなの感情はわたしの意見に追いつかないかもしれない。でもひとりひとりの苦しみにかまっていたら、授業はいつまでたっても終わらない」

サリー・イートンが手をあげた。ディーコネス病院の診療所へ何度も行って中絶反対の抗議をして、マーク・ブリテンはこの世でいちばん頭がいいと信じこんでる女子だ。「レムリー先生、あたしはマークをずいぶん前から知ってます。マークは自分の信念に従って行動する人です。このクラスの冷酷な考え方に、彼の繊細な神経は耐えられなかったんです。残酷で不誠実な発言をした人もいました。ここにいるみんなに不当な扱いを受けてきました。自殺は当然の結果だと思います」

レムリー先生がさえぎる。「あなたが自分なりの考えをもつのは自由だけど、サリー、もう一度いうわよ。マーク・ブリテンの決断に責任をもつべきなのは、マーク・ブリテン本人だけ。たしかに人間の心のもろさを知ることで、何かを学べることはある。でもきょうここで得られる課題があるとすれば、それは自分の生と死に向き合うことで、他人が背負うべき責任を肩代わりしてやることじゃない」

サリーが反論しようとしたけど、先生はその暇を与えずに先を続ける。「サリー、あなた個人の感情は尊重するし、授業が終わってから個人的に話をしてもいいけど、今回の件でこの場にいるだれかが、この場にいるだれかを責めることは絶対に許さない。以上」

サリーが立ちあがり、教科書をまとめながら泣きだす。「もういいです。あたし、このクラスをやめます。落第になってもかまいません。このクラスはひどすぎる！　マーク・ブリテンがいま病院にいるのもそのせいよ！」

先生はきっと止めるだろう、と思ったら、教室の内線電話まですたすたと歩いていき、サリーがクラスをやめたこと、本人がひどく落胆してることを事務室に伝え、心のケアはモーツに任せればいいとつけ加えた。教卓で、先生はため息をつく。「ほかにやめたい人は？」

沈黙。

「学校が犯す最悪の過ちのひとつが、他人が背負うべき責任を自分が肩代わりできると、生徒に思わせてしまうこと。学校は成績優秀者や、優秀なスポーツ選手や弁論家に、ほかの生徒の見本になってほしいと願う。常にその自覚をもてというプレッシャーを、多くの生徒に与えてしまう。完璧を求め、完璧を装うことまで要求する。そんな生徒に期待を裏切られると学校は失望する。学校が失望しなくても、生徒がする。この際はっきりいっておきます。自分の人生の会計士は自分自身だということを早く理解しないと、よりよい人生を築く方法をみつけるのも遅くなる。マーク・ブリテンが入院することになったのは、自分で自分の体に大量の薬を入れたから。彼が失望したのは自分が現実にしたことが原因であって、あなたたちのせいじゃない。それは違うという人がいても、いっさい耳を貸さないように。自分自身を助けられない人に、マーク・ブリテンを助けることはできません」

ぼくらは黙りこみ、レムリー先生の言葉を反芻する。その沈黙を、インターコム越しに怒鳴るモーツの声が破った。「レムリー先生、大至急、副校長室に来ていただきたい。以上！」

チャイムが鳴って授業が終わっても、レムリー先生はもどってこなかった。

きょうの練習はちょっと勝手が違った。いつものレーンで先頭を泳ぐブリテンはいないし、ブリテンに匹敵するほどのスイマーもそのレーンにはいない。それでも、ぼくとエラビーは互いに挑発し合って時計と競争した。一本目の二百を泳ぐ前に、ブリテンのグループがひざまずいて祈り始めたとき、ぼくはちょっと気まずくなって、目をそらしてしまった。ブリテンいじめ、たまには休んでもよかったかな。

レムリー先生に、終鈴が鳴ってももどってこなかった理由をききたかったけど、練習にも来ないんじゃききようがない。

家に帰ると、母さんが先生とだいたい同じ話をしてくれた。それでも心の声がしつこくささやき続けた。もっと慎重になったほうがいいんじゃないか？　もちろんジョディのことじゃない。ぼくが身を引くべきだったとは思えないし、この先身を引くつもりもない。ブリテンは、自分が何度もピケを張った診療所でジョディに中絶させた。それで薬を飲んで死のうとしたあいつに同情する気なんてない。ぼくならもっと早く死んでたかもしれない。

母さんの恋人のカーヴァーが、ぼくを少し元気づけてくれた。夕食に招待したジョディとぼくと母さんの会話を、カーヴァーは黙ってきいてた。ジョディを連れてガレージに行くと、カーヴァーもあとから入ってきた。ぼくは脚立に乗って、母さんが棚の高い段にしまった缶詰をおろしてるところだった。カーヴァーはいった。「父が自殺した」

「え？」

「ぼくの父は、自殺したんだ」

ぼくはジョディに目をやって、またカーヴァーをみた。「それは、お気の毒に」

カーヴァーは笑みを浮かべる。「同情が欲しくていったわけじゃないんだ、エリック。もうずいぶん昔、ぼくが八歳のころの話だしね。だがぼくは当時、父が自殺したのは自分のせいだと思った。ぼくは父の悩みの種だった。お世辞にも、出来のいい息子とはいえなかったから。ある週末、ぼくはひどい成績をとって外出禁止の罰を食らった。その最中に父は自殺した。口に銃口を突っこんで、引き金を引いたんだ」

ぼくは脚立をおりて、腕いっぱいに缶詰を抱えたまま、何もいえなかった。

「ようやく自分のせいじゃないと思えたのは、三十五歳になってからだった。それまではずっと落ちこんでいた。職場の同僚が、だれかに相談するよう説得してくれた。カウンセラーに勧められたのは、父のことを話してくれる人はいないか、身内を当たってみることだった。実際にいろんな人に会ってみると、父の自殺を意外だという人はひとりもいなかった。いつも人生に不満を抱いていた男がついにすべてを投げ出した。それだけのことだった。父の兄が、ぼくをアイダホ州の未開の土地へ、長いキャンプ旅行に連れ出してくれた。奥地に入るのに三日もかかった。右も左もわからないところからひとりで逃げ出して、飛行機に乗るなんてとても無理だった。ネッドおじさんは、自分が話してきかせる父の人生をぼくが理解し、受け入れるまで帰ろうとしなかった。父は自分で自分の人生に幕を引いたんだと、納得するまでつきあってくれたんだ」

「きみたちの先生は正しい。人の心に巣食う化け物を引き受けようなんて、それこそ自滅行為だ」カーヴァーはくるりと向きを変えて、家のなかへ帰っていった。

人ね、エリック」

「ありがとう」ジョディは、閉じていくドアに向かっていうと、ぼくにいった。「彼、いい

その日の夜十時半過ぎ、ぼくはジョディを車から降ろすと、レムリー先生の家のドアをノックした。「まだ起きてました？」

「ええ、夫以外はね」

「大丈夫ですか？」

「町内パトロールの帰り？」

「違いますよ、学校で何があったか知りたいんです」

「入って、モービー」先生はいった。ぼくは靴底の雪を落としてなかに入ると、学校のイニシャル入りジャンパーを先生に渡す。先生がそれをコートかけにつるすと、ぼくらは居間に入る。サラ・バーンズが、パジャマとガウンを着てホットチョコレートを飲んでる。

「リスクテイキング、つまり失敗を恐れない学習法について話し合っていたの」先生はいう。

サラ・バーンズは目をあげて、ぼくをみる。まだちょっと緊張してるみたいだ。「先生と話し合って、まずはお母さんを探すことにしたんだ。母親として、正しいことをするチャ

ンスを与えようってわけ」

レムリー先生は天才かもしれない。ぼくなら、北半球でいちばん頑固な生徒と同盟なんて思いもしなかっただろう。

「わたしたちは、自分の人生の価値を見直すことにしたの」先生は笑顔でいう。「冒険を恐れていたら、また何度も同じ過ちを繰り返して、人生をだめにしてしまうから」

サラ・バーンズがいうならわかるけど、どうして先生が？

先生は続ける。「じつは迷っているの。モーツ副校長の心臓を引き裂いて広げて人目にさらして、大喝采を浴びるべきかどうか」

おいおい、何があったんだ？「どうして？」

「パタースン校長はきょうの午後、出張で町を出たところだった。だからモーツが三日間校長代理をつとめることになって、CATクラスの一時中断を決めた。マーク・ブリテンの父親が学校にやってきて、苦情を申し立てたからよ。わたしが〝繊細な心〟を無神経に扱ったせいで、息子は自殺を図ったんですって」

「モーツのやつ」ぼくはいう。「いいから、授業やっちゃいましょうよ。みんなで抗議すればいい」

先生は笑みを浮かべる。「うれしいけどやめて、モービー。あなたとエラビーが首謀者の抗議運動なんて、いっちゃ悪いけどアリンコのピクニックみたいなものよ。わたしは、三日間の病欠をとるつもり。サラ・バーンズとふたりでリノに行って、彼女が数学の授業できいたブラックジャック必勝法を試してみようと思って」

なるほど、リノか。「じゃあ、CATはどうなるんです？　水泳部は？」

「CATは当分自習ね、それならだれにも迷惑がかからない。水泳の練習はジョン・ビリングズがみてくれるわ。もう練習メニューを書き出して、ジョンに電話で頼んでおいたから。金曜日の試合会場までのバスも、彼が運転してくれるそうよ」

サラ・バーンズは子どもみたいにほほ笑んで、肩をすくめる。「先生を信じろって、あたしにいったのはあんたでしょ？　試合、頑張ってね。月曜になればまた会えるから」こんなに穏やかなサラ・バーンズをみるのは初めてだ。

ぼくは二十五セント硬貨を一枚とり出すと、指で弾《はじ》いてサラ・バーンズに渡した。「それ、黒の十七にはって」

家に帰ると、もう夜の十二時過ぎだった。明かりがついてるのは、ぼくの部屋に通じる廊下だけだ。ドアにメモが貼ってある。「サラ・バーンズを探している人から電話。わたしが彼女の居所を知らないというと、それなら息子さんに電話をかけなおさせてほしい、どんなに遅くなってもかまわない、とのこと。電話番号は、四八二一―四三六六　母より」

ちくしょう。

ぼくはメモに書いてある番号を呼び出した。

「もしもし？」

「どうも、エリック・カルフーンです。電話してほしいって、伝言があったんで。どんなに遅くてもかまわないと……」

「おお、カルフーンか。おれがだれだかわかるかな？」

「はい。バーンズさんですよね？　サラ・バーンズのお父さんの……」

「そのとおり、よくできました」

一瞬の沈黙のあと、ぼくはいった。「どういう用件でしょうか？」

「なんだと思う？」

死ぬほど怖い。けど、この人が知りたがってることをいうつもりはない。「わかりません。いま帰ってきて、メモを読んだばかりなので……」

「とぼけるな、小僧！」

これくらいでびびってたまるか。「とぼけてません。ぼくに電話なんかさせて、どういうつもりですか？」

バーンズはまた一瞬黙りこむ。そして低い、凄みをきかせた声でいう。「いいか、よくきけよ。おまえが娘の居所を知ってることくらい、こっちはお見通しだ。さっさと白状して電話を切ったほうが身のためだぞ。生きたまま皮をはがれたいか？　これは口先だけの脅しじゃない。おまえの嘘はもうきき飽きた。さあいえ、娘はどこだ？」

心臓がのどから飛び出そうだ。のどぼとけにバイブレーターでも仕込まれたみたいに、声が震える。「娘さんの居所なんて、知りません。病院を脱け出してから、一度も会ってないんです。ぼくに腹を立ててるんじゃないかな」

「嘘はきき飽きたといっただろう、きこえなかったのか？」

「きこえました。嘘なんかついてません」

バーンズは低い声で笑う。背筋が凍りつきそうだ。「受話器越しに、おまえの恐怖がぷんぷんにおってくるぞ。よし、もう一度チャンスをやる。電話を切るのはそのあとだ。その前に通話が切れたら、お前は四六時中おれを警戒することになるぞ。次におれに会うときは、もう話だけじゃすまない。お仕置だ。おれは本気だからな」

「ええ、死ぬほど怖いですよ」ぼくはいう。「それでも、サラ・バーンズの居所は知りません。ぼくを脅迫するなら、警察に通報します」

また、あの笑い声がきこえる。「望むところだ」

電話が切れた。

15

いろいろあったからって、宿題や初めてできた彼女や、五百メートル自由形レースのことを忘れていい理由にはならない。そんなことはわかってる。すべてを振り返って笑い飛ばせる日がいつかくる。いや、できればすぐにでもきてほしい。そんなとき、気の早い人はいうだろう。なんでレムリー先生に電話するとか母さんにいいつけるとか、警察に通報するとかバットマンを呼ぶとかしないんだ、と。なのに口をつぐむなんて普通なら考えられないことをしたのは、ちゃんとぼくなりの考えがあったからだ。レムリー先生とサラ・バーンズが運よくリノで母親をみつけてきて、ヴァージル・バーンズの罪を洗いざらいしゃべってもらえば、すべては解決する。

サラ・バーンズが何度もいったように、たとえば証言台に立って、三歳のときに起きた事件を必死に思い出しても、同じ法廷にあの父親がいて、娘のいうことは全部嘘だといってしまえば、その場で未来は消えてなくなる。父親側の弁護士に三歳のころのことを質問されても、サラ・バーンズははっきり思い出せないだろうし、そんな曖昧で混乱した記憶は裁判官の疑いを招くだけ。結局父親の〝はっきりした記憶〟のほうが、有力な証言になってしまう。ヴァージル・バーンズには前科どころか、駐車違反で切符を切られたこともない。あいつはただ残酷なだけじゃない。恐ろしく頭の切れる、ずる賢い、徹底した秘密主義者だ。疑わしい点がいくらあっても、本人が認めなければ、サラ・バーンズはおしまいだ。だから、真実を明らかにするには母親に来てもらうしかない。

だからってなんでおまえが脅迫されたことを黙ってるんだ？　そう思う人のために説明しよう。サラ・バーンズにやけどを負わせた犯人をぼくが知ってることを、まだヴァージル・バーンズは知らない。けどもし知ったら、ますますぼくに危害を加えようと躍起になる。そしてサラ・バーンズは、自分以外のだれかに危害が及ぶことを何よりも嫌う。家に帰るとか、あの醜い顔でひとりぼっちの逃亡を企てて、だれにも愛されずに生きるなんてバカなこともやりかねない。ぼくは何か大事なことを見落としてるのかもしれない。けどそれがなんなのか、いまはわからない。とにかくあのギャンブル・シスターズがリノからもどってくるまでは、へたに騒ぎ立てたり、ひとりで外出したりしないほうがいい。ヴァージル・バーンズもどういうわけか、とっくに来てるはずの学校に姿を現さないから、ぼくの学校生活は安泰だ。いっそ恐怖心で長距離スイマーがどれくらい速くなれるか、確かめてみようか。

きょう、ぼくとエラビーは学校へ行く途中、レムリー先生の家に寄ってみた。ひと晩で一家惨殺なんていう事件が起きてないか心配だったからだ。けどありがたいことに、先生とサラ・バーンズは車に荷物を積んでるところだった。

「リノまでノンストップ」サラ・バーンズがいう。ずいぶん元気になったなあ。やけどのあとは相変わらずだし、これを初めてみる人はびびるだろうけど、何かが違ってる。

ぼくはサラ・バーンズをちょっと離れたところへ連れていき、たずねる。「どうなってるんだ？」

「何が？」

「きみとレムリー先生さ。きみはほんの二、三日前まで、あの人の名前を口にするたびに、地面につばを吐いてたじゃないか」

「妬いてるの？」

「それはない。けどほんの数日前にきみをここへ連れてきたとき、ぼくは歯を叩き折られることも覚悟してた。なのにいまじゃきみたちは、映画『明日に向かって撃て！』のブッチとサンダンスも顔負けの仲よしコンビじゃないか」

「あの人、嘘つかないから」

「はあ？」

「すべてうまくいくとか、あたしの顔はそんなにひどくないとか、大事なのは外見じゃなくて内面だとか、そういうことといわないもん」

「じゃあ、なんて?」

「あたしは、人一倍つらい人生を生きてきたようにみえるって」

レムリー先生が車に乗りこんで、サラ・バーンズを呼ぶ。サラ・バーンズはぼくのひじを軽くつかむ。こんなことされたの初めてだ。「ありがとう、エリック。あんたは本物の親友だよ」


いつもならCATクラスがあるはずの自習時間中、インターコムから、ぼくとエラビーに至急事務局に出頭しろと呼び出しがかかる。

「きっとブリテンのことだな」ふたり並んで人気のない廊下を歩いてるとき、エラビーが小声でいう。

たぶんそうだろう。「どうしようか?」

「さあね」といって、エラビーはあごをあげる。「この話、いいかげんうんざりだ」

「よく来たな、まあすわりたまえ」開いた戸口に現れたぼくらに、モーツがいう。モーツのデスクの向かい側の椅子に、黒いビジネススーツを着た男が背筋をのばしてすわってる。頭のてっぺんははげてるけど、周囲の毛は短く刈りこまれ、ぐるっと半円を描くように頭を囲んでる。まるで太めの赤道だな、と思いつつ顔をみてみると、やけに深刻そうだ。「紹介しよう、こちらはカル・ブリテン、マーク・ブリテンのお父さんだ」

エラビーがいう。「初めまして」

ぼくらが席に着くと、モーツがいう。「ブリテン氏から、きみたちふたりにお話があるそうだ」

ぼくもエラビーも、黙って相手の出方を待つ。

ブリテン氏はせき払いをすると、厳粛そうな目でぼくらをみつめる。「わたしがいいたいのは、息子の起こした不幸な事件の責任を、きみたちに押しつける気はないということだ」

エラビーはどうか知らないけど、ぼくはここに三、四時間すわり続けても、なんにも答えられそうにない。かなり気まずいぞ、この沈黙は。

ついにモーツが口を開く。「きみたちのほうから、何かいうことはないのか？」

エラビーは鼻のつけ根をつまんで、目を閉じる。「あの、こうやってふたりずつ生徒を呼び出して、同じことをいうつもりなんですか？」

ブリテン氏は困惑した顔で答える。「まさか、わたしはただ……」

「じゃあ、なんでおれたちだけに？」

モーツが割って入る。「エラビー、警告する。人にそれ相応の敬意を払うということを、一度くらいはしてみなさい」

エラビーはモーツをまっすぐ見返す。「ないものは払えません」

「きみはいま、自分を非常にまずい立場に追いこんでいる。悪いことはいわない、だから……」

「取引には応じません」エラビーはさえぎる。「自分にはなんの関わりもないことに、どうして許しを請わなきゃならないんです?」それからブリテン氏に向かって、「息子さんのマークが自殺を図ったことは、とても残念です」という。「本当にそう思います。けどこうやっておれたちを呼び出して、きみたちの責任じゃないなんてわざわざいうのは、きみたちの責任だといってるのと同じですよね?」

モーツの首筋が怒りでふくれあがり、目がらんらんと燃える。ぼくはこのときエラビーから、一生使えそうないじめ対抗策を教わることになる。救援隊は、できるだけ早く呼べ。

モーツがいう。「ふたりとも、どうもわかっとらんようだからいっておくが、マーク・ブリテンは模範的な……」

エラビーはいう。「電話、借りてもいいですか?」

「何?」

「電話ですよ。使っていいですか?」

「なんのために？」

「かけるためですよ、電話なんだから」エラビーはモーツの返事を待たずに、デスクに手をのばして七桁の番号をすばやくプッシュする。「父さん？　ああ、おれ、スティーヴ。あのさ、ちょっと学校まで来てくれないかな？　かなりめんどくさいことになっちゃって、父さんに来てもらわないと、ここにいる人たちが納得しそうにないんだ。いや、できればいますぐ……うん、じゃあよろしく」エラビーは受話器をガチャンとおろすと、モーツを見あげていう。「父はすぐに来ます。それまでおれたちは、憲法修正第五条にのっとって黙秘します」

出た、第五条。法律の使い方ひとつで自分の思惑がここまで裏切られるなんて、モーツは思いもしなかっただろう。

エラビー神父は、一度みたら忘れられない人だ。体格がよくてハンサムで、監督派の司祭っていうより映画スター。ただひとつ違うのは、カトリックの流れをくむ聖公会の司祭らしく、固そうな白いカラーがついた服に身を包んでること。神父は秘書にほほ笑みかけて、開いたドアを軽くノックする。

モーツがいう。「お入りください」

エラビー神父は自己紹介をすませると、息子のスティーヴの腕をやさしくこづいて、ぼくらのあいだにすわる。ブリテン氏とは知り合いらしく、会釈をして、息子さんのことではさぞご心痛でしょう、と同情の言葉を述べた。ブリテン氏は会釈を返す。

「では」神父はいう。「息子のスティーヴが面倒に巻きこまれたそうですが、どなたか説明していただけますか?」

モーツは落ちつかない様子だ。背は神父より高いけど、存在感では完全に負けてる。「じつは、わたしとしては、あなたにおいでいただくほどの問題とは思えないのですが、これは息子さんの考えでして。わたしたちはいま、ブリテン氏のご子息の問題をどうとらえるべきか、はっきりさせようとしているところです。そのためにはまず、お宅の息子さんとそこにいるカルフーンに、はっきりした考えをきくべきだと思った次第です」

エラビー神父は息子に向かっていう。「おまえがいった『かなりめんどくさいこと』っていうのはこれか、スティーヴ?」

「正確にいうと、かなりめんどくさそうなのはこれからって感じかな」エラビーは答える。「モーツ副校長は、ブリテンの問題の原因はほら、あの、レムリー先生が教えてるCATクラスで、モービーとおれがあいつを追いつめたせいだと思ってるらしいんだ。つまり、だれもはっきりとはいわないんだけど、ブリテンが鎮静剤を山ほど飲んだのは、おれたちのせいだといいたいらしい」

エラビー神父はきょとんとした顔で、さっとモーツのほうを向き、たずねる。「そうなんですか？」神父は事件のことを、意外とよく知ってるみたいだ。息子と話し合ったんだろう。

「もちろん違います」モーツは答える。自分をかばおうとするようないい方だ。「だれのせいというわけではありません、ただ……」

ブリテン氏が割って入る。「エラビー神父、わたしは息子を、神を恐れる市民になれるよう一生懸命育ててきました。わたしとあなたの信仰には、神学上の大きな違いがあることはわかっていますが、わたしが息子に教えてきたことには、一定の評価をいただけると思います。自殺未遂の一件があってから、わたしと息子はじつに幅広く、いろいろなテーマについて話しました。息子は、自分のしたことを心から悔いていた。しかし、自分を自殺に追いこんだのはお宅の息子さんと、エリック・カルフーンだという考えは一向に変わらない。ふたりは人前で息子を執拗にあざけり、いつも見くだしたような態度で接してきた。息子はとてもまじめな性格で、自分に対して高い理想をもっている。傷つきやすい年ごろだということは、あなたにもおわかりでしょう。はっきりいいますが、息子さんにはもっと行動や発言を慎むよう、いいきかせていただけませんか？　ＣＡＴとかいうクラスの活動には、すでに制限を加えるよう学校に申し立てておきました」

エラビー神父はうなずくと、ブリテン氏の目をまっすぐみていう。「息子さんの身に起きた不幸については、心より同情しています。あなたの気持ちをこうして直接きけたことは、うちの息子にとって有意義だったでしょう。わたしもあとで、息子とじっくり話し合いたいと思います」すると神父は立ちあがり、ブリテン氏に向かって手を差し出し、握手を求める。「それ以上おっしゃりたいことがなければ、あとはモーツ副校長とふたりきりで話させてください」

ブリテン氏はまだ帰るつもりじゃなさそうだったけど、エラビー神父のきっぱりした態度に圧倒されて、席を立って帰るしかなかった。ブリテン氏は出口で振り返り、モーツにいう。「あとで電話します」

モーツはうなずく。「そうしてください」

エラビーとぼくも立ちあがって帰ろうとしたけど、神父に制される。「ふたりはもう少し残って」というと、神父はモーツに向きなおる。「きょうの本当の目的を、きかせていただきたい」

モーツはいう。「おっしゃりたいことが、よくわかりませんが」

「うちの息子は、本当に手に負えない問題が起きないかぎり、わたしに電話で助けを求めたりしません。すでにいろいろな話が出ましたが、まだ全部じゃないでしょう」

モーツは図星を突かれたような顔をして、話しだす。「ではいいますが、エラビー神父、お宅の息子さんは少しやりすぎたようだ。ブリテン氏がここに来られたのは、息子さんとカルフーンを心配したからでもあったんです。そこでいま、すべての問題を掘り起こしてしまえば、その心配も解消されると考えたわけです」

「息子とエリックの責任については、あなたもブリテン氏と同じ考えなんですね？」

「そうです。ある程度は同じです」

「ある程度、とは？」

「マーク・ブリテンは、とても困難な生き方に挑戦していました。自分が模範となるべく……」

「敬虔なクリスチャンとして？」

「そうです」モーツはいう。「あなたもその点は否定できないでしょう。だが結局、彼は執拗な抵抗にあいました。そこにいる少年たちの企みにより、辱めを受けることもあった。ブリテンに対する圧力は、本人の手にあまるものだったはずです。自殺とは、自発的に死を選ぶという行為です。憂慮すべきおこないだという意見には、あなたも反対はなさらないでしょう」

「自殺と自発、だじゃれですか？　まさかね」神父はいった。嘘じゃない。本当にそういったんだ。「で、あなたはエリックと息子が、例の現代アメリカ思想のクラスと結託してマーク・ブリテンを追いつめた、と本気で思っていらっしゃる？」

モーツはうなずく。「もちろんほかの原因もあったでしょうが、いちばん大きいのはそれだと信じています」

「ほかの原因」エラビー神父は冷静に復唱する。「その、ほかの原因のなかには、周囲の期待に応えなければならないというプレッシャーも含まれていますか？　ひとつの過ちも許さないという考え方は？　決して気を抜くなという家庭や教会からのプレッシャーは？」

神父は身を乗り出す。「モーツ副校長、あなたは、なぜ我が国の憲法が政教分離を主張しているんだと思いますか？」

へたに答えては損だとばかりに、モーツはだんまりを決めこむ。

「政治と宗教は、相容《あいい》れないものだからです」

「わたしが思うに」モーツはいう。「過去二十年間にくらべれば、両者は相容れるようになってきたのではないでしょうか」

エラビー神父は、首を大きく横に振る。「あなた個人の考えなら、それも結構。しかしあなたは、わたしが経済的に援助している学校で働いているし、法律を守る義務もある。

いいですか？　わたしは説教師として、国家がおこなう政治に教会が介入すべきだとは思わない。それぞれ役目が違うからです。わたしの経験から推測すると、あなたとブリテン氏は冷静に話し合ったうえで、今回の自殺未遂を宗教的迫害のようなものの結果だと決めつけている。しかしモーツ副校長、ここで問題にすべきは宗教ではない。柔軟性のない考え方です。他人の考えを受け入れようとせず、人の過ちをいっさい許そうとしない考え方ですよ。マーク・ブリテンの抱えている問題とは、彼が自分の過ちを許せないことです。屈辱を、人生最大の宿敵だと思っている。だれかが頭を冷やしてやるべきだ」

いまの言葉は間違いなく、相手の急所を突いたはずだ。その証拠にモーツの怒りが爆発した。「大変失礼だが」声帯をしめつけて、こみあげる怒りを必死に押し殺したような声だ。「わたしは認めない。女を聖職者にすべきだと主張したり、同性愛者に平等な人権を与えるべきだと主張したり、子どもに扱いきれない性的な情報を与えたりする人物が、わたしの仕事部屋で、わたしの生徒にとって最良の教育とは何かを述べるなど……」

「ついに出ましたね、本音が」エラビー神父はいって、笑みを浮かべる。「あなたのためにも、これだけはいっておきます。〝あなたの生徒〟のなかには、うちの息子もいる。わたしの大事な息子だ。きょうここで話されたことをきいた以上、今後、息子は何があってもマーク・ブリテンにはちょっかいを出さない。しかしあなたは、越えてはいけない一線を越えてしまった」ぼくとエラビーを指さして、「しかも、ふたりの証人の目の前で。きょうあなたがあんな失言をするはめになったのは、パタースン校長が出張中だったからでしょう。この問題についてまた話し合うのは、パタースン校長がいるときにしたほうがよさそうだ。それまで息子とその友人が不当な扱いを受けないよう、わたしが目を光らせていますからそのつもりで」

神父といっしょに、ぼくとエラビーも立ちあがる。けどモーツがいう。「エリック、きみにはまだ別の用がある」

神父はぼくの肩をしっかりつかむと、エラビーといっしょに部屋を出ていく。それにしても、世の中にはいけてる大人っているもんなんだな。けど残念、いまぼくがこの部屋で顔を突き合わせてる大人はぜんぜんいけてない。

ぼくは立ったまま、モーツが落ちつくのを待つ。モーツは相当参ってる。エラビー神父の直撃弾が残した死の灰を拾う義理は、ぼくにはない。

モーツは気をとりなおして背筋をのばすと、デスクの向こうの小さな待合室のドアまで歩いていき、開けて、呼ぶ。「バーンズさん、どうぞこちらへ」

嘘だろ！

「おすわりください」モーツはいう。ヴァージル・バーンズはぼくからほんの一メートルのところで腰をおろし、にらみつける。

「エリック、バーンズさんがきょういらっしゃったのは、娘さんが家出したからだ。父親が娘をとりもどすとなればもっと大騒ぎしてもいいところだが、バーンズさんはそうなさらなかった。きみが娘さんの居所を知っている以上、もっと穏便なやり方でいいと判断されたわけだ」

ぼくはいう。「ぼくは知りませんよ、なんにも」

「バーンズさんは、それが嘘だと思っている」

いますぐこの部屋を飛び出して、エラビー神父を捕まえて連れもどして、モーツにいってもらいたい。神を政治に介入させることだけが憲法違反じゃない。悪魔を教育に介入させるのも立派な憲法違反だ、と。けどぼくはその場に凍りついたまま、一歩も動けない。もう何度いったか思い出せないけど、ヴァージル・バーンズは恐ろしい、いやマジで、半端なく恐ろしい男だ。「いえ」ぼくはいう。「嘘じゃありません。サラ・バーンズの居所なんて知りません」

「カルフーン」バーンズは、ほとんどききとれないほど低い声でいう。「おまえと娘とは、小学校時代からのつきあいだ。もう六年近くになる。あの、ソーントンのせがれを除けば、娘の友だちはおまえひとりだ。まったく、あんな醜い娘のどこがよくてつきあってるんだかわからんが、これだけは確かだ。娘は病院でだれとも口をきかなかったが、おまえとだけは話をした。そんなおまえが娘の居所を知らないはずはない。さあ、見え透いた嘘はもうやめて、本当のことをいってくれ。娘は誤解してるようだが、おれはあの子を助けてやりたいんだ。あんな姿のまま生きていくのは、容易なことじゃない」バーンズはモーツに向かっていう。「あなたからも責任者として、なんとかいってやってくれませんか」

「この点では、わたしもバーンズさんと同じ意見だ」モーツはいう。「エリック、きみがサラの居場所を知らないなんて、わたしにも到底信じられない」

おいおい、ふざけんなよ。モーツはこんな大人とも意見が合うのか。「たしかに、疑われてもしょうがないと思います」ぼくはいう。「けど、本当に知らないんです」そうか、レムリー先生は学校の同僚にも、サラ・バーンズが自分の家にいることを伏せてたんだ。じゃなきゃモーツに知られちまう。

「カルフーン」モーツはやけに落ちついた声でいう。「ここ数週間、学校で起きたトラブルの中心には必ずきみがいた。どういうわけだ？　ここにいるバーンズさんは、娘さんのことを心配しておられる。ハンデを背負った娘となればなおさらだろう。その居所を、きみは知っている。きみはまともに成長して、自分に責任をもてる大人になりたくないのか？このまずっと、他人のトラブルの中心にいるつもりかね？」

エラビー神父の集中砲火を受けるモーツをまのあたりにして、さらにヴァージル・バーンズにしゃれにならない恐怖心をあおられて、ぼくは腹をくくる。こうなったら勝負だ。ぼくはまず両手をあげてみせて、「わかりました」という。「降参です。知ってますよ、彼女の居所」

「どこだ?」モーツがたずねる。

「いうわけないでしょう、副校長。ここにいるバーンズさんは、ぼくに面と向かって脅しをかけて、さらに電話で脅迫したんですよ。この人にどれほど恐ろしいことができるか、あなたは知らなくてもぼくは知ってます。ぼくが知ってることを、この人も知ってます」ぼくは、バーンズ親父をまっすぐ見返していう。「知ってるんですよ、バーンズさん。ぼくの身に何か起きれば、みんなが知ることになる。モーツ副校長をどうやってだましたか知りませんけど、楽じゃなかったでしょうね。けど、ぼくはだまされない。いまあなたにできるのは、ぼくにもサラ・バーンズにも手出しをせずに、ぼくらが口をつぐんでるように祈ることだけです。サラ・バーンズは、あなたのところには絶対にもどらない。何があってもね」

ヴァージル・バーンズは何もいわず、何もしない。けどその目には、冷酷で強烈な光がみてとれる。しまった！　この男は脅しが通じるような相手じゃない。けどここまできたら、とことんやり抜くしかない。ぼくはモーツに向かっていう。「学校に協力しないことを理由にぼくを停学にしようと、授業にもどそうと、好きにしてください。どっちにしろ、もうここでお話しすることはありません」

　モーツは立ちあがる。「きょうの授業はもうあきらめたほうがよさそうだな、エリック。家に帰って、じっくり頭を冷やしてはどうだ？」

「それが提案なら、拒否します」ぼくはいい返す。「命令なら、書面にしてください。あなたがどういう考えなのか、母も知りたがるでしょう。ぼくは母にはっきりいいますよ。あなたは狂ってるって」

　モーツはもちろん怒り心頭だ。けどモーツは、かわいい息子が不当な扱いを受けたと抗議しにきた母親と、一度やり合ったことがある。エラビー神父にやりこめられたすぐあとに母さんに乗りこんでこられたら、さすがに身がもたないだろう。「授業にもどりなさい」モーツはいう。ぼくは出口に向かう。どっと汗が噴き出てきた。いまなら平泳ぎの練習だって喜んでできそうだ。

16

　もうとっくに夜の十時を過ぎてるのに、ぼくとエラビーは練習で失った水分を、店の棚半分くらい買い占めたゲータレードで補ってる。レムリー先生はいなくてもその存在だけは、正確さも分量も文句なしの練習ノートにしっかり残ってる。ビリングズ先生は優勝に向けて、ノートに書かれたメニューを淡々と実践してる。

「ブリテンには手出し禁止ってことで、ＯＫ？」ぼくはいう。

「うん、まあ、おれも親父にいわれるまで、ブリテンの立場や気持ちなんて考えたこともなかったよ。神様みたいに立派になれなんていうプレッシャー、普通じゃないよな」

「神様っていえば」ぼくはいう。「きょう、おまえの親父さんがモーツに浴びせた集中砲火、すごかったな」

　エラビーはにやりとしてドリンクのボトルを手にとると、ほとんど飲み干してしまう。

「親父はシビアだからな。『プラネット・アース』みたいな自然ドキュメンタリーをちょっとみたくらいで、人が賢くなれるなんて信じてない。モーツみたいなやつには必ず嫌われる」

「すごいな」

「ところでおれと親父が帰ったあと、モーツがサラ・バーンズの親父を呼んだって本当か？」

「そうなんだ。おまえの親父さんがモーツを八つ裂きにするのをみて、喜びのおもらしはどうにかがまんした。と思ったら、今度は『エルム街の悪夢』のフレディが部屋に入ってきて、恐怖でもらしそうになった」

エラビーは首を横に振る。「レムリー先生の家には行かないほうがいいかもな。尾行を完全にまけるって保証はないし。たぶんバーンズは、しばらくおれたちをつけ回せば娘がみつかると踏んでるだろうから」

「そうだな。一か八かの賭けだけど、先生とサラ・バーンズが母親をみつけてくることを、信じて待つしかない。そうすれば、すべてが明らかになる」

エラビーは車のエンジンをふかす。「それにしても、なんであの親父は学校の近所で待ちぶせして、娘をとっ捕まえようとしなかったんだ？　おれならそうするけど」

「分別ある大人っていうイメージを崩したくなかったんじゃないか？　モーツなんかすっかりだまされて、この一件はよくある娘の家出だって信じこんでる」

ぼくらはそのまましばらく話しこんで、ゲータレードを二本空ける。ぼくは、エラビーの家まで乗せていってもらう。母さんの車が預けてあるからだ。もう目を開けてられないほど疲れてるし、レムリー先生の宿題のバタフライをこなしたせいで腕に力が入らない。

練習のあいだずっと、ぼくは想像してた。先生とサラ・バーンズがハイウェイを飛ばしながら、ぼくらに残していった練習メニューをネタに大笑いしてる。先生のおかげでサラ・バーンズが元気になるなら、それも悪くない気がした。

ぼくはスピードを自動制御設定にして、母さんの車を走らせる。ワシントン通りをすべるように流して町を横切り、信号に一度も引っかからずに走っていく。何度も通った道だから眠ってても走れそうだけど、これはあくまでも言葉の綾《あや》で、本当に頭がこっくりこっくりし始めたら要注意だ。ぼくはラジオのスイッチを入れ、チューニングボタンをこぶしで押してK―一〇一・オールディーズにチャンネルを合わせ、ボリュームを最大にする。五〇年代と六〇年代の大ヒット曲が流れる。チャンネル合わせに苦労したことはない。ボタンを全部一〇一局に設定してあるからだ。

「音をさげろ!」

後部座席からだれかが低い声で怒鳴り、ぼくはぎょっとする。

「バックミラーを確認すべきだったな」

ぼくがくるっと振り向くと、すぐ目の前に、ヴァージル・バーンズの顔があった。ぼくはすぐに前を向き、道路に視線を落とす。アドレナリンがどっと全身を駆けめぐる。「車から降りろ! 法律違反だ! 警察に引き渡すぞ!」

「ドアがロックされてなかった」バーンズはいう。「おまえの車だとも、思わなかった」

「なんの用だ?」

「わかってるはずだ」

「いっただろ、あんたになんかしゃべるわけな……」

ナイフの鋭く冷たい切っ先がぼくの頬に、生チョコに突き立てた鉛筆みたいに食いこんでくる。ヴァージル・バーンズがぞっとするような声でいう。「嘘はきき飽きたといっただろう、小僧」

「覚えてるさ」ぼくはいい返す。「本気だったんだな」

「それがわかったら、洗いざらい吐いちまえ。きょうは副校長室でずいぶん大きく出たが、ちょっと手の内をみせすぎたようだな」ぼくはまた後悔した。サラ・バーンズをあんな姿にした犯人を知ってるなんて、いわなきゃよかった。

ぼくは何も答えない。

「車を公園に入れろ。最初の角を左に曲がれ。ふたりでゆっくり話し合うとしよう」

ブレーキを踏んで、車をすぐにマニト・パークの入り口に入れる。

「明るいところは避けろ」バーンズはいう。車は、アヒルがいる池の前をゆっくり通り過ぎ、坂をあがり、奥に入っていく。想像を絶する恐怖ってやつに襲われながら、ぼくはどうにか正気を保つ。バックミラー越しにみえてた水銀灯がだんだんみえなくなると、暗闇のなかでヴァージル・バーンズとふたりきりになる。いざとなったら勇敢に立ち向かってどうのこうのなんて幻想は、寒い夜に吐く白い息みたいにあっさり吹き飛んだ。とにかく死にたくない。何があっても死にたくない。

「ぼくに何かあったら、どうなると思う?」弱々しく警告するのが精いっぱいだ。「みんなに知られるぞ。サラ・バーンズにも、レム……ほかにもいろんな人に知られる」

「ほかにもいろんな? だれのことだ?」

「だれでもない」

頬に突き立てられたナイフの刃が、さらに深く食いこむ。温かい血があふれ、あごを伝う。こいつ、ぼくの顔を切るつもりだ。

「エラビーだ」ぼくはいう。「友だちの、エラビー。あいつにも知られる」

「ずいぶん気のいいお仲間がいるんだな」バーンズはいう。「娘はどこだ?」

「それはいえない」

頬に感じる熱が一気に広がり、血が勢いよく流れ出す。ほんとに顔を切ってやがる!

「こんなところで時間を食ってられるか」バーンズはいう。「こっちは夜が明ける前に娘を連れてずらからなきゃならん。おまえが命びろいしようが大けがをしようが、いやたとえ本当に死のうが、娘さえとり返せればなんでもいい。人から家族を奪う権利はだれにもない。おまえの友だちのエラビーも、校長もお袋さんも関係ない。ただ娘をとりもどして姿をくらますだけだ。さあいえ、娘はどこだ、小僧？　このナイフの味を、その舌で確かめてみるか？」

信じられない。このまま頰を貫き通すつもりか！　ぼくはアクセルをベタ踏みする。ナイフの刃が頰を首のほうまで切り裂き、バーンズが後部座席にドスンと倒れこむ。ぼくはわめき散らす。「やれよ！　やってみろ！　殺せ！　おまえも道連れにしてやる！　道連れだ！」

車は時速八十キロのスピードで園内道路に出た。このまま角を曲がると、人気のない通りへ片輪走行で飛び出す。ブレーキを踏まなければ、木に激突する。スピードメーターの針は時速百十キロを回った。

「停めろ、クソガキ！」バーンズはいう。「うなじにナイフをぶっ刺すぞ！」

「刺せよ！」ぼくは叫ぶ。「刺せ！　ぼくと心中したけりゃな、バーカ！」叫び続けなきゃ、正気を保てそうにない。「どうした！　やれよ！　殺せ！　殺せ！」

バーンズが身を乗り出して、助手席に移ろうとする。ハンドルを奪う気だ。ぼくは急ブレーキを踏んで、やつをフロントガラスに激突させると、ドアに肩からぶつかって押し開け、ダッシュして闇に身を隠す。やつがいなくなるのを見計らって、警察に行こう。やつはぼくをナイフで刺した！　刑務所行きは確実だ。

ぼくは道の外へ出て、ロッジポールマツの大木が並ぶ木立ちの端の、下ばえに飛びこんだ。バーンズが車をすばやくUターンさせて、こっちにやってくる。このまま通り過ぎてくれたら、もときた道を引き返して近隣の繁華街を抜けて、警察署に行こう。ぼくはべろんとむけた頬の皮にふれ、刺すような痛みを感じながら、不思議な満足感に浸る。これを警察がみれば、やつはいよいよ犯罪者だ。

バーンズはぼくの六メートルくらい先で車を停め、ヘッドライトで木立ちを照らす。ぼくは息を止めて、平べったい岩みたいになって地面にしがみつく。薄いスタジャンからしみこんでくる雪どけ水の冷たさに、体ががたがた震えだす。

バーンズは静かに車を降りると、周囲の暗闇に目を凝らす。ヘッドライトはぼくの右上あたりを向いてるから、姿をみられたかどうかもわからない。バーンズは注意深い足どりでやってくる。激しく脈打つ心臓で、体の下の地面にへこみができそうだ。やつとの距離はもう三メートルくらい。みつかったかどうかもわからないのに、ぼくはパニックにあおられて体を起こし、獣のように吠えて走りだし、木立ちの向こうの公園の出口をめざす。

ヘッドライトで暗い木立ちをなめるように車が向きを変え、園内道路に出ようとする。

あたりが真っ暗になると、ぼくはスピードを落として、突然行く手をふさぐ木のシルエットをよけながら進む。出口の近くまで来ると、ぼくはうずくまり、暗闇に目を凝らし、東を向く。ヘッドライトが一瞬光ったかと思うと、車が大きく円を描いて出口に向かってくる。ぼくはダッシュして、バーンズより先に近所に逃げこもうとする。けど、やつが最後のカーブを曲がったところで道に飛び出してしまった。無事に渡りきれたけど、やつに姿をみられたのはまずかった。

ヘッドライトが、不気味にぼやけたぼくの影を前方の地面に投げかける。ぼくは疲れきった足を振りあげて通りのまんなかを走り、歩道にあがり、必死に周囲を見回してわき道を探す。通りをはずれて近所に逃げこめれば、どこでもいい。けどなんにもみつからないまま歩道をまっすぐ走りながら、横目で車の運転席をみる。やつが飛び降りてきたら、土ぼこりにまぎれて逃げるしかない。車が歩道に乗りあげてこないかぎり、ぼくの身は繁華街に着くまで安全だ。

思ってたことが現実になった。車は縁石に乗りあげ、突っこんでくる。ぼくはジャンプして、高さ一メートルの金網のフェンスを乗り越える。地面を二回転がって起きあがり、ダッシュを再開する。アドレナリンが分泌され、新たなエネルギーが体じゅうを駆けめぐる。ぼくは雄たけびをあげて家の裏に回りこみ、せまい路地に出る。けどすぐに引き返して、やつがぼくの次の動きを予想するまで、時間を稼ぐことにする。

けどバーンズほどの恐ろしい男が、ぼくなんかにだまされるわけがない。路地を右から抜けようと左から抜けようと、母さんの車が七、八メートルくらい先で、静かにエンジンをふかしながら停まってる。ぼくは路地を出られずに、ゴミバケツとロープに干した洗濯物の陰に身を隠す。やつは幽霊なのか？　それともこっちの心が読めるのか？　そんなはずはない。こっそり芝生の上を通って、二ブロック先の路地に出ると、そこにも車が停まってた。どうすればいいんだ！

どこかの家のドアを思いきりノックしようか。いや、それはかなりまずい。だれも応対してくれなければ、すぐに捕まってしまう。やっぱりやつに捕まる前に、繁華街に逃げこむしかないか。ぼくを捕まえるには、やつも車を降りるしかない。そうなれば、スピードは互角になる。

南側の斜面をおりると、町のまんなかの低所得者地区に出る。ドアをノックして強引に助けを呼べる望みは、これでなくなった。怒鳴り声や夜中の暴力沙汰なんて、このあたりじゃ日常茶飯事だ。騒ぎをきいてもみんなドアに鍵をかけて知らんぷりだ。けどこのエディソン地区を抜ければ、あと数ブロックで警察署だ。

三ブロック進んでも、まだあいつの姿はみえない。裏庭のブランコ、ガレージ、路地のあちこちに停めっぱなしのおんぼろ車の迷路を抜けてるうちに、まいたのかもしれない。表通りにもどるのはやめにしよう。繁華街の明かりがみえたら、そっちめがけて駆けだすんだ。

背後で、猫がゴミバケツのゆるんだふたの上を飛び跳ねる。かすれた悲鳴がのどからもれる。ぼくは身を低くして、息をひそめる。このあたりの地理にはくわしくないけど、デイル・ソーントンの家を訪ねたときの記憶が、なんとなく頭に残ってる。

デイル・ソーントン！　そうか！　バーンズがぼくをどこまでも追ってくるのは、行き先が警察だってことを知ってるからだ。そうに決まってる。けど、デイル・ソーントンが住んでるのはエディソン地区の中心近く、警察署とは反対の方角だ。あいつの家にたどりつけば、もう安心だ。デイルはぼくが好きじゃないかもしれない。けど、バーンズ親父のことはもっと嫌いなはずだ。ヴァージル・バーンズが娘に何をしたか知ってるのは、ぼくとレムリー先生を除けば、デイルしかいない。

デイルの家の方角に行こうとすると、いかつい指に肩をがっしりつかまれた。「さんざん手こずらせやがって、小僧。おまえはバカか？　おまえが路地を逃げ回ってるあいだ、おれがおとなしく車のなかで待ってるとでも思ったのか？　クソガキめ。おまえなんか大学進学テストでろくな点をとれるわけがない」肩をつかまれてるうちに、腕が麻痺してきた。

手を振りほどこうとしても、やつは指にぎゅっと力をこめる。とうとうぼくは地面にひざまずく。「手こずらせるなといっただろう」バーンズのかすれた声がきこえると、いきなり冷たいナイフの刃をのどに押し当てられた。「自分の血はもうじゅうぶん味わっただろう。口を切り裂いて笑顔にしてやろうか？　おれにとっちゃお安いご用だ」

ぼくは目を閉じる。

「これが脅しだなんて、一瞬たりとも思うなよ。さあ小僧、さっさと娘の居場所を吐いて、全部終わりにしようじゃないか」

「白状すれば無事だなんて、信じられるもんか」

バーンズは笑う。「だが、白状しないと無事じゃないってことだけは確かだ」刃をのどに押しつける力がさらに強まる。「次にいう言葉が娘の居場所じゃなければ、どうなっても知らんぞ」

「リノだ」

刃がのどを切った。たしかに切った。

「正直にいえ」バーンズはドスのきいた声で脅す。

「リノだ」ぼくは繰り返す。バーンズは空いたほうの手でぼくの髪をつかむと、頭をぐっと後ろに反らして、揺さぶる。「ひとりで行ったのか？」

「レムリー……」こうなったら、もうなんでも言いなりだ。仲間を裏切ることも、赤ん坊を殺すことも、なんだってできる。あとになって自分を恥じるだろうけど、いまは混じりけなしの恐怖で頭がいっぱいだ。

「何者だ、そいつは?」

「先生だ」

バーンズの手がゆるむ。ぼくはすかさず地面を転がる。生えぎわあたりの髪がごっそり引きちぎられる音が、たしかにきこえた。ぼくは立ちあがり、悲鳴をあげながら路地を駆けだす。その数秒後、左肩に激痛が走り、骨にまで響く。ぼくはさらにかん高く叫び、光に向かって突進していく。背後で車のエンジン音がすると、裏庭のフェンスを飛び越え、芝生をまっすぐ横切り、街灯のある通りに出て、叫ぶ、叫ぶ、とにかく叫ぶ。

ぼくはまた路地に入る。肩の痛みが少し引いても、恐怖は少しもしずまらない。足音を響かせて通りを二本渡り、路地を二本通り抜け、エディソン地区の中心をめざす。薄暗い明かりに照らされた風景には、どこか見覚えがある。デイルの家の近所の通りだ。また裏庭を横切ると、右に行くべきか左に行くべきか、わからなくなる。肩の痛みがもどってくる。今度の激痛はさらに強烈、吐きそうだ。右手で痛みの出所にふれようとしても、届かない。バーンズの投げたナイフが刺さってるんだろうけど、抜こうにも手が届かないんじゃどうしようもない。左腕の感覚は完全に麻痺してる。このまま気絶するのだけはごめんだ。もう、かなり遅い時間だ。十二時はとっくに過ぎてる。動くものすべてがバーンズにみえる。温かい液体が背中を流れ落ちる。そうか、ナイフに手が届かなくてよかったんだ。ぼくはいま、パンクしたてのタイヤみたいなものだ。釘を抜くのは、修理工場に着いてからのほうがいい。

右へ行くか、左へ行くか、これは賭けだ。目印がなければ、見当も何もつきやしない。不慣れな界隈で勘に頼れば、間違った方向を選ぶ確率は五十パーセントどころじゃない。デイルの家は何度かみてる。けど家の前の通りからみただけで、ここからだと、ほとんど見分けがつかない。ぼくの勘は、右だという。それなら左へ走ろう。このぼろぼろの体が、ぼくに味方してくれますように。

「ふざけんなよデブ、何しにきた！　何時だと思ってんだ？　うちの親父が起きてたら、ただじゃすまねえぞ。迷わずケツにけり入れて、おまえんちまでふっ飛ばしてる。ていうか何してんだ？　夜中にこのあたりを走り回るなんて普通しねえぞ？　ぶん殴られて身ぐるみはがされるのが落ちだ。おい、その顔どうしたんだよ？　血だらけじゃん。おい、とりあえずガレージに行こう。ったく、親父を起こさなくてほんとにラッキーだったぜ。こんな時間によ、だいたい、どうすりゃそんな顔になるんだ？」

デイルはぼくを連れて、舗装してない私道を歩いていく。でかい南京錠をはずしてガレージに入ると、壁に手をのばして電気のスイッチを探す。ぼくはまだ何もしゃべってない。デイルから離れないようにするだけで精いっぱいだ。頭上で蛍光灯がちかちかすると、デイルに背を向ける。

「おいおい、どうした？　どうなってんだ？　肩からナイフが生えてるぞ。マジかよ、いったいだれにこんなことされたんだ？」

「バーンズ」そう答えると、急に息が苦しくなった。ぼくはがくんとひざをつく。

「しっかりしろ！」デイルがいう。「抜いてやろうか？　肩に刺さってるそれ、抜いたほうがいいか？」

このときようやくぼくは悟った。相当やばい。死ぬかもしれない。ぼくは弱々しく首を横に振る。「救急車……」けがしてないほうの腕で上体を支えながら、冷たいコンクリートの床にゆっくり倒れこむ。デイルが大声で父親を呼ぶ。

気絶したのか眠ったのか、よくわからないけど、目を開けると、赤と青のライトがガレージの壁に、入り乱れるように反射してた。ぼくはあっというまに、ブルーと白のバンの後部に運びこまれた。仰向けに寝てるってことは、ナイフは引き抜かれたんだ。刺すような痛みが、左手のあちこちに走る。医者がチューブにつながった針を上腕に刺すのを、ぼくはなぜか人事のように観察してる。すべてがぼんやりして、実体がない。ぼくの顔の上で、警官の唇がせわしなく動き続ける。ひと言もききとれない。もういいや、あとはこの人たちに任せよう。じゃ、お先に失礼します。

17

正直、いまの気分はそんなに悪くない。メディアに注目されるのは、二年前のスポーカン夏季選手権に出て、十六歳以下の千五百メートル自由形で優勝したとき以来だ。あのときは新聞にこんな見出しが躍ってた。「シャチがレースを席巻」海の生き物をあだ名にするならすでに白鯨《モービー》っていうのがあったけど、マスコミがそんなことを知るはずもない。ラジオやテレビのレポートも切り口は「体重」一点張り、夏のスポーツネタ不足はいつもメディアの悩みどころだ。

あれにくらべれば、今度はだいぶましだ。ぼくは病院のベッドに寝たきりで、体格なんか話題にもされない。ここまで非公表だらけだと、かえってなんでも話題になる。ぼくは全身にギプスをはめられてる、らしい。重大犯罪の被害者として、ローカルニュースでもトップで扱われた。こんなに注目されるなら、おれもだれかにナイフを突き立ててもらおうかな、とエラビーはいった。よければぼくにやらせてくれ、といっておいた。

インタビューや取材は、もう七百回は受けてる。話がうまくなるには、まだまだ年季が足りない。ナイフを持ったバーンズの手にぼくが空手キックを繰り出し、すっ飛んだナイフが肩に刺さるシーンは、披露までもうちょっと練りなおす必要がありそうだけど、ほかの場面は結構いい感じで仕上がってる。デイル・ソーントンも脇役として注目され、まさに有頂天だ。デイルの親父さんは、数人の記者にこんなことをいった。「おれはいま、病院の正門近くでキャンプしてる。ヴァージル・バーンズがエリックの病室の半径一キロ半以内に現れやがったら、この手でなぶり殺しにするためだ」ぼくはすっかりソーントン親子のお気に入りだ。「昔はちんけな生意気小僧だったが、いまじゃテレビのプチ・スター」だそうだ。

いや、現実はそんなに甘くない。母さんとカーヴァー、マスコミ関係者に警察、それに医者や看護師が代わるがわる病室にやってくるときは、ちょっとした有名人気分に浸れる。けどひとりになると、生きてるだけで運がいいという現実を思い出し、恐ろしくなる。ヴァージル・バーンズは、まだ姿をくらましたままだ。それを思うと不安でたまらない。けど、いちばん危険なのはサラ・バーンズだ。警察はリノへ行ったサラ・バーンズとレムリー先生を保護しようと躍起になってる。泊まる予定だったホテルには、まだ現れてもいない。先生はリノに着いたら夫に電話するはずだった。けど夫はその電話をとりそこなった。そこで、複数の市警がそれぞれの管轄で張りこみをかけ、三つの州のハイウェイパトロールに警戒通告が出された。バーンズ親父が野放しになってるのを知らずにふたりが町にもどってくる。そんな最悪の事態だけは避けなきゃならない。

それと、ぼくはこのままだと薬物依存症になるかもしれない。肩の痛みをやわらげるために病院がくれる薬は、どれもけっこう悪くない。


「やあ、久しぶり」

マーク・ブリテンが病室の入り口に立ってる。ぼくを殺しにきたのか？

「やあ、久しぶり」ぼくは返す。

「すっかり有名人だな」

「まあな」ぼくはベッドの横に手をのばしてボタンを探し、頭を起こそうとする。「で、最近どう？」

「まあまあ、かな」ブリテンはいう。「なんか、バカみたいだ」

なんていえばいいんだろう。たぶんこいつは、いろいろ言い訳しにきたんだろう。けどぼくには、こいつをあざける言葉がみつからない。考える時間はあった。ぼくが肩に受けた傷はただの穴みたいなものだけど、ブリテンの傷は、屈辱だ。ぼくは両方経験したけど、このふたつはぜんぜん別物だ。なんとなく似てるような気はするけど、やっぱり別物だ。ただ、ブリテンの言葉が妙に引っかかる。「なんか、バカみたいだ」

ぼくはいう。「お互い、バカみたいなまんま頑張るしかないな。地区大会には、うちのほかにたいしたチームは出ないだろう」

ブリテンはぼくの肩をあごで指す。「きみは、出ないのか？」

「たぶん。筋肉の損傷がなおるには時間がかかるって、医者にもいわれたし。ほかにもいろいろ時間がかかる」

ブリテンは床に目を落とす。「ずっとニュースをみてたんだ。ヴァージル・バーンズが娘にしたことも、きいた。あんなに恐ろしい男だったなんて」

「やつの恐ろしさは別格だ」

「なのにぼくはクラスで、あんなことをいって……」

ぼくは手をあげて制する。「おまえが気にしなくても……」

「要は、責任なんだ」ブリテンは首を横に振る。「ぼくもここに入院してるんだ。カウンセラーの世話になってる」そこで笑う。「カウンセラーじゃない、セラピストだ。ぼくに必要なのは話をきくだけのカウンセラーじゃなくて、病気をなおすセラピストなんだ。とにかく、ぼくの考えは間違ってた」下唇を震わせながら、どうにか笑みを浮かべる。「ぼくには、やるべきことが山ほどある。まず父さんに……そして、もちろん……いわなきゃ、ジョディにも」目を閉じて先を続ける。「ごめんって。そうだろう？　中絶のこととか、みんな謝らなきゃ。ぼくは嘘をついたんだ、モービー。そう、薬を飲んで死のうとする前までずっと」ここで言葉を切って、つけ加える。「主よ、ぼくは嘘つきでした!」

わかるよ、とぼくはいおうとしたけど、すべてがわかったわけじゃない。ブリテンは去っていった。

また目を開けると、戸口いっぱいにぼんやりした人影がみえる。目の焦点が合わない。鎮痛剤は痛みを弱めてくれるついでに、大事な機能まで弱めてしまう。ぼくは笑顔で手を振って、目を閉じる。それから二分後か三日後かわからないけど、ぼくはまた目を開けた。ぼんやりした人影は鮮明になって、ぼくのベッドの横に来る。レムリー先生はいう。「大変な週末だったわね」

「最悪です」

先生はぼくの、悪いほうの腕にふれる。「水泳選手のキャリアに、プラスじゃないことは確かね」

「ですね。リレーにも出ないほうがよさそうだ。ところで、収穫は?」

「みつかった」

「ほんとに?」ぼくはいう。「サラ・バーンズの母親が、みつかったんですか?」

ぼくの興奮をよそに、先生は淡々と話しだす。「リノに着いて二十四時間以内にみつかった。カジノのなかを歩き回って探すだけでよかった。彼女、サラ・バーンズが持っていた写真とあまり変わっていなかったから」

ぼくの興奮は一気に冷めた。母親はみつかった。けど……。「それで、どうなったんですか？」

「それで」先生はいう。「夜の十二時過ぎにリノに着いて、まずハラーズ・ホテルに部屋をとった。カジノが併設された大型ホテル。それからホテルじゅうをきき回った。ディーラーやフロアスタッフに母親の写真をみせながらね。でも、何もわからなかった。いろんな事情があって、身を隠しにくる人が多い街だから」

「わたしはサラ・バーンズを説きふせて、四十五分間ぐっすり眠って出直すことをどうにか承知させた。それからまた数時間あちこち探し回って、朝食をとりにハラーズ・ホテルにもどったの」

「レストランの女性店長は、サラ・バーンズをみて驚いた顔をした。でもそれは、サラ・バーンズに何度もきかされたように、彼女の姿が普通じゃないから。でも、それからしばらくたっても、店長はサラ・バーンズから目を離さなかった。とてもつらそうな顔でみつめていた。そこでもう一度、写真をみてほしいと頼んでみたの。そして写真と彼女の顔を交互にみているうちに、はっと気づいた。髪形は違うし、しわも少し増えているけど、それ以外はそっくり。わたしはサラ・バーンズにも、くらべてみてといった。でもそれより早くサラ・バーンズは席を立って、店長に歩み寄っていった。彼女はそれをみてぎょっとして、出口に向かって歩きだした。サラ・バーンズは足を速めたけど、彼女もどんどんスピードをあげて、とうとう走りだした。サラ・バーンズが大声で『お母さん！』と呼ぶと、女は全速力で駆けだして、正面玄関から外に飛び出した。わたしも、どうにかふたりに追いついた」

「母親はとうとう、ハイヒールも脱ぎ捨てて、なりふりかまわずに歩道を駆けていった。すっかり興奮していて、とても追いつけそうになかった。そこでわたしも負けずにダッシュして、サラ・バーンズをあっというまに追い抜いて、母親がそのブロックの角に着く前になんとか追いついて、捕まえなきゃと思った。そのまま通りに飛び出していきそうにみえたから」先生はため息をついて、目を閉じる。「哀れな身の上の女って、逃げることしか考えられないのね」

ぼくは先生の話に引きこまれて、いつのまにか痛みを忘れてる。「どうなったんですか？捕まったんですか？」

先生は笑う。「だれにきいてるの？　高校時代、陸上の八百メートル走でアイオワ州一位に輝いたわたしに、そんな質問ってある？」

ぼくはびっくりして先生の顔をみる。

「あたりまえでしょ。わたしの得意なスポーツは水泳だけだと思ってた？」

「いや、もう思ってません」ぼくはいう。「で、母親はなんて？」

「悲鳴をあげたわ。『放して！　放して！』でもわたしは彼女の腕を放さずに、なんとか落ちつかせようとした。誘拐未遂でリノの刑務所でひと晩過ごすのはごめんだったから。心配しないで、わたしたちは話をしにきただけ、といいきかせながら彼女をファーストネームで呼んでみた。その名前を、彼女は否定しなかった。そこでわたしは、彼女が母親に間違いないと確信した。しばらくしてパトカーが角を曲がってくると、彼女は電源コードを抜かれたみたいに黙りこんだ」

「ようやくサラ・バーンズも、わたしたちに追いついた。ジュリー、それが彼女の名前なんだけど、ジュリーは警察の助けを拒んで、わたしたちといっしょにホテルにもどってくれた。ホテルの部屋に入ると、ジュリーはレストランに電話して、具合が悪いので救急処置室に行かせてほしいといった。仕事はだれかに代わってもらったんじゃないかしら」

「本当に母親だったんですか？」ぼくはきき返す。「そんな幸運、めったにありませんよ」

「幸運、とはいえない」先生はいう。

「何があったんですか？」

先生はため息をつく。「最悪よ。最初ジュリーは、自分は母親じゃないといい張った。母親だったとしても、全部過去の話だとまでいった。あげく、サラ・バーンズがやけどを負ったのは自分が夫と別れたあとだといいだした。娘が覚えていないとでも思ったのかしら。サラ・バーンズはかっとなって、母親を嘘つき女とののしった。そこから激しい言い争いが十五分近く続いて、ついにジュリーが泣きだした。サラ・バーンズはそれをみて、あんたなんか自分の涙に溺れて死ねばいいといった。わたしはふたりを落ちつかせようとしたけど、結局犬のけんかを止めるようなもの。サラ・バーンズは叫び続けた。『みてよ、あたしをみてよ、お母さん！　どうしてあたしをおいて出ていったの？　どうしてそんなひどいことしたの？』母親はただ泣きながら、謝るだけ」

先生もつらかったんだろう。まるで、目の前で起きてることを話してるみたいだ。あごの先が小刻みに震えてる。

「結局わたしが仲裁に入って、その日の夜に、また部屋で話し合うことになったの。ジュリーが逃亡しないか心配だったけど、話を先に進めるには、いったん別れて考える時間を設けるしかなかった。あとは運に任せるだけだったけど、わたしは母親が逃げ出すことも覚悟しておくように、サラ・バーンズにいいきかせた。でも夜の七時を過ぎると、ジュリーがあたりまえのようにドアをノックして、入ってきた。今度はいくらか落ちついて話ができた。サラ・バーンズも、ききたかったことがきけるまで冷静さを保つと約束してくれたから」

「それで、母親はなんていったんですか?」

「家を飛び出したことについては、どんな罰を受けてもしかたがないと思うって。でも、それからの十四年間こそが本当の地獄だったそうよ。何度も自殺を図ったけど、結局死にきれなかった。ジュリーはいったわ。娘をおいて逃げただけでも自分はじゅうぶん悪い母親だけど、そうなる前に娘を守れなかったことが何よりも許しがたい罪だって。ヴァージル・バーンズが残酷な男だということは結婚前からわかっていたのに、どうしても別れられなかったみたい」

「信じられない。それがわかってて、どうして?」

「男と女のあいだにひそむ永遠の謎よ、モービー。自分の価値を見失った人間は、何をしても不思議じゃない」

「それで、結論は? 母親はいっしょに帰ってこなかったんですか?」ぼくはきいたけど、答えはわかってた。

先生は首を横に振る。「いっしょに帰ってはこなかった。サラ・バーンズは必死に食いさがったのよ。お母さんが帰ってきて、父親がしたことを話してくれれば、自分の失ったものをすべてとりもどせるって。あのころの父親がどれだけ凶暴な男だったか証言して、娘のやけどを病院にみせなかったことも全部話してほしいって。でも、母親の返事はノーだった。法廷で質問に答えるのは死ぬほど屈辱的なことで、自分はとても耐えられそうにない。証言したい気持ちは山々だけど、どうしても無理だって。ジュリーは娘にこうもいった。裁判のあと、母親が自殺してもいいの？」

ぼくは納得できなかった。「そんなの卑怯だ」

「落ちつきなさい。少なくとも彼女は、本当のことをいった。そこだけは認めるべきよ。弱い女なのよ、モービー。裁判を乗りきる度胸なんて、彼女のどこを探しても出てきやしない」

「じゃあ、サラ・バーンズは？」

「急に静かになった。とても礼儀正しく母親を見送って、終わり。あとはベッドにもぐりこんで眠っただけ」先生は笑った。「眠るなんて、とても信じられなかった。わたしはあの子がホテルを飛び出すか、何か早まったまねをするんじゃないかと思って、寝ずの番をした。でもサラ・バーンズは朝まで眠り続けて、目覚めると、『帰ろう』といった。それでわたしたちは帰ってきたってわけ」

ぼくは怖くなった。そんなふうに静かになったサラ・バーンズを、しばらくのあいだみるはめになったからだ。先生はそんなぼくの不安を察して、「わたしも心配したのよ、モービー」といった。「あのとき、サラ・バーンズはすべてをあきらめたの。こっちにもどってどうなるか想像もつかなかった。その不安はいまも消えない。わたしが望むのは、サラ・バーンズが気持ちを整理して、この経験を自分の今後に、どうにか生かしてくれることだけ。でも正直いって、サラ・バーンズが経験したほどの喪失感は、わたしにも理解する自信がない」

そこで話は終わったと思ったら、先生はまたぼくの腕に手を置いて、自分の過去を話し始めた。ぼくらの年ごろにはこういう話がどんなに大事か、大人はなかなかわかってくれない。先生はいう。「わたしが育ったのは、アイオワ州のクレイドルロックという小さな町。楽しみといえばリトルリーグくらいで、男の子も女の子もみんな同じチームでプレーしていたの。女性の権利をめぐる運動が時代より十五年早く起きていたわけじゃない。男の子の数が少なすぎて、チームを八つつくれなかったから」

「わたしの最初のチームは、フィリップス・ジュニア・オイラーズ。フィリップス66っていうガソリンスタンドがスポンサーだった。グリーンに金色の縫い取りが入ったTシャツと、金色のPがついたキャップを手にとったときの、誇らしい気持ちはいまも忘れられない。わたしはどこへ行くにも、そのキャップをかぶっていた。シャツは試合にしか着ていけなかったけど、キャップはどこにでもかぶっていけた」

「わたしはやせっぽちのチビで、かわいくもなんともなかったし、それは自分でもわかっていた。ほかの子たちに、さんざんいわれてきたから。わたしは仲間にうまく溶けこめなくて、気のきいたこともいえなかった。みんなが欲しがるようなものも持っていなかったし、だれもがうらやむ長所もなかった。ときどきあのころの自分の写真をみると、どれも悲しそうな目をしている。そこにうつっている少女が自分だなんて、とても信じられない」

先生は壁をじっとみつめてる。涙をこらえて表情がこわばってるのが、よくわかる。

「うちは決して裕福な家庭じゃなかった」先生は続ける。「町のほとんどの家が貧しかったけど、わたしの両親と祖母は家計を切り詰めて、とても上等なグラブを買ってくれた。殿堂入りの名サウスポー、ウォーレン・スパーンのサイン入りモデルだからピッチャー用だったかもしれないけど、ぜんぜん気にしなかった。オイルを毎日すりこんで、捕球網に毎晩ボールをしばりつけて、ボールの形にへこませながら、いつかここでフライを何本もキャッチして、ゴロをすくいあげて、空を埋めつくすような大喝采を浴びる日を夢みていた。あのグラブはキャップ以上に、自分がチームの一員だと証明するシンボルだった」

先生はぼくの腕をそっとさする。ぼくは黙って、真実の語り手に耳を傾ける。

「初めての試合に出るためにグラウンドに行ったとき、わたしは緊張と興奮で吐きそうだった。前の夜は一睡もできなくて、昼間はガレージの壁にボールをぶつけては、高速のゴロをグラブの捕球網にしっかり捕えて、的確な送球でランナーをアウトにするシーンを大げさに演じていた」

「でもいざウォーミングアップになると、わたしは一球もキャッチできなかった。ボールはグラブに当たって右に左に落ち、あとは腕に当たったり、ノータッチで芝生に落ちたりするばかり。でもわたしは、その場にいられるだけで幸せだった。胸にジュニア・オイラーズのロゴをつけたチームメイトといっしょなら、ほかのことはどうでもよかった」

「アンパイアが打者をバッターボックスへ呼ぶ前に、監督が選手を集合させて、守備位置と打順の最終確認をした。でもそんな必要はなかった。それは最初の練習で決まっていたことだし、わたしも全部暗記していたから。わたしの打順は九番、ポジションはライト。それが何を意味するか、わたしにはちゃんとわかっていた。自分はチーム最低のバッターで、最低の野手。でも平気だった。新品のグラブをはめて、グリーンとゴールドのユニフォームを着たチームの一員なんだから」

「うちはホームチームで後攻だったから、まず輪になってグラブでハイタッチして、『ゴー・オイラーズ！』のかけ声とともに、それぞれのポジションに散っていった。でもベースラインを越える前に、わたしは監督に肩を叩かれた。振り向くと、監督の隣に、ロニー・カレンダーが立っていた。監督はいった。『ロニーにおまえのグラブを貸してやってくれ』

「わたしはきいた。『どうして？』」

「監督は答えた。『ロニーはグラブを持っていない』」

「わたしがうなだれるのを、監督は黙ってみていた。やさしい人だったから、わたしの気持ちはわかったはず。でも監督はいった。『シンシア、この試合に勝つには、ロニーがグラブをはめなきゃならない。ショートというポジションはグラブなしではつとまらない、わかるだろう？』わたしは自分の手にはめたグラブをみて、下唇をかんでウォーレン・スパーンのサインをみつめながら、グラブを渡した。監督は、ライトのできるだけ奥のほうでプレーしろといった。『頭上を越える打球が飛んでこないところまでさがれ。後ろに向かって走るより、前に走るほうが速い』わたしはいわれたとおりにした。結局グラウンドを出て、遊技場のブランコに隠れるように立つしかなかった」

「あっというまに、わたしはチームの一員じゃなくなった。大切なものって、どうしていつも台無しにされちゃうんだろう。わたしはそんなことを考えていた。傷ついたし、恥ずかしかったし、早く存在感ゼロの透明人間にもどりたかった。でもグリーンのシャツとキャップのせいで、それもできなかった。そう、あのユニフォームが一瞬にして敵に変わったの。

わたしがこんな思いをするのはロニー・カレンダーが貧乏人だからだ、ロニーのお父さんの仕事がこのままみつからずに、一家そろって町を出ていけばいいのにとさえ思った」

「それから毎試合、わたしの扱いはみじめなままだった。チームをやめるわけにもいかなかった。選手が八人になったらチームが成立しなくなって、わたしはみんなに恨まれる。監督はいつも、わたしのグラブばかりとりあげたわけじゃなかった。もうわたしにグラブを貸せなんていわないんじゃないか。そんな気がすることもあった。でも、夏の暑くてほこりっぽい道を歩いてグラウンドに向かうたびに、きょうはグラブをとられるんじゃないか、気が気じゃなかった。グラブをあっさりとられる自分は、やっぱりチームの一員じゃないんだと思った」

先生はぼくを見おろすと、過去から現在の病室にもどって、こういった。「リノからの帰り道、わたしはずっとあのころのことを思い出していた。わたしは本気で死にたかったけど、失ったのはグラブだけ。サラ・バーンズは、心の支えをひとつ失った」

先生の話は、ただのデブだったころの自分とも重なる。水泳にも、エラビーやジョディにも出会ってなかったころのぼくと……。「心配なんですね」ぼくはいう。「サラ・バーンズが、あまりにも大きなものを失ってしまったから」

先生はこらえきれずに笑いだす。笑えることなんてないはずなのに。「心配に決まってるでしょ」先生はいう。「でもこれだけは信じて、モービー。あの週末に起きた悲しい事件は、わたしにとってもショックだった。心配が現実にならないように、命がけで守るつもり」

「ネヴァダ州のハイウェイパトロールに車を停められて、あなたとヴァージル・バーンズのあいだに起きた事件をきかされたとき、同乗していたサラ・バーンズの顔に、ぱっと生気がもどったようにみえたの。事件が彼女に戦う気力を与えたのかもしれないけど、そうともいいきれない。わたしたちも危ないところだった。とにかくサラ・バーンズは、早まった行動に出る前に、わたしに連絡すると約束してくれた。わたしも彼女を信じている。本当にすごい子ね、モービー。サラ・バーンズは勇気のかたまりよ。彼女のおかげで、わたしも自分の人生を違った目で振り返ることができた。いまサラ・バーンズは、夫といっしょに家にいるわ。夫はバカみたいにはしゃいでいる。うちに銃を置かないでっていうわたしの小言を、きかずにすむようになったから。警官が家の周りを警護してくれているし、少なくともサラ・バーンズは安全よ」

すごい。サラ・バーンズを救えるはずだった実の母親でも、先生ほどのことはできなかっただろう。今夜母さんが面会に来たら、骨の折れるほどぎゅっと抱きしめたい。

18

ぼくの人生はいま、ちょっとした芝居みたいだ。劇場は、この病室。ぼくは特等席にいる。先生が帰ったあと夜遅くに、マーク・ブリテンが舞台中央に現れた。ぼくはテレビドラマ『タクシー』の再放送をみてたから、ブリテンをどれくらい待たせたかわからない。とにかく存在に気づくと、病室に招き入れた。ブリテンはあす退院することになったけど、みんなに会うのはまだ怖いという。

「きみならどうする、モービー？」ブリテンはたずねる。「気を悪くしたら謝るけど、きみはかつて、問題児グループのプリンスだった。はっきりいって、どうしようもないやつだった。きみも、友だちのサラ・バーンズも」

ぼくはリモコンでテレビの音を消すと、肩に体重がかからないように寝返りを打つ。こいつのいうとおりだ。ぼくとサラ・バーンズはさんざんクソ呼ばわりされてきた。あのクソを全部集めて肥料にしたら、ぼくらは肥料業界のトップに立てただろう。けど、ブリテンの力にはなってやりたい。分野はともかく専門家扱いされて悪い気はしない。それだけの理由だとしても、助けたいという気持ちに変わりはない。敵の腸の奥から湧き出る邪悪な汚物を飲まされるのも、たまにはいい。おまえが学校生活に慣れれば全部元通りだよ、とかいおうとしたけど、いまさらごまかしは通用しない。ぼくがどれだけ死の淵に近づいたのか知らないけど、かなり近かったことは確かだ。そこから引き返してきたいま、もうごまかすなんてできない。

「あのさ、ブリテン、ぼくがモービーなんて呼ばれてるのは、相撲レスラーみたいな体で水泳をやってるからだ。むかつくよな、普通？　ぼくをクジラ呼ばわりするやつに負けるなんて耐えられない。競争は苦手だけど、やるしかないと思ったらいつでも戦う用意はある。必ず勝つなんて保証はないけど、やれば勝てるかもしれない。いつか、だれからもモービーなんて呼ばれなくなる日がくると、いまでも本気で信じてる。けどぼくのスイミングスーツ姿をみて、人が思うことは止めようがない。肩の傷あとをさらして歩き回るぼくをみて、人がいうことも止められない。結局さ、日が沈んで日が昇り、冬から春になって春から夏になっても、エリック・カルフーンは胸板が厚くてウエストがないデカブツのままだ。けど、みんなにモービーって呼ばれるのも、けっこう楽しいと思わないか？」

ブリテンは肩をすくめる。「ぼくはもう呼ばないよ、モービーなんで」

「そういうことじゃないんだ。そんなことはどうでもいい。実際、自分でも気に入ってるよ。みたまんまって感じだし、モービーはぼくそのものなんだ。大事なのは、とっくに知られてる正体を隠して、仮面をかぶって生き続けたら、本当のことをいわないおまえになんかだれも近づかない。だから真実を語るしかない。みんなに通じるいい方でね」

ブリテンは窓のほうを向いて、夜の闇に黒く染まったガラスに映る自分の姿をみつめた。あごが小さく震えてる。「ぼくが何をしたか、包み隠さずいえっていうのか？　ジョディをたったひとりで診療所へ行かせて、中絶させたって？　ジョディがどんなに怖がって取り乱してたか知りながら、そうさせたって？　どうすればそんなことがいえる？　どんな言葉で伝えればいい？」

「自分はバカだったたっていえよ。間違ってましたたって認めるんだ」

ブリテンは少し黙りこみ、口を開く。「きみなら、できるか？」

「どうだろう。むずかしいけど、ぼくがおまえの立場なら、やるしかないと思うだろうな」

ブリテンはまた黙りこんでから、ぼくにたずねる。「きょう、ぼくに会いにきた人がいるんだ。だれだと思う？」

「だれ？」

「スティーヴ・エラビーのお父さんさ」

「マジ？　なんでまた？」

ブリテンはにやりとする。「ぼくさえよければ、キリスト教の様々なテーマについて、いっしょに考えようって」

「いい話じゃないか」ぼくはいう。「さすがだな」

ブリテンはまたにやりとする。「ああ。けど、うちの父がよく思わないかもしれないっていうと、あの人はこういったんだ。『マーク、きみはまだ十七歳なのに、自ら死を選ぼうとした。何かがうまくいっていない証拠だ。うまくいくようになるために、きみが何か知りたいというなら、わたしは時間を惜しまずにつきあう』だから、お言葉に甘えようかなと思ってる。父に少しくらい隠し事したってかまわないだろ?」ブリテンは腕時計に目をやる。「さあ、そろそろ行かなきゃ。退院する前に、ちょっと話がしたくなったんだ」向きを変えて、出ていこうとする。

ぼくは声をかける。「なあ、ブリテン」ブリテンは立ち止まる。「ジョディに電話してきょうのこと話せば、ちょっとは学校に行きやすくなるぜ」

ブリテンは少し迷って、「考えてみる」といった。

第二幕。ぼくはうとうとしながら、かっこ悪いはげ方を確実に防ぐ商品の三十分広告をみてた。サラ・バーンズはコートを着て、ベッドの横に立って、ぼくをそっと揺すり起こした。面会時間はとっくに過ぎてる。きっと忍びこんできたんだろう。

「あたし、行くよ、エリック」サラ・バーンズはいう。「その前に、お別れだけいいにきた」

「行くって、どこへ?」

「遠くへ」

ぼくの腹のなかで、何かが大きくふくらむ。サラ・バーンズと話をするには、気合いと覚悟が必要だ「だめだ、行くな、頼むから……」

「行くしかないの」

「どうして? やっと最高の人生がみえてきたっていうのに。ちゃんとした居場所があるじゃないか。そこにいれば安全だ」

「父親が外を逃げ回ってるのに、何が安全なの? あたしがいなくなって、だれも行き先を知らなければ、みんなもっと安全になる。あたしがこの町にいることを父親が知ってるかぎり、あんたも先生も安心できない。でも、あいつはあんたたちに仕返しなんかしない。ねらいはあたしだけだから。あいつはまともじゃない。もともと狂ってるんだ。あの夜、あんたも殺されかけたでしょ? あいつは自分が悪いことしてるなんて思ってない。あんたを殺そうとしたのは、ただ〝家族〟に会いたかったから。そう、あたしに。娘をだれかに奪われるくらいなら、自分の手で殺す、それがあいつの考え方。だから、あたしは行くしかないの」

「行くあてはあるのか?」

「あてならあるよ。中西部の、カンザス州だったかな？　ハンデを抱えた子どもの面倒をみてるグループホームがあって、そこには不治の病にかかった子とか、一生醜い姿で生きていく子がいる。五年くらい前、雑誌『ライフ』の記事を読んでから、いつかそこで働きたいってずっと思ってたんだ。あのころから抜け目なかったから、父親に絶対みつからないところに雑誌を隠しといた。だから百万年探したって捕まらない」

「けど、いま出ていったら、高校の卒業証明書ももらえないんだぞ。せめて卒業まで待てよ」

サラ・バーンズは首を横に振る。あの、かったるそうな毒舌が口から飛び出す。「ナイフで刺されたのに、ぜんぜん賢くなってないじゃん。あの父親が、あたしが卒業するまで捕まえにくるのを待ってくれると思う？　今夜だって、裏庭からあいつの足音がきこえたような気がしたんだ。いっとくけどエリック、あんたと議論しにきたわけじゃないの。もう二度と会えなくなるから、あいさつしにきただけ。あんたにはずっと、いろいろつらく当たってばっかりだったし」サラ・バーンズは笑みを浮かべる。焼けただれた皮膚にしわができてのびていく。そんな見慣れた光景に、ぼくは目を凝らす。「毎日水泳の練習のあと、腹がはち切れるほど食ってデブでいてくれたこと、一生忘れないよ。あんたみたいなバカ、忘れるわけないじゃん、エリック」ぼくの手にふれて話を続ける。「でもわかって、好きでつらく当たったわけじゃないんだ。ああしないと生きていけなかった。レムリー先生にやさしくしてもらったおかげで、それに気づいたの。ふたりでリノに行く途中、あたしはやけどしてから初めて、普通の人になれた気がした。笑ってジョークをいい合って、名もない町の油でべとべとの安レストランで食事してると、自分っていう檻のなかから外に踏み出せたような気になれた」

「それなら、先生のところにいればいいじゃないか」ぼくは食いさがる。「そんな時間をもっと過ごせばいい」

「あの父親さえいなければね」サラ・バーンズはいう。「あの家で暮らしたい。これ、レムリー先生にもいっといてくれる？」

ぼくはあせりすぎて言葉に詰まって、のどが苦しくなってきた。「ねえ、サラ・バーンズ、自分勝手は承知でいうけど、やっぱり耐えられない。きみが町を出ていって、ぼくは行き先もわからないなんて、考えただけでおかしくなりそうだ」

「エリック、あたしのことなら心配しないで」

「うん、けど、ぼくはどうなるんだ？　だって、いつもきみといっしょだったんだぜ？きみなしの人生なんて考えられない」

「強くなるしかないんじゃない？」サラ・バーンズにそういわれると、急に寒気がしてきた。「いろいろ考えたんだけど、あたしはいままで、お母さんの思い出だけにすがって生きてきた。思い出っていうより夢かな。お母さんさえ連れもどせば自分の居場所がみつかるって、本気で思ってた。あの父親のいちばん恐ろしい姿なんてあんたには想像もつかないだろうね、エリック。でもそんなとき、あたしは心のなかに逃げ場をつくって、そこでお母さんのことを考えてた。あたしにきれいな服を着せて繁華街へ連れてってくれたり、公園で遊んでくれたり、本を読んでくれたり、そんな思い出に浸ってた。きれいな顔にもどれなくても、居場所くらいはみつかると思ってた。そんな夢が全部壊れた日にも、あたしは希望を捨てきれずに、お母さんはすぐにもどってきて父親を追っぱらってくれると思ってた。でも、そんな夢もリノで終わった。お母さんは意気地なし、それが現実」サラ・バーンズは一瞬黙りこむ。ぼくはなんとかして引き止めようと、必死に言葉を探す。

「じゃあ、そろそろ行かなきゃ。バスに遅れちゃう。じゃましないでよ。新聞とかマスコミには、失踪したことにしといて。父親にそう思わせるためにも」サラ・バーンズはかがみこんで、ぼくに抱きつく。やけどででこぼこの顔が湿っぽくなってる、と思ったのが最後だった。

正直にいおう。こういうのはうんざりだ。何ひとつ思うようにならない人生には、もううんざりなんだ。午前二時。ぼくは病室の戸口に立って、廊下から人がいなくなるのを待ってる。裏口から脱け出すためだ。服は、ドアの横の小さなクローゼットから出した。病院の患者用ガウンからでかいケツを出して、凍えそうな夜に震えて待つ心配はない。ぼくはレムリー先生に電話して、駐車場まで迎えにきてほしいと頼んだ。先生にあれこれ説得する暇を与えないように、電話はすぐに切った。何があったのか知りたければ、先生はここに来るしかない。駐車場に出たら、電話ボックスから母さんに電話して、ぼくがいないことを病院から知らされても、あわてないようにいっておこう。

レムリー先生の車が、凍った雪の上でガリガリ音を立てて停まる。ぼくは電話ボックスで受話器を置く。電話にはカーヴァーが出た。ぼくは病院からの電話に母さんが出て脅えないように、受話器をはずしておくように頼んでおいた。カーヴァーはますます磨きがかかった飲みこみの早さで、ぼくがヴァージル・バーンズに二度と襲われないようにすると約束し、そしてくれぐれも注意するように、今後のことはあとでじっくり話し合おうといってくれた。カーヴァーのことだから、きっと母さんを起こして事情を説明して、気持ちを落ちつかせてくれるだろう。ぼくは腕に三角巾をかけて、肩はパッドで覆っておいた。慎重に動けば、傷を悪化させる心配はない。痛みは避けられないけど。

「何があったの、モービー?」助手席にすべりこんできたぼくに、レムリー先生はたずねる。「説明して」

　ぼくは先生にサラ・バーンズが話したことを伝えて、グレイハウンドのバスターミナルの方角を指さした。「急いでください」ぼくはいう。「ターミナルに電話できいたら、次のバスが出るのは三時十五分だって」レムリー先生は雪でタイヤをスピンさせて、車のテールを左右に振りながら通りに出る。

　午前三時、ぼくらはコインロッカーの隣に立ってる。ここなら姿をみられずに、真向かいの切符売り場を監視できる。三十分たってもサラ・バーンズは現れない。肩が熱いボウリングの球でも埋めこまれたみたいに痛みだし、汗が滝のように流れ落ちる。それでもぼくは口を固く閉じて、目を大きく開いて見張りを続ける。

「彼女は本当にバスを使う気かしら？」レムリー先生がいう。

「本人がいったんです。『バスに遅れちゃう』って」ぼくはいう。「はっきりそういいました」

「バスに遅れちゃうって、はっきりいったの？」先生はいう。確認のためじゃなくて、何かを疑ってるようないい方だ。「それはつまり、バスは使わないっていう意味なんじゃない？うまく逃げきるつもりなら、交通手段をばらしたりしないでしょう。あなたみたいなおしゃべりは別として」

ぼくらはすぐに車で通りに出て、除雪されてない道を走ってアムトラックの駅に向かう。バスターミナルから駅までは、十ブロックから十二ブロックの距離だ。「予想が当たってくれるといいけど」先生はいう。「お願い、当たって！」

予想は当たった。サラ・バーンズは、煌々と明かりがともっただだっ広い構内の、長いベンチにすわってた。ぼろぼろのスーツケースの上に両足を乗せて、やけどを負った顔を本で隠してる。新聞に写真が載ったことはないけど、とっくに町の有名人だ。ちょっとでも顔をみられたら、すぐに正体を知られてしまう。

ぼくらが近づいていくと、サラ・バーンズはちらっと目をあげて、あわてて立ちあがる。けどレムリー先生が、素手で牛をねじふせる闘牛士みたいに押さえつけて、力づくで引き止めると、サラ・バーンズといっしょに床にすわりこむ。

「放して」サラ・バーンズは小声でいう。「お願い、先生、行かせて」

「それはできない」先生ははねつける。ぼくはどうにかその場に駆けつけて、バッグを引っつかむ。

「すべてを終わらせるには、あたしが遠くへ行くしかないの」サラ・バーンズは先生に訴える。「あの父親がどんな男か、先生はわかってない。みんなわかってない」

先生は立ちあがり、サラ・バーンズも立たせると、両手で肩をしっかりつかんで目をまっすぐにみて、いい放つ。「あんな父親なんてどうでもいい！　その話は何度もきかされたけど……」

「昔は何度もしばられて、食事も与えられず、監禁されたこともあった。そういうやつなんだよ、レムリー先生」

「だったら刑務所送りにすればいい」先生はひるまずにいい返す。「あとは全部わたしに任せて、観念しなさい。あなたはもう頑張らなくていい」

サラ・バーンズが口ごたえしようとすると、先生は両手にぎゅっと力を入れる。サラ・バーンズはがくんとうなだれ、先生にもたれかかる。先生はいう。「それでよろしい」

そう、ここまでは簡単だったんだ。

19

ヒーローになりたければ、旅をするしかない。

サラ・バーンズは、レムリー先生といっしょに家に帰った。それから一日半後に、ぼくは正式に退院した。ブリテンは二日かかって、ようやく学校へ行く決心をした。けど、それから二、三日後にぼくも学校にもどる予定だったから、同じ日に復帰することにした。テレビ局のトラックが二台、駐車場の端に陣どって、ぼくの再登校の瞬間を撮影しようと待ちかまえてた。けどパタースン校長が校内からの退去を命じたので、結局カメラがとらえたのは、ぼくがエラビーの車に乗って駐車場に入っていく場面だけだった。エラビーが洗ってワックスをかけておいたクリスチャン・クルーザーは、本当に天国から来たみたいにぴかぴかだった。マヘリア・ジャクスンが朗々と歌う「ブレス・ディス・ハウス」を、ホーン代わりにスピーカーから二度フルボリュームで鳴らすと、エラビーはスイッチを切った。こいつなら、マヘリアをこの世によみがえらせることもできそうな気がした。少なくとも番組の編集者の前に、まじめなクリスチャンからの抗議文の山を築くことはできそうだった。

ふと気づくと、ブリテンがこっちをみてる。それから教室で五回くらい、廊下で二回やつの視線に気づいたところで、ぼくはそばへ行き、何か手助けしようかといってみた。

「ひとりでやらなきゃ意味がない」ブリテンはいった。

CATクラスはまだ自習扱い、それもモーツの監視つきだ。ブリテンの父親が、正式な抗議文を提出したらしい。パタースン校長はレムリー先生に、ブリテン氏が落ちつき次第CATの授業を再開させると約束した。レムリー先生はいま有給休暇中。自宅でサラ・バーンズといっしょに警察に保護されてる。警察は、まだヴァージル・バーンズの動きを読みきれてないし、千五百人の生徒がいる学校で、やつの標的にされたら危険どころじゃない。おかげで校長はレムリー先生が職場復帰するまで、ブリテン氏の相手もせずにすむというわけだ。

自習室に入って十五分ほどたったとき、マーク・ブリテンが手をあげて、みんなにきいてほしいことがあるといった。

モーツは一瞬警戒したはずだ。ブリテンが何かいったら、腕を三角巾でつったデブとハンサムな異端神父の息子が、自習室をなんでも発言し放題の無法地帯にしてしまう、と。けどマーク・ブリテンならみんなのためになる話をするだろうと考えなおして、「いいだろう、マーク、話してみたまえ」といった。

ブリテンは立って、せき払いをする。みんな席に着いたまま、首だけブリテンのほうに向ける。ブリテンの胸のドキドキが、部屋じゅうに響いてきそうだ。「これだけはどうしても、はっきりいっておきたい」ブリテンはいう。「いわないと、みんなに顔向けできないいま卒業することになりそうで……」

ぼくらは黙って注目する。

「ぼくは嘘つきです。ぼくがこのクラスで最後に口にした言葉は、ジョディ・ミュラーは嘘つき、というものでした。けど、それは違います。ジョディは、本人がいったとおり中絶手術を受けました。胎児の父親は、ぼくでした。ぼくは自分のしたことと向き合うのが怖くて、自分を守ることしか考えられなくて、ジョディひとりを診療所に行かせて、家に帰りました。それから彼女をいくるめて、悪いのは自分だと思わせたんです。妊娠する前のジョディに、そんな仕打ちをするなんて考えられなかった。けど中絶してからは、ジョディにつらい思いばかりさせました。ジョディがぼくについていったことは、すべて真実です」

ブリテンはここで、深呼吸をする。声はかすれてひっくり返り、涙が頬を流れ落ちる。ブリテンはジョディに向かっていった。「すまなかった、ジョディ。本当に悪かった」そしてぼくらに向かって、「今度のことで、中絶や、神や、自分自身に対するぼくの考え方がどう変わったのか、まだわかりません。でもいつか必ずわかるでしょう」ブリテンはモーツをみる。「ぼくは家に帰ります。これ以上何も話したくないし、ひとりになりたい。あしたまた登校します」

モーツが止めようとしたけど、ブリテンはいった。「ぼくを居残り処分にするなら、してください。それくらいの処分、とっくに食らって当然だったんだ」その日のことを全部思い出せなくなる日がいつかくるとしても、これだけは忘れないだろう。ブリテンは、本当に救われたようにみえた。

少しのあいだ、ブリテンが硬い木の床を歩いて、本を脇にはさんで、出口に向かう音以外何もきこえなかった。やがてそれに、ブリテンのあとを追うジョディの足音が加わった。

ヒーローになりたければ、旅をするしかない。

カーヴァーは起きてるあいだの時間を、ぼくの家であまり過ごさなくなった。本人がいうには、納税シーズンの会計士は奴隷と同じらしい。カーヴァーは夜遅くうちにやってきて、母さんの隣で眠る。死神バーンズが家に忍びこんできて、愛する息子をさらわれたらどうしようという不安を、やわらげるためだ。ぼくらは二日連続で夜更かしをして、ホットチョコレートを飲みながら話し合った。サラ・バーンズみたいな環境で育ったら、どうなってただろう。サラ・バーンズがやけどを負ったいきさつや、しばられて監禁されたことをぼくが話すと、カーヴァーは憤慨した。サラ・バーンズが何をいっても信じてもらえなかった話をすると、カーヴァーはついに黙りこみ、母さんが話題を変えた。

ある日の夜、カーヴァーは母さんに、モージズレイクにオフィスを構える会社の会計検査があるから、一週間ばかり町を離れるといった。

「危険に囲まれた生活にうんざりしたんでしょ?」母さんはいった。「休暇がとりたくなったんじゃない?」

「休暇を過ごすのに、わざわざモージズレイクになんか行くと思うかい?」

母さんは納得し、カーヴァーは旅立った。

次にカーヴァーの姿をみたのは、テレビのチャンネル・シックスだった。カーヴァーは警官に片手で頭をかばわれながら前かがみになって、パトカーの後部座席に乗りこんだ。後ろに組んだ手には、手錠がかかってた。

レポーターのウェイン・ヘイヴァリーが現場から生中継で伝えた。「ヴァージル・バーンズの事件がじつに意外な展開をみせました。地元の会計士がバーンズの家に侵入し、バーンズを待ちぶせして制圧したのです。バーンズは聖心会病院に運びこまれましたが、状況は深刻です。複合骨折に加え、顔を執拗に殴打され、もはや本人かどうかも判別できない状態です」

それから二日間、母さんは何度もカーヴァーの面会に行った。けど、帰ってきてもほとんど何も話してくれないし、ぼくを連れていこうともしなかった。ヴァージル・バーンズは病院で確実に回復していったけど、それといっしょに罪状も山積みになった。やつほどの悪人になると、出訴期限も時効もあったもんじゃない。サラ・バーンズはまったく姿をみせなかった。先生もだ。それだけが心配だった。

次にカーヴァーの姿をみたのも、やっぱりテレビだ。有名キャスターのエレイン・マーフィーによる独占インタビュー、収録場所は郡刑務所。カーヴァーはスラックスをはき、白いシャツの前をはだけ、袖をまくりあげ、いまにも会計検査にとりかかりそうな格好だった。

エレインがカーヴァーに事件の概要を説明すると、インタビューが始まった。「ミドルトンさん、検察局は、身体に危害を加えることを意図した脅迫罪で、あなたを告発しようとしていますが、それについてどう思われますか?」

カーヴァーは冷静な顔で、後ろにもたれかかる。母さんはぼくの隣にすわって、けがをしてないほうの腕を指先でさすってる。「そうですね」カーヴァーはいう。「ぼくはバーンズを脅迫しました。ただ、身体に危害を加えるつもりはありませんでした。少なくとも初めのうちは。いよいよバーンズと対決となってからしたことは、すべて正当防衛です。バーンズを傷つけたことは確かです。しかし、まぬけなことに武器を所持していませんでした。バーンズを失神させなければこっちが殺《や》られる。本気でそう思ったんです」

「では、法廷ではどのような訴えを?」

「ええ、不法に住居に侵入したことは事実ですから、家宅侵入罪で有罪を訴えるつもりです。そこから先はすべて、自分の命を守るためにしたことです」

「本当に、家宅侵入罪で有罪を訴えるつもりなんですか?」

「訴えなくても、有罪は確実でしょう」

エレイン・マーフィーはうなずく。「ミドルトンさん……」

「カーヴァーと呼んでください」

「わかりました。ではカーヴァー、なぜ検察局はこうも積極的に、あなたを重い罪で告発しようとしているんでしょう? あなたは凶悪な犯罪者を逮捕しただけなのに」

「弁護士の話では、あそこまで過剰な自警行為は断固許すべきではないと、検察局は考えているようです。だからそれを、大衆にアピールしたいんでしょう」

「それについては?」

「いいんじゃないですか。ヴァージル・バーンズは過剰な自警行為が必要なほど危険な男だった。その考えは変わりません」

エレイン・マーフィーはいったん話を止めて、ノートを確認する。「カーヴァー、あなたの経歴を調べたところ、ヴェトナムで二回兵役についているようですね。間違いありませんか？」

「間違いありません」

母さんが急に身を乗り出して、「知らなかった」という。「そんな話、わたしは一度もきいていない。でも変ね。わたしがヴェトナム帰還兵のアスリートを記事にしたとき、カーヴァーは何もいわなかった」裏切られた、と思ってるみたいないい方だ。

「それでは」エレイン・マーフィーは質問を続ける。「特殊部隊のなかでも、極秘任務専門の分隊に所属していたというのは？　その分隊が三つの任務に当たった結果、七十五パーセントもの死傷兵を出したという話は？」

「ええ」カーヴァーは答える。「全部本当のことです」

「つまりあなたは、勲章を受けてもおかしくないほどの戦士だった」

カーヴァーはうなずく。表情は少しも変えない。「昔の話ですよ、マーフィーさん」

エレインもうなずく。「そうかもしれませんが、カーヴァー、あなたの戦歴や、それによって負ったと思われるトラウマを、弁護に利用することもできるのでは？」

カーヴァーはにやりとする。「マーフィーさん、ヴェトナム戦争に加担したことは、ぼくにとって悲しい事実ですが、その経験が原因で気が変になったりはしていません」

母さんは顔を覆ってる。肩がかすかに震えて、指のあいだから涙がもれ、流れていく。

エレイン・マーフィーがインタビューを中断し、コマーシャルに入る。エヴァーレディ・ラビットがトラックを運転するCMが始まると、ぼくは母さんの肩を抱きしめた。やがてエレイン・マーフィーが画面にもどり、インタビューを再開する。「ところでカーヴァー、どうしてヴァージル・バーンズの行動を読むことができたんですか？　地元の警察が大規模な捜査網を張りめぐらして、すべての主要な関係者を厳重に監視していたのに、バーンズの痕跡すらみつかりませんでした。それなのにあなたは、自宅で発見してしまった」

「ぼくがバーンズを発見したのは、自宅の外ではなく、なかです」カーヴァーはいう。「警察に許された捜査では、バーンズが自宅を行き来している証拠はみつからなかった。母屋の地下室とつながった古い地下貯蔵庫があるんですが、その貯蔵庫は地上からだと、裏庭の片隅の盛り土にしかみえません。警察が深刻な人手不足だということも、理解すべきでしょう。だから警察は、さっきあなたがいった主要な関係者の保護に重点をおかざるを得なかった。だがぼくは、バーンズをみつけることだけを考えればよかった。バーンズの娘の話から、彼が町を出ないことはわかっていました。バーンズに友人はなく、近所づきあいもありません。それでも食事や睡眠はとらなければならないし、そのためには自宅に帰るしかない。ぼくは地下室の窓から侵入して、待ちました。しかし地下室の入り口を警戒しなかったばっかりに、バーンズに急襲され、あんな暴力沙汰を起こしてしまった」

「長く待ちましたか?」

「九時間くらいです」

「では、あなたの当初の目的は」エレイン・マーフィーは続ける。「バーンズを逮捕して、司法の手にゆだねることだけだった?」

カーヴァーは少し黙りこむと、身を乗り出して、質素な灰色の金属製のテーブルにひじをついて、インタビュアーと向き合う。「はい、最初はそのつもりでした。しかし、こちらの思惑がはずれて、闘志むき出しで襲ってきたバーンズを、傷つけたいと思ったことは否定しません。ただ、刑務所の外にいるみなさんに知ってほしいのは、ぼくは普通の状況では何があっても、決して、暴力をふるったりしないということです。だがここ数か月間、ぼくはバーンズのしてきたことを冷静に見直してきました。一生消えない傷を負わされた彼の娘は、聖心会病院の精神科に入院し、完全な沈黙を余儀なくされました。ぼくのガールフレンドの息子は絶望的な恐怖を強いられ、自分の力をはるかに超えた問題と、自力で戦わなければならなかった。それも、バーンズが彼の身体に危害を加える目的でハンティングナイフを突き立てる前からです。バーンズと関わった人たちは、みんな殺虫剤を浴びたハエのようにばらばらと落ちていく。弁護士をしている友人によると、バーンズの刑はせいぜい懲役七年だそうです」

「だがバーンズは、勤勉な市民というわっつら以外、何もない人間です。彼が罪を犯したのは、個人の利益を追求する強欲さからではなく、根っからの犯罪者だったからです。鉄格子の向こう側で七年過ごそうと、バーンズは少しも変わらない。ぼくが愛し、大切に思う人々は、またバーンズの存在に脅えて暮らさなければならない。だからいざ彼と戦闘状態になったとき、ぼくはいっさい手加減しませんでした」

「待ってください、カーヴァー」エレインは両手をあげて制止する。「そういう発言は、裁判で不利に働くことも……」

カーヴァーも手をあげてさえぎる。「ぼくはここに入れて幸運だと思っています。あなたはヴェトナムのことを質問しましたが、ぼくがヴェトナムで戦ったのは、自分の信念に基づいてではなく、他人の信念のためでした。ぼくは二十一歳で兵役につきました。戦争を始めた人が戦争をやめられなかったからです。ぼくが参加した作戦では、罪のない何百人分もの命が失われたはずです。だれかの母親や子どもたち、祖父に祖母、もちろん多くの兵士も死にました」

「しかもぼくは一回ではなく、二回も戦地に行った。生き地獄のような戦場のまっただなかで気づいたのは、自分がかたくなな連中の信念に操られて戦っているに過ぎないということです。ヴェトナムが払った犠牲も、アメリカが払った犠牲も、ぼく自身が払った犠牲もすべて、その頭の固い連中がもたらしたものだった」

「しかし、今度は自分の信念に基づいて戦った。ヴァージル・バーンズがぼくといっしょに出頭してくれれば、何も手出ししないつもりでした。しかしぼくに襲いかかってきた彼を無傷で引き渡したかったといったら、それも嘘になる。ぼくは無罪どころか、寛大な判決を求めるつもりもない。ただ公平に裁いてほしいと思うだけです。法に照らし合わせれば、ぼくは悪いことをした。誤解しないでいただきたいが、ぼくは法を信じているし、法によって罰せられることを望んでいます。愛する女性と、彼女の息子と過ごすかけがえのない時間を失うことになっても、その息子の信頼と尊敬をとりもどすためなら、どんな苦労も惜しまない。しかしだれの人生にも、犠牲を払わなければならないときは必ず訪れる。ぼくが犠牲を払う場所がここなら、それも悪くない」そういうとカーヴァーは立ちあがり、エレイン・マーフィーに握手を求める。エレインは驚いた顔をする。たぶんあまった三十分をどうやって埋めようか考えてるんだろう。カーヴァーはそのままカメラのフレームから出ていった。

母さんの顔が涙でぬれてるのをみて、ぼくは手を握る。「ぼくの学費をつぎこんでもいいから、カーヴァーに弁護士を雇ってあげてよ」ぼくはいう。「ぼくが心から尊敬する人のために」

ヒーローになりたければ、旅をするしかない。

エピローグ

地元在住少女養子先決まる
養父母が決まって一日後に十八回目の誕生日

家族の悲劇はついに最終章を迎えた。昨日、シンシア・レムリーとトム・レムリーが夫婦そろって郡裁判所を訪れ、正式な書類に署名し、サラ・バーンズの養育権を獲得したのだ。サラさんは、それから二十四時間後に十八歳の誕生日を迎えた。十五年前、父親が火のついた薪ストーブで、顔と手に故意にやけどを負わせた少女として、サラさんを記憶している地元読者も多いだろう。事件が明るみになったのは二月、ヴァージル・バーンズがもうひとりのティーンエイジャー、エリック・カルフーン十八歳をハンティングナイフで襲撃したあとのことだった。

「遅すぎたけど、解決してよかった」地元の高校教師で、水泳部のコーチも兼任するシンシア・レムリーは、マスコミの取材に対して語った。「もしだれかがこの少女にもっと早く手を差しのべていたら、絶望のなかで十何年も生きることにはなりませんでした。彼女は人間的にもすばらしく、そんな彼女を家族の一員として迎え入れることができたのは、わたしたち夫婦にとって光栄です」

「今回の養子縁組は、まさにベストのタイミングでした。大学の授業料の支払い期限にまにあったし」新たにレムリーの姓を名乗ることになったサラさんは、笑顔で語った。

養子縁組のセレモニーには、ヴァージル・バーンズに襲撃されたエリック・カルフーン、エリックの母親で当新聞のレギュラーコラムニストでもあるサンディ・カルフーン、ヴァージル・バーンズへの脅迫罪で告発され、服役中のカーヴァー・ミドルトンも出席した。また、女性の聖職者就任を支持し、同性愛者に異性愛者と同等の権利を与えるべきだと主張して注目を集めるなど、何かと物議をかもしてきた監督派神父ジョン・エラビー氏と、自称「何かと物議をかもす監督派神父の息子」スティーヴ・エラビーの姿もあった。

サラ・レムリーは十五年前にやけどを負ってから、父親が一度も形成手術を受けさせなかったことを認めた。「強い人間」に育つにはそのままでいたほうがいい、と父親にいわれたのだ。サラさんは拷問にも等しい身体的虐待について、それ以上のコメントは拒んだ。

ヴァージル・バーンズについては、その他の告発と合わせて高等裁判所が有罪と判断し、ワラワラの州刑務所で二十年以上の懲役に服すよう命じた。

これまで禁じられてきた形成手術を受ける気はあるかという質問に、サラ・レムリーは再び笑顔で答えた。「わかりません。でもいまさら手術なんて……やっとこの顔に慣れてきたところだし」

キャスリーン・オコナー判事は、署名前の胸を打つスピーチのなかでこう語った。「長年長官と判事をつとめてきましたが、自分の仕事とそれに関わった人々を、これほど誇らしく思ったことはありません。この法廷に立ち、この国に偉大さをとりもどさせるほどの勇気のもち主は実在するのだと、いまは心から信じています」

セレモニーのあとには、サラ・レムリーの家族と友人だけを招いた祝賀会も開かれたという。


というわけで、いろんなことが、やっと明るい方向に動き始めた。祝賀会のピザもうまかった。

ぼくは、今シーズンのプール復帰は絶望的ということで、地区大会と州大会にはマネージャーとして同行した。モーツはおかんむりだった。シェークスピアの『ベニスの商人』じゃないけど、ぼくの遠征費用を払って一ポンドの肉も回収できないんだから無理もない。いや、ぼくの場合、十ポンドかな。エラビーは百メートルバタフライで一位、ブリテンは百メートル自由形で三位だった。ぼくが出てたら五百メートルで六位入賞は確実だったたなんて、もしもの話はいくらでもできる。奨学金で、全米大学運動選手協会に所属してる小さな大学に行けることになったから、あと四年はこの大樽みたいな体をぴっちぴちのスイミングスーツにねじこんで、「モービー！　モービー！」のコールを浴びてスターティングブロックに登場することになりそうだ。大学のコーチには、最初の四週間で短距離選手並みの体重にしぼるといわれた。いままで何人が挑戦してきたことか。ちなみに、大学のコーチも女性だ。

エラビーはワシントン大学に行くことになった。ぼくの大学もワシントン州の西側だから、連絡をとり合うことはできる。それでもお互い別々の道に進むわけだから、仲はよくてもどこかよそよそしい関係になるだろう。サラ・バーンズは、レムリー家で暮らしながら最低一年は地域短期大学に通いつつ、今後の進路を考えることになった。ほかのどこよりもちゃんと面倒をみてもらえる居場所が、ようやくみつかったというわけだ。それに、ぼくが帰郷すればいつでも会える。『ライフ』誌で読んだグループホームにまだ興味があるらしいけど、夢をあきらめてないんだと思うと、ぼくもうれしくなる。やっぱりサラ・バーンズは最高だ。

カーヴァーは六か月の刑を受けたけど、外部通勤制だから、郡刑務所で過ごすのは夜と週末だけだ。カーヴァーは軽度の脅迫で有罪を主張したけど、判事は法律で与えられるかぎりの刑を与え、いきすぎた自警行為は二度としないように厳しく言い渡した。しかし、戦場で多くの死を目撃するという悲惨な経験をしたカーヴァーが、これ以上罪を重ねる心配はないので、刑の大半が執行猶予になった。判事の判断には、メディア上で多くの批判と熱狂的な支持の両方が浴びせられた。けど判事はぜんぜん気にしてないだろう。カーヴァーはもうすぐ仮釈放されるけど、事件を起こす心配はない。なにしろ駐車違反切符を切られたこともないんだから。ぼくはカーヴァーを、映画『アラバマ物語』で子どもを助けて一躍ヒーローになる不気味な隣人ブー・ラドリーになぞらえておもしろがってたけど、そのことを母さんに謝って、これからは「父さん」と呼ぶと約束した。けど母さんはまだ、カーヴァーとの結婚を迷ってるみたいだ。

ジョディと過ごした春休みは楽しかった。きっと夏休みも最高だろう。ジョディはワシントン州東部の大学に通うことになったから、デートは電話でするしかない。長距離恋愛は、これからぼくに与えられるもっとも厳しい試練だけど、得るものも多そうだ。レムリー夫妻のことはよく知らないけど、男と女がどこまで強くなれるか考えたとき、お手本にできるのはあの夫婦だけだ。まあ時間をかけて、自力で答えをみつけるしかない。いまのぼくにいえるのは、一見幸せそうな家族も、裏を返せば問題だらけだということ。ブリテン家がいい例だ。いつか自分の家族をもつことになっても、ああはなりたくない。

前に進むのは怖いことだ。先のことがわかればいいのにと思う反面、わからないからおもしろいんだという気もする。何かが起きてる最中に、その良し悪しなんてわからない。デブの人生なんて最低最悪だと思った時期もあったけど、デブじゃなかったら、サラ・バーンズ、じゃなくてサラと知り合うこともなかった。サラと友だちになれない人生のほうがよっぽど最低最悪だ。サラが十八年以上生きてきた人生より、ひどい人生ってどんなものだろう。ぼくには想像もできない。けど五年以上前の『ライフ』誌に載ってたカンザス州のグループホームには、サラの勇気に元気づけられる子どもがいるかもしれない。その子たちの人生は、それまでとはまるで違ったものになるはずだ。

さあ、そろそろ終わりにしよう。今年の夏はのんびり過ごせそうだ。あと二、三分で、エラビーがジョディとサラを連れてやってくる。そしたらクリスチャン・クルーザーにジャンクフードを山ほど積みこんで、湖に出かけて、ジョディの宿泊設備つきのヨットに乗って、カロリーを大量に摂取してぱんぱんに太っておくんだ。地獄の減量メニューを用意して待ってる新コーチを、がっかりさせないように。

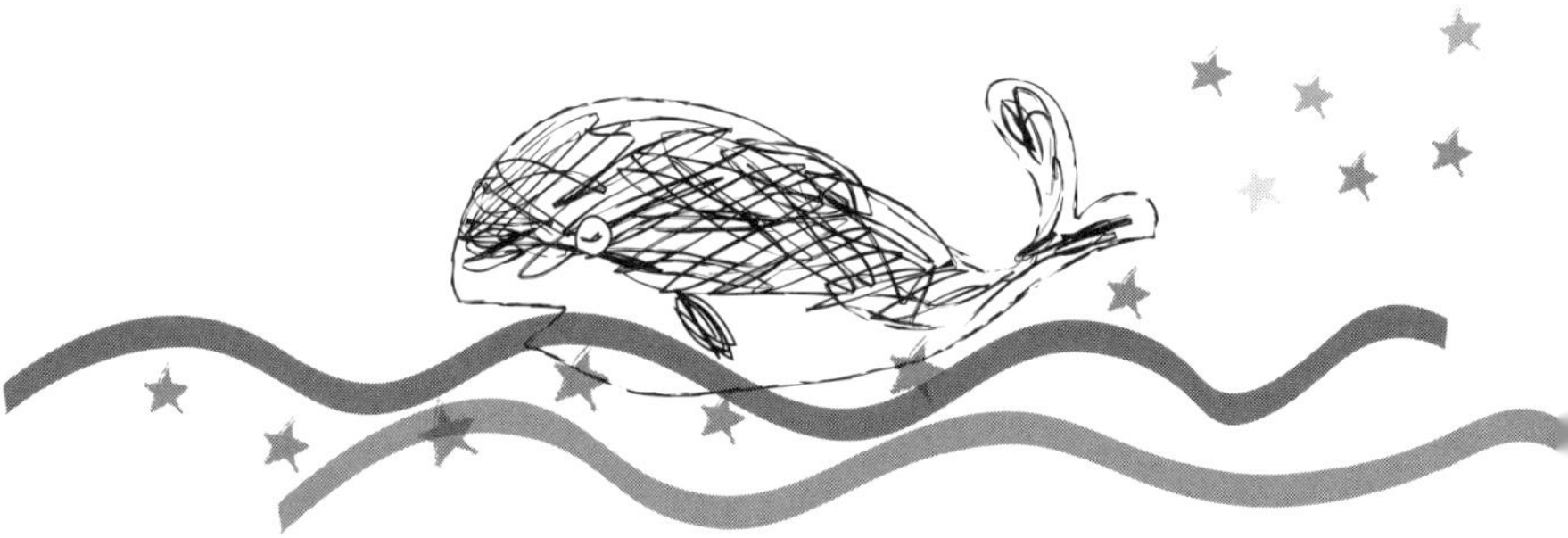

訳者あとがき

『彼女のためにぼくができること』このタイトルをみた人は、どんな内容の物語を想像するだろう。心やさしい少年が主人公の、さわやかな青春ラブストーリー？とんでもない！　そんな予想はみごとに裏切られる。〝彼女〟と〝ぼく〟は決してつきあったりはしないし、本作がもつ圧倒的な迫力はさわやかなんていう言葉を一瞬で吹き飛ばしてしまう。そもそも原題は、直訳すると「サラ・バーンズのためにデブのままでいる」なのだから。

幼少のころからデブとからかわれ続け、何を考えているかわからない謎の男というキャラクターをまとうことで自分を守ってきた主人公エリック・カルフーン。そして三歳のときに顔と手に大やけどを負いながら、支配欲に凝り固まった父親のゆがんだ〝教育方針〟のせいでろくな手術も治療も受けさせてもらえなかったサラ・バーンズ。ふたりの友情は外見上のコンプレックスと、頭のよさに裏付けされたユーモアのセンスという共通項に支えられていた。しかしエリックが、水泳部のコーチでもあるレムリー先生に素質を見いだされたころから、ふたりの関係に変化があらわれ始めた。ハードなトレーニングをこなすエリックはみるみるやせていき、コンプレックスを克服して普通の高校生活を送るのも夢ではなくなってきた。だがサラ・バーンズとのあいだの距離が開いていくことに不安を感じ、もともと旺盛な食欲を上回るドカ食いをしてデブの体型を維持しようとしたのだ。だが当のサラ・バーンズは、いつも親友がそばにいないと何もできない気弱な少女かといえばむしろ正反対、醜いやけどのあとをからかうやつは情け容赦ない言葉の刃で切り刻み、理不尽な暴力には何度殴り倒されても立ちあがる不屈の精神で対抗してきた。

クリス・クラッチャーの作品には、複雑な家庭環境や人一倍鋭い感受性から必然的に集団からはみ出てしまうティーンエイジャーが登場する一方で、彼らを精神的に支え導く、現実にはまずいそうにない〝かっこいい大人たち〟もうまく配置されている。もちろん本作も例外ではない。高校でディベートクラスを担当する教師シンシア・レムリーは、中絶や宗教といったデリケートなテーマで紛糾する教室を冷静な舵取りで仕切るが、いざとなれば我が身を危険にさらしてでも生徒を守ろうとする。エリックの母親の恋人カーヴァー・ミドルトンは一見女性にまめなだけの男にみえるが、じつはとんでもない過去を背負っていて、死という重いテーマに直面したエリックに貴重なアドバイスを与えたりもする。エリックのもうひとりの親友スティーヴ・エラビーの父親ジョン・エラビーは、中絶や女性の聖職者就任をも擁護するリベラル派神父で、息子を何かと目の敵にする副校長モーツと堂々とわたり合う。こうした大人たちのサポートで深刻な問題を抱えたティーンエイジャーが救われることなど、たしかに現実ではまずありえない。そのあたりを「でき過ぎ」と感じる読者もいるだろうが、救いのない現実をただありのままに提示して絶望に浸ることをよしとしない姿勢こそが、クリス・クラッチャーという作家の真骨頂ではないだろうか。

ファミリー・セラピーや虐待児童の保護活動に取り組んだ経験をもち、苦しみから喜びを見いだすアスリートを好んで取りあげるクラッチャーの作品には、背筋が凍るほど残酷な状況が描かれながら、まるで「何があろうと生きることは楽しいはずだ」とでもいうような明るい確信が脈打っている。タフなユーモアのセンスと小気味いいストーリー展開には、良質な娯楽小説の要素もある。とにかく変に身構えずにエンジョイしてほしい。あふれんばかりの痛みと歓びで体じゅうの血が騒ぎだすこと請け合いだ。

二〇一一年一月

西田　登

著者●クリス・クラッチャー
アメリカの小説家。主に若い世代を対象とした作品を書いている。主な翻訳作品に『ホエール・トーク』（金原瑞人・西田登共訳／青山出版社）、『アイアンマン――トライアスロンにかけた17歳の青春』（金原瑞人・西田登共訳／ポプラ社）がある。作家活動の他に児童およびファミリーセラピスト、児童養護活動も行っている。

訳者●西田 登（にしだのぼる）
愛知県生まれ。
訳書に『歩く』（ルイス・サッカー／講談社）、『ソードハンド―闇の血族』（マーカス・セジウィック／あかね書房）、「ターニング・ポイント」シリーズ（デイヴィッド・クラス／岩崎書店）、『ホエール・トーク』（クリス・クラッチャー／青山出版社）、『アイアンマン――トライアスロンにかけた17歳の青春』（クリス・クラッチャー／ポプラ社）などがある。

画家●門司美恵子
装丁デザイン●チャダル108

YA Step!
彼女のためにぼくができること

発　行　2011年2月　初版
　　　　2015年11月　第2刷

著　者　クリス・クラッチャー
訳　者　西田　登
発行者　岡本光晴
発行所　株式会社あかね書房
　　　　〒101-0065　東京都千代田区西神田3-2-1
　　　　03-3263-0641（営業）
　　　　03-3263-0644（編集）
印刷所　大日本印刷株式会社
製本所　株式会社難波製本

NDC933　350P　20cm　ISBN978-4-251-06674-9

http://www.akaneshobo.co.jp